古都監禁の日々

悟 謙次郎
Kenjirō Satori

共栄書房

古都監禁の日々◆目次

目次

『平家物語』の「祇園精舎の鐘」は、病に苦しむ病僧が臨終を迎えた時ひとりでに鳴り出し、病僧は、この鐘の聲に導かれるように安らかに極楽浄土へと旅立ったといわれる。これは、遠い昔の遠い国の話である。

……それから時代は移り、いかなるめぐり合わせか、今ここ古都において一人の若僧が、「諸行無常の響き」を一意専心の思いで聞き入ることとなった。

1　収監の日の朝

斉藤謙二が京都に越して来て三日になる。この朝、謙二は予備校の寮のある飛鳥井町《あすかいちょう》の停車場（電停）から市営路面電車（市電）に乗って、東山二条西入るの京阪予備校に受講手続きに来ていた。この辺りの東大路、電停、岡崎公園前の周辺は、はっきりと分離された歩道もなく、今では決して幅広いとはいえない。その日も路肩に近い部分を除いて、あきらかに車道の一部にまで観光客が溢れていた。公園内の京都市美術館では「エジプト宝物展」の開催が迫り、京都駅から七条通り―東大路を経由し、北大路から烏丸通りを循環する6番系統の市電は、運転席の前面に「エジプト宝物展」と記された丸いヘッドマークを取り付けて、忙《せわ》しなそうに走っていた。今、田舎育ちの謙二にとって、この都会の喧騒と都大路に注ぐ眩しいほどの春の日差しが、あらゆるものを新しく輝かしいものにしていた。

謙二はその日、二条通りに面した、周囲を古い土塀に囲まれた京阪予備校の石造りの門柱に古めかしい校名木札の掛かる門を入ると、直ぐ右側の木造モルタル造りの建物の一階、窓枠がテカテカと若草色のパステルカラーの塗料で塗られた木枠窓口で、年半期分の受講料を支払い、受講手続きを取った。これから毎日、この校舎で来春の大学受験に備えて研鑽の日々を送ることになるのかと、しばらく構内に点在する古い木造校舎を巡り歩いてみた。

新学期の授業はまだ始まっておらず、校内には人影もなく森閑としており、土塀の外の通りの喧騒とはまるで対照的であった。謙二は予備校の受講手続きからの帰り、東一条の左京区役所に立ち寄って転出証明書を提出し、転入手続きを済ませ、米穀通帳の書替えを受け、その日京都市民となった。

謙二はこの春、大学受験に失敗し、さてどこで浪人生活を送ろうかと選択に迫られ、東京にするか、郷里山陰に残るか暫らく悩んだが、そんな時、京都大学を出て、近江絹糸の出資会社、任展堂の財務部に勤務する六歳年上の従兄、三木勇から、

「京都に出て来ないか」

と電話で誘われ、謙二は、

「そうだ、京都にしよう」

と、飛びつくように同意し、予備校と下宿探しを三木に依頼した。三木は三月中旬多忙の中、京阪予備校に電話で問い合わせ、下宿の紹介も受け、謙二の京都受け入れの段取りをつけてくれたのである。謙二は三木から連絡を受けた新居、左京区田中飛鳥井町の「さつき寮」に三月二十二日、寝具、生活用品、書籍等を送り、こうして自らの身柄を拘束、収監し、三月二十六日から刑期一年に及ぶ京都での監禁生活が始まったのである。

さつき寮は木造モルタル造二階建で、男子三十人の予備校生を各四畳半の個室（独房）に収監する、朝食、夕食つきの委託寮であった。食事は、定められた時間になると一階の厨房の脇にある食器棚に並べられたトレーに乗せられた一汁二菜とお新香、丼飯を取りに行き、各自自室に持ち帰って自由に食べ、食べ終わった食器は決められた時刻までにトレーに乗せて、元の食器棚に返すことになっていた。トイレ、洗面所は各階ごとに共同で、それぞれ五つのブースが用意されていて、男子学生寮にしては管理に卒なく、清潔感が漂っていた。道路から数段高くなった玄関を入ると、地方都市の駅前旅館の玄関口のように磨かれ、冷たく黒光りした板張りの廊下が真っ直ぐ伸び、上がり口の脇に、銭湯の下足場のような、一人ひとり仕切られた室番号と名札の入った小さな木製扉付の郵便受け兼靴箱が置かれていた。

寮の玄関を出て、舗装された三間幅の横丁の角を曲がると、すぐに民間の総合病院があり、さほど頻繁ではないが救急車の緊急往来のサイレンの音も聞こえて来た。この総合病院は、日頃病に縁のない学生にとっても重宝で、玄関脇に街の郵便ポストがあり、病院の玄関内の広い待合室では、ホテルのロビーのように備え付けの日刊新聞も読むことが出来た。中でも、革新政党の発行する名の知れた日刊紙は、毎朝かなりの部数、玄関脇の所定の台の上に積んであり、入院患者や外来患者は持ち帰り自由となっていたため、（収監の身の）貧しい学生達は毎朝のように勝手にこの恩恵に預かり、通学の市電の中でその日刊紙を広げたりしていたが、病院側からの特段のお咎めもなかった。

さつき寮は市電の電停、飛鳥井町からも徒歩三分と近く、なにより閑静で、周囲は多くの京都大学の学生や教職員が生活する環境にあった。日常の食料品や生活用品の買い物は電車通りの向かい、東大路を渡った公設田中市場まで徒歩五分、電車通りと反対の東側には京都大学農学部の農園が広がり、背景に如意ヶ嶽を始め、東山連峰が望まれ、広々とした農園の南側に連なる京都大学キャンパス。大学構内の木立の中に建つ理学部の学生食堂も部外者の利用を咎めることもなく、勝手に利用することが出来た。

もっとも、この食堂は戦時中の兵舎のような木造平屋のバラック建で、天井は木組みを露骨にし、室内には体裁など構わない分厚い無垢の木製のテーブルと茶色のニスの塗られた木製の三人掛けの長椅子が配置され、席数は二百席ほどあったが、床はでこぼこした土のまま、長年踏み固められた土の床はパンパンに硬く乾いていた。その上に並べられた古めかしい重厚なテーブルも、土間の部分的な傾斜によりグラグラと傾いたりした。時々、床の窪みに足を突っかけてよろけ、運搬中のトレーの上の味噌汁やお茶などを床に溢しても、そのまま土に浸み込んでしまい、後始末に雑巾やモップはまったく不要で、横着者にとって誠に都合がいい。それでもそんな時は、照れ隠しに上から靴の裏で踏んで付けたりしてごまかしていた。

収監先のさつき寮の食事は、手伝いのお姉さんの労働条件の関係で毎月第一・第三日曜日が休みなので、謙二のその日の夕食は当分、この京都大理学部食堂の三十円のカレーライスが定番となった。

謙二は予備校の入所手続きを終え住民登録を済ませた翌日、にわかに京都の市民になったような思いで、京都市街地全体を眺めてみたいという衝動に駆られ、一人で市電に乗って国鉄京都駅まで行き、駅前から定期観光バスの「比叡山延暦寺ドライブウェーコース」に飛び乗った。三十人程の観光客を乗せた定期観光バスは開通して間もない東山の比叡山ドライブウェーをくねくねと登り、樹齢数百年にも及ぶと見られる杉林の中に佇む延暦寺根本中堂の駐車場で止まった。

西暦七八五年、伝教大師最澄によって建てられた一乗止観院に始まる天台宗の本山延暦寺の荘厳な堂塔伽藍を前に、若いバスガイドの有難い、時々怪しい歴史的説明を受け、境内の主な建物を一通り巡ったあと再びバスに戻り、今度は大きなキノコの形をした四明嶽頂上の展望台に向かった。天気は上々、朝から少し春霞がかかっていたが展望台からの眺めは期待通りで、眼下に京都市街が鳥瞰図を広げたように広がり、遠く南の宇治川、西の桂川、手前の鴨川、すぐ足下の高野川の流れが手に取るように確認でき、歴史で学ぶ「ナクヨ鶯平安京」の今の街並みが眼下に広がっていた。北山の西寄りに左大文字、足元に如意ケ嶽（大文字山）、比叡山に連なる東山三十六峰。街のほぼ中央に木立の色で、黒く風呂敷を広げたような京都御所、賀茂川が高野川と分かれる股間のあたりに下鴨神社、糺の杜、春霞の中になだらかな西山の峰々、三方を山に囲まれた京都の街が、ここからは音も無くその形だけを見せていた。

これから始まる、この京都の街での監禁生活に期待と不安を抱きながら、夕刻、山をくだり寮に帰ってくると、玄関の下駄箱の中に、つい先日まで共に過ごしてきた高校時代の親友宮澤浩と由木勉からそれぞれ便りが届いていた。謙二は自室で一人、運んできた夕飯を摂りながら、その便りに目を通した。浩は初めから進学はせず公務員就職の道をとり、大蔵事務官として四月一日付で神戸税関に赴任することになっていた。そのため一昨日、三月二十八日に西宮市甲東園の官舎に引っ越したという知らせだった。一方、九州大学に合格した勉は、西鉄香椎駅近くの新宮町に下宿を決めたとの知らせであった。

それぞれ生まれ育った郷里、親元を離れ、新しい生活のスタートを切ろうとしていた。謙二は夕食を終えると直ぐにその手紙の返事を書いた。京都での生活とその思いを便箋に認め、その夜のうちに、近くの総合病院の玄関脇にある郵便ポストに投函した。

2　春の夜の墨染界隈

次の日はまだ予備校の講習が始まっておらず、謙二は午前中、寮の自室で四月の予定表を作成し、昼過ぎから四月予定の自宅学習に入った。その日、夕食を早めに済ませて、京都に来て初日からお世話になった従兄の三木勇のアパートを訪ねることにし、とりあえず市電に乗った。住所と地図はあらかじめ書いてもらっていたが、初めて訪ねる所で、夕刻暗くもなるし、やや不安であったが、深く考えもせず出かけることにした。先日、三木本人から渡された地図には、地名は伏見区深草中ノ島で、最寄り駅は京阪電車の墨染《すみぞめ》駅となっていた。事前に調べてみると、駅名の由来は、近くの墨染寺《ぼくせんじ》、「墨染め桜」の墨染めのようである。6番系統の市電を七条京阪で降り、鴨川のほとり京阪電車京阪七条駅で各駅停車を待った。

京阪電車は明治四十三年から京都五条と大阪天満橋を結ぶ私鉄で、その後、鴨川に沿って京阪三条まで延びているが、今年四月中旬からは天満橋から大阪のビジネス街、淀屋橋まで地下区間の延長部分が開業する予定で、その告知ポスターが京阪電鉄のどの駅にも貼られていた。

謙二が風の冷たい京阪七条駅ホームで電車を待つ頃は、陽は西山に沈み、あたりは暗くなりかかっていた。伏見区の京阪墨染駅に着いたのは七時過ぎであった。独身の三木はまだ帰宅していないかもしれないと思ったが、今頃気がつくとは遅すぎる。とりあえずアパートだけでも確認することにした。桃山時代そのままのような道幅の狭い国道、六地蔵下鳥羽線を南に進み、二つ目の信号の角を左折、丘陵を再開発した新興住宅地を東に分け入り、電柱に取り付けられた街灯の下で立ち止まって地図を確かめ、書かれた目印に沿ってゆるやかな坂道を登っていくと、丘陵の坂の途中に目指すアパートはあった。「三木勇」のプレートの掛かった二階の部屋はすぐ見つかったが、いやな予想が当たり、三木はまだ帰宅しておらず、暗い通路の奥、ドアの郵便受けに、配達されたばかりの夕刊が突っ込まれたままになっていた。

　やむなく謙二はそのアパートを出て、暫らくこの暗くて知らない街を歩くことにした。この夜謙二は、学生服の下に薄手のセーターを着込んではいたが、まだ三月末、夜風が冷たかった。処々空き地を残す、造成された住宅街の坂道をさらに奥へと登っていった。国鉄奈良線の小さな踏切を越えると、その奥の荒れ果てた丘はもう伏見桃山城址の一角で、秀吉の時代、戦国大名の屋敷が軒を連ねたところでもあろうかと勝手に想像しながら歩いた。この年、国鉄京都駅と近鉄大和西大寺駅を結ぶ、私鉄奈良電気鉄道（ならでん）を近畿日本鉄道（きんてつ）が吸収合併し、近鉄京都線となることを契機に、従来から進められてきた再開発計画を、近鉄が肩入れして伏見桃山城の復現を図る工事に取り掛かり、城郭だけでなく周辺も遊園地として整備中であり、一帯に立ち入りを規制する場所が広がっていた。後で調べてみると、暗闇のなか手探りで歩き回った場所は、明治になって突然この地に定められた桓武天皇陵の周辺であったのではないかと思い当たるが、その時は行き当たりばったりで、遠目に見えていた伏見桃山城の天守閣にあたる部分はまだ板塀で囲ってあり、夜間も板塀の中で工事をしているのか、工事用の照明器具が点灯されていて、暗い山の中でそこだけがぼんやりと浮かび上がっていた。

　あたりに音は無かった。暫らく神社の参道のような暗い砂利道を行くと、乃木希典を祀る祠の前に出た。乃木大将を祀る神社は日本各地にあるが、ここ明治天皇の眠る桃山御陵の脇に置くことを誰かが慮ったに違いない。暗闇の中で、その碑文を読むのに時間を要した。そこから明治天皇陵とは反対側に参道に沿って丘を下ると鉄道の踏切があり、国鉄奈良線桃山駅の脇に出た。右手に秀吉ゆかりの御香宮の、神社にしては風変わりな御門を見ながら、さらに大手筋を下ると、重なるように私鉄の奈良電車と京阪電車の二つの駅もあった。

ここ伏見桃山は、今も江戸時代の面影を残す伏見の酒醸造、酒蔵の街でもある。今来た大手筋をさらに二丁ほど下り商店街を左折すると、宇治川運河沿いに幕末維新の頃、薩摩誠忠組の藩士集団相討ち事件、寺田屋騒動（一八六二年）の惨劇の舞台でもあり、更にその四年後、大政奉還を企てた坂本龍馬が、薩摩藩士常宿のこの宿に逗留中、伏見奉行所の捕り方に囲まれ、龍馬は懐中のピストルを操作し、命からがら伏見薩摩藩邸に難を逃れたといわれる、寺田屋騒動パートⅡでも歴史にその名を残す船宿「寺田屋」が今も残っている。その夜の謙二はそっちには向わず、狭い国道六地蔵下鳥羽線を引き返し、墨染に戻ることにした。再び中ノ島の三木のアパートに着いたのは午後九時前であったが、三木はまだ帰宅しておらず、ドアの郵便受けの夕刊は相変わらず刺さったままであった。謙二は後日出直すことにして、墨染駅に戻った。帰りは一つ先の京阪丹波橋で乗り換えて、奈良電で国鉄京都駅に戻った。

この奈良電には、謙二にとって苦い思い出があった。中学三年生の春、修学旅行で奈良、京都、大阪を巡った。山陰の田舎から、周辺の中学校が連合で修学旅行団体列車を仕立てて関西まで来て、初日は京都駅で団体専用列車を降り、それぞれの学校ごとに分散し、各学校が計画した行程に従って動き出すわけであるが、謙二らの境第一中学校は初日、京都駅から奈良電で奈良に向った。ちょうど夕方の通勤時間帯の電車であったが、一般客と同じ電車に乗り込んだため、たちまち車内は満員となり、後から乗り込んだ生徒達はほとんど立っていた。

謙二らは何両目かの連結部分に立っていた。その部分は、車両編成の中途であったが運転席が脇に付いた車両で、客席との区画が簡単な鉄パイプ一本の横棒で仕切られており、生徒達が持ち込んだボストンバックを床に二十個程積み上げると、荷崩れを起こしたバッグが運転席の領域にまで進入していた。そのことにこだわる生徒は誰一人おらず、やがて電車が走り出し左右に揺れ始めると、さらにバッグが無人の運転席の中に崩れていったが、手が届く範囲であったため、生徒達は気にも留めていなかった。

ところがそのうち、圧縮空気が抜けるような音がし始めた。田舎の中学生がそれに気づく筈もなく、電車が揺れるたびに、「フー」とか「ファー」とか、確かによく分からない音がしていた。その音はけっして、よく耳にする「プー」でも「ピー」でもなく、気の抜けたような弱い音であったが、電車が揺れる度に、その音が大きくなったり弱くなったりしながら鳴り続いていた。今思えば、京都駅を出て二駅目の上鳥羽口駅あたりであったろうか、停車した時に車掌がホームから飛んできて、ボストンバッグを積み上げていた生徒達全員が、大目玉を喰らうことになった。傍にいた引率教師も平謝りで、その場はなんとか収まったが、運転席の床に付いている、踏み込んで警笛を鳴らす為の小さなペダルの上に積み上げたボストンバッグが崩れて、ペダルを踏み込んだ状態になっていたのである。

当時でも歴史を感じる古い車両であった。その時は暫らく電車を止め、騒ぎとなって冷や汗をかき、いい勉強になったが、今にして思えば、掛け替えのない旅の思い出になっていた。

3　枝垂れ桜の下でのボクシング観戦

月が四月に変わり、いよいよ予備校の講習が始まった。予備校の教師は多くが大学の非常勤講師か、引退教授のような風貌の教師が多く、受講している浪人生達が授業内容を理解しているかどうかなど気にする様子はなく、いつも自分の世界で授業を進め、教師が一人楽しんでいるようで、時間が来ればさっさと帰っていく、といった具合であった。受講生を来春、少しでも多く大学に合格させなければならないといった情熱や使命感などさらさらなく、国語古典の授業など、京都の観光案内に近い話が多かったが、それでもさすがに専門知識は豊かで、知的欲求を満たしてくれる授業は受けていて楽しかった。謙二は市電の定期券も買って、毎朝九時前には予備校の門をくぐった。

予備校が始まった日の翌日、謙二は帰り道、一人で繁華街に出た。電停岡崎公園前から、四条大宮方面行の1番系統の市電で四条河原町まで行き、ものめずらしそうに高島屋デパートの店内を見て回った。高島屋の並びの百貨店藤井大丸でトランジスタラジオと電気シェーバーを買った。謙二ら田舎者にとって、どことなく藤井大丸のほうが、売り場の様子が郷里の消費生活協同組合（米子西部生協）の店内のように雑然としており、気楽に買い物をし易かった。それから新京極を三条まで歩いた。河原町三条角の店、買い物客で賑わう千枚漬けの大安の前で河原町通りを渡り、四条に戻る途中、本の丸善に立ち寄った。初めて見る都会の大型ブックショップに感激し、三時間も滞在してしまった。当初の予定では、四条大橋を渡り、南座の前から、東山安井の「都をどり」で賑わう甲部歌舞練場を巡り、祇園まで歩き、定期券の使える東山系統6番の市電で飛鳥井町まで帰ろうと考えていた。

浪花の英才、織田作之助の小説の中に、旧制第三高等学校（現京大教養学部）の窮乏学生の歌で、

「行こうか京極、戻ろうか吉田、ここは四条のアスファルト」

というのがある。戦前の先斗町など花街の賑々しい頃の歌で、若者の生活観が滲んでいるが、その日謙二は、丸善での長時間の立ち読みに疲れたので予定を変更し、市電の残り半券を使って、今は四条通りのアスファルトの路面を掘り返し一面に鉄板を敷き詰めて、阪急電車乗り入れ地下工事が行われている工事中の四条河原町電停から百万遍まで、往きと同じルート1番の電車で帰った。京都市街を網羅する市電の料金は画一料金で、距離に関係なく大人往復十五円

で、うわべ親切丁寧な車掌は十五円支払うと二枚綴りの乗車券を手渡してくれる。下車時にそれを一枚ずつ千切って、車掌に手渡して降りるのである。

寮に帰ると、高校時代の最愛の親友町田俊介から手紙が届いていた。それによると、浪人生活を東京で送ることに決め、四月中旬にとりあえず大学三年生の兄の下宿先へ転がり込むことにした、ということであった。東京に出る際、途中京都に立ち寄るからその時は前もって連絡する、という内容であった。謙二はその夜、深夜まで英語講読のテキストの和訳を楽しんだ。内容は、在日米国大使に赴任したエドウィン・O・ライシャワー博士の就任演説文であった。寝床に入る前に、俊介に手紙の返事を書いた。上京する際は必ず京都に寄るように、自分は今、京都に越して以来、友人との会話に飢えている、人が懐かしいのだと書き綴って、翌朝投函した。

朝のラジオで、いま平安神宮神苑や円山公園の枝垂《しだ》れ桜が見ごろで、大勢の見物客が訪れていると伝えていた。予備校の授業の合間にぶらりと祇園まで歩き、八坂神社の裏手から円山公園に連なる道を歩いた。平安神宮のほうが東山二条からは近かったのだが、謙二は入場無料、それだけで円山公園を選んだ。従って、言うまでもなく市電には乗らなかった。更に円山公園では予想もしないおまけもついてくるのだが……。確かに公園内の桜は満開だった。円山公園の桜もすばらしい桜だった。世に言う京都の枝垂れ桜とはこんなものかと眺めた。

それからずっと後になって知るのだが、文豪谷崎潤一郎は、小説『細雪』の中で、平安神宮神苑の紅枝垂れ桜こそ、「京洛の春を代表する桜である」としている。

「行く春の　名残惜しさに散る花を　袂のうちに秘めておかまし」

これも小説『細雪』の中の一句である。その時、まだ上洛して日の浅かった謙二は、平安神宮神苑の紅枝垂れ桜のことはなにも知らなかった。

円山公園に花見に出掛けたその日、公園の中、坂本龍馬と中岡慎太郎が並ぶ銅像の脇の広場に、なにやらボクシングの特設リングのようなものが設けられ、謙二の興味を誘った。謙二は高校時代、ボクシング部に席を置き、家族の反対を押し切って公式戦にも出場し、三年次、県大会で準優勝をした経験を持っていた。大勢の花見客が、野次馬のようにこのリングを取り囲んでいた。観衆を集めるのには恰好な時期、場所ではあった。京都大学と東京大学の両校のボクシング部の定期戦が行われていたのである。

キャラコか何かの白布に滲んだ下手な字で墨書きされたヨレヨレの横断幕を見ただけで、その戦いぶりはおよそ想像がついたが、実際には想像以上に滑稽で、どの試合もボクシングの態をなしているのは第一ラウンドの初めだけで、ゴングと共に飛び出す姿だけは両者それらしい威勢がいい。やがて時間の経過と共にその形は崩れ、舞踊のようになっていき、最終ラウンドではもう開始前から両者ふらふらで、開始のゴングとともに両者なんとか立ち上がるのだが、打ち合いなどスローモーションの画像を見ているようで、観衆の笑いとヤジの渦の中でセコンドだけが興奮し、こめかみに筋して怒鳴る。見ていて気の毒になってきた。

総て三ラウンドマッチで、体重別に次々と両校の選手が登場した。春の日差しの中、時が経つのを忘れて観戦していたが、多くの観衆からは、せっかく親から貰った優秀な頭脳をわざわざこんなことで破壊することもないのにと、いらぬ心配が先にたつ様子が見られた。尤もあの撫でるようなパンチでは、全然危険ではなく、心配は無用なのかもしれない。京都に来て、思いもよらぬお花見となった。謙二は予備校への帰り道、仁王門電停付近、東大路の路肩を歩きながら先程の戦いの形相をまた思い出して、一人で噴出しそうになった。


翌日、町田俊介から再度手紙が届き、四月七日、境港を発つ、米子から急行白兎に乗る、できれば京都で二泊したいという内容であった。四月七日は日曜日だったので、謙二は白兎の到着する午後二時半に京都駅に迎えに出た。俊介は、それほど大きくないバッグを一つ持って、京都駅の一番外れの山陰線ホームに到着した急行列車から降りてきた。俊介はいつも口数は少ないが、愛嬌があってどこかとぼけた中にも気品があり、親しみやすく性格の良さから仲間の中では人気があった。

「昼飯はもう喰ったんか」

「うん、車内販売の幕の内弁当を食べた」

「どこか、京都で行ってみたいところあるか」

「おまえの寮は、ここから遠いのか」

「うん、市電で三十分くらいかな、バッグも抱えているし、先に寮にいくか」

「うん、そうだな……」

久しぶりに田舎育ちの男の子の会話が続く。

「その後、田舎は変わったこと無いか？」

「うん、就職や進学が決まった奴は、ほとんど町を出て行ったし、まだ田舎でぐずぐずしている奴は、浪人覚悟のやつらだな」

「予備校代わりに県立高校の専攻科を希望する奴が、何人か残っていると聞いたが……」

「うん、あそこだって金は掛からないが、希望すれば全員が行けるわけでもないから、希望者が多いと試験があって、専攻科に合格しなければどこかの予備校を探すことになるよな」

「俊介は東京の予備校だろう？　もう決まってるのか？」

「いや、これから向こうで探すつもりだ」

「ほとんど、もう始まっているだろう」

「うん、……予備校だから、途中からでも入れてくれるだろう」

国鉄京都駅北口の駅前広場から、東大路を経由する、円形緑色地に白抜き数字６番の標示板をつけた市電に乗って、謙二は久しぶりに友人と会話を交わしながら時を過ごした。

京都のお年寄りは、この下京区七条通に近い国鉄京都駅のことを七条駅と呼ぶ。謙二ははじめ、七条駅とは京阪七条駅のことかと思い込んでいた。この七条駅と呼ばれる国鉄京都駅は、来年十月、東海道新幹線の開通にあわせて、現在私鉄奈良電鉄の乗り入れている駅の南側に、高架線で新幹線ホームが増設されることになっているが、いままで南側の改札口を利用する乗客は、デパートなどの建ち並ぶ北口に比べ比較にならない程少なく、立派な五重の塔の東寺に面した九条通から南は、十条通りもあるが、平安京の碁盤の目の外になるわけで、その網の目を外れると、伏見区に続く街道沿いの古い街並みのほかは、まだ畑などが長閑に広がり、その先遥か遠方の畑の中を、今年夏開通予定の名神高速道路の橋桁が東西に走っている。

今、京都駅前を出発した6番系統の市電は、しばらく七条通を真正面に東山、豊国廟に向けて走る。

「高校の同級生で京都に出てきている奴はいるのか」

「うん、三人ぐらいいると聞いてるなあ。よく分からんが、まだ他にもいるかもしれないよ」

俊介は市電に揺られながら話していたが、特別、街の風景に目を向ける様子もなく、京都の街など関心はないようであった。

「一昨日、境港を出る前に、神戸の宮澤浩から手紙を貰ったが、就職先の神戸税関の研修所で郷里が恋しくて、夜、布団に入ると涙が出てくると書いていたよ」

「そうか。俺はまだホームシックのようなものはないが、予備校に行っても親しい友達はいないし、寮の中にも予備校生ばかり大勢いるけど、親しく付き合い始めると先々面倒なこともあろうかと挨拶程度にしているから、こうして気を許して会話を交わすのは久しぶりだよ」

路面電車は七条通りを鴨川に掛かる七条大橋を渡り、川淵の京阪電車の踏切をガタガタと揺れながら越していった。右手に三十三間堂、左手の広々とした敷地の中、国立京都博物館は工事中らしく、建物の側面に足場が掛かっていた。七条通の突き当たり智積院《ちしゃくいん》の総門の前で北向きに左折し東大路に入ると、途端に大阪方面からの車で渋滞し、馬町から東山安井の辺りまで、のろのろ運転が続いた。今は日曜日の午後だからそれほどでもないが、この馬町の周辺には、地元で「キョウジョ」と呼ばれる京都女子大学の付属中学高等学校があり、生徒の下校時には、電停や街に同じ制服の女子中高生が溢れ、京都にもこんなに女の子がいるのかと、まるで蜜蜂の巣箱でも覗き見る程の湧き出る女学生で埋め尽くされるのである。

「来年オリンピックを迎える東京は、今は騒々しいだろう？」

「うん、そこら中、道路の拡幅工事や競技施設の建設工事で、街に活気があるといえば聞こえがいいが、埃っぽい感じだな」

「俺も来年は多分、東京に出ると思うから、その時はお世話になるからよろしくな」

「なぜ謙二、今年は京都の予備校にしたんだ」

「だから、のんびり育った田舎者が、普段よりも埃っぽく騒々しい大都会に出て落ち着かないだろうと思ってな」

「京都だって騒々しいだろう」

「いや、これから行く飛鳥井町や北白川は、田舎のように静かだよ」

「そうだ謙二、……柳風呂町《やなぎぶろちょう》って知ってるか」

「えー、なんだそりゃ、温もりそうな町名だなあ……知らんなあ」

「幼馴染で高校同期の、同志社大学に行った寺脇敏の住所はそこらしい。京都御所に近いと言ってたな」

「そうか、寺脇は〝ドウヤン〟だったなあ。……大学が決まった奴はいいよ、暫らく風呂にでも浸かってのんびりと学生生活を楽しめば……」

市電は岡崎公園前まで北に上ってきた。

「俺の行っている予備校、ここだよ。毎朝ここまで市電で通っている」

「ふーん、寮はまだ遠いのか」

「うん、あと十分ぐらいかな」

丸太町通り熊野神社を越して、東大路の道幅は広くなり、電車は木造の京大吉田寮と京大付属病院の間をスピードを上げ、ガラガラと走った。京大病院の外来患者休診日にはほとんど乗降客のない近衛通電停にも、一応電車は決まりを守って律儀に停車した。今出川通り百万遍を越すと街は静かに落ち着き、次の飛鳥井町で二人は電車を降りた。近くに銘菓「八ツ橋」を焼く町工場があるらしく、市電を降りるといつもその香りが漂っていた。謙二は、あのシナモンの香りは嫌いではなかった。俊介をさつき寮の自分の部屋に案内し、俊介はダスターコートと洒落た茄子紺のブレザーを脱いでハンガーに掛けて、四畳半の畳の上に二人で寝そべって、夕方まで話した。第一日曜日は寮の食事が休みのせいか、寮生はほとんど出払っているようで、寮の中は静かだった。

夕方六時過ぎ、二人で街に出た。四条河原町まで市電で出て、新京極の飲食店で夕食をとった。その後夜の繁華街を歩き、祇園から市電に乗って寮に帰った。翌朝は、寮の朝食を二人で半分ずつ分け合って食べて、いつもの時間に東山二条の予備校に行ったが、謙二は掲示板を見ただけで、授業には出ないで、俊介と二人で近くの平安神宮に参拝した。平日の朝なのに、修学旅行の生徒など見学者が多かった。花冷えの岡崎公園の中を歩き、二条通りを東に白川通りまで出て、広い南禅寺の境内を巡り、三条通りの都ホテルの前を通って、知恩院、円山公園へと歩いた。数日前、公園の中にあったボクシングの特設リングは、もう片付けられていた。謙二はひとしきり、先日の京大対東大のボクシング定期戦の話を俊介に聞かせた。枝垂れ桜の樹にはまだ遅咲きの花は残っていたが、大方の花びらは落ちて、早くも若葉が広がろうとしていた。龍馬の銅像の前で俊介が、独り言のようにつぶやいた。

「龍馬の墓はどこか、この東山にあるんだよな」

「うん、行きたいのなら誰かに場所を聞いて行ってみるか？」

「いや、今行きたいわけではないよ」

「多分、この東山の麓の東大谷（祖廟）とか、清水寺のほうだろう……」

「ここから清水寺は近いのか」

「うん、高台寺とか霊山観音とか見ながら行ってみるか、歩いて三十分ぐらいだろうな」

俊介はこれには明確な返事をせず、黙って謙二に従った。……予備校生には無縁な、名前だけは覚えた公園の一角、左阿彌《さあみ》とかいう織田家由来の料亭を始め、綺麗に掃き清められ打水のなされた石畳の路地、三弦の音でも洩れてきそうな高級料亭旅館が点在する円山町、鷲尾町の路地を抜けて、高台寺への坂を登っていった。秀吉の正室、北政所の眠る高台寺・霊屋、その南隣り、新築工事を終えたばかりの巨大な白亜の観音様が鎮座まします霊山観音《りょうぜんかんのん》を訪れるのは初めてであった。第二次大戦の戦没者慰霊のために建立された、これから新名所となるであろう寺院である。それから標識に沿って、坂本龍馬や木戸孝允ら明治維新の志士達の眠る霊山護国神社、産寧坂《さんねいざか》、清水寺と巡り、五条坂通が東大路に交差する交差点に立ったのは、昼過ぎであった。そこからバスで四条河原町に出て、四条通のレストランに入って昼食をとった。

「午後からどうする。行きたいところあるか」

謙二が尋ねた。これに応えて俊介が、

「謙二は知らないと思うが、小・中学校時代の友達で、今京都で浪人生活している奴がいるんだ。住所を聞いてきた。今日、居るかどうか分からないが、訪ねてみたいので付き合ってくれないか」

「……いいよ、住所はどこなんだ」

俊介は上着の内ポケットから手帳を出してきて、

「中京区丸太町御前通下ル、吉田方だ」

「地図あるか。丸太町通りは分かるが、御前通《おんまえどおり》というのはどこだ」

「さあ、さっぱりわからん。中京区というのは、二条城の周辺ではないのか」

「うん、中京も広いからなあ、……そこ四条通を走っている1番系統の市電に乗って、千本丸太町で降りて探してみるか」

このあたりはお互い田舎者の強みで意気が合い、探せば直ぐにも見つかるような錯覚に陥り、無鉄砲に四条烏丸から、円形赤色板に白抜き文字の1番のヘッドマークを付けた市電に乗り込んだ。四条大宮から新撰組の巣のあった壬生《みぶ》を経由して、国鉄二条駅前から千本通りを北上し、千本丸太町で電車を降りた。電停の向かいのタバコ屋で御前通を尋ねると、暇を持て余す店番の中年女は、若僧を小馬鹿にしたような態度で暫らく他人の顔を眺め回した挙句、やがて通りを西に指差して、無愛想な返事が返ってくる。時々出くわす、お世辞にも利根《りこん》とは言えぬ京都人、「施しの伴わない親切、一切お断り」を決め込む醜い姿である。こんな時謙二は、「またか」と辛抱しながらも、「もともと只や」。ちと綺麗な女なら「こ馬鹿にされた」と腹も立つが、むしろ同情に値する風貌を目の当たりにしては、手前もことさら腰を低くして、くじけず慇懃無礼に挑戦する。聞くは一時の恥、そして別れ際はご丁寧にお礼の麗句を並べ、その場を立ち去る。見えぬ処で舌を出してるわけでもないが、大人がこれでは真面目な若者は育たぬ……と、お互いどっちもどっちだ。

どこかで聞き覚えのある御前通という名を、丸太町通を西に向かって歩きながら、ようやく思い出していた。志賀直哉の長編小説『暗夜行路』に登場する地名であった。俊介の小・中学校時代の友達、門元孝治の下宿は、丸太町通りから狭い御前通りを二軒ほど南に下ったところで、国鉄山陰本線のガードの手前、路地に面した小さな屋根つきの門に「吉田」と表札が出ており、その門をくぐると前栽のある古い平屋の家屋であった。母屋の広い玄関の脇にもう一つ別の入り口があり、その縦桟の入ったガラス戸を引くと、三和土《たたき》の先に四畳半ほどの部屋が二室並列に並んでおり、孝治の他にもう一人、学生が間借りをしていた。右側の部屋の孝治は不在で、左側の部屋の片隅の蛍光灯スタンドの明かりの元で机に向かっていた、そのもう一人の浪人生（？）が、

「門元はさっき出かけたから、多分、円町《えんまち》で昼食をした後、途中でパチンコ屋に寄っているやろ」

と、関西訛のある口調で教えてくれた。

「パチンコ屋の名前、わかるかい」

と、俊介が尋ねるとすぐに、

「円町には、パチンコ屋は隣り合わせに二軒しかない、そのうちでもパラダイスという店にいつも行っているから……」

と、教えてくれた。居場所がはっきりしてるなら、ここで待っているより……と、再び明るく陽の差す丸太町通りに戻り、さらに西を目指したが、御前通から円町まではすぐであった。パチンコ店「パラダイス」もすぐに見つかり、俊介は店の中に入って行った。謙二は、西大路の横断歩道を渡った店の前で待っていた。五分ほどして俊介は店から出てきて、

「見つけたよ。いま、玉を精算して出てくるから……」

と言った。謙二はこの門元孝治とは初対面であった。孝治は境港の第二中学校を、二年次途中から隣接する米子市の中学校に移り、米子の県立の進学高校に越境入学し、境港の普通科高校には進まなかったため、境第一中学校卒の謙二とは一緒になったことはなかった。その孝治は、景品のピース（タバコ）を何箱か袋に詰めて、機嫌よさそうに店を出てきた。俊介が道端で謙二を紹介し、三人で近くの喫茶店に入って話した。屈託のない門元孝治が初対面の謙二に尋ねた。

「……どこの予備校に通ってるの？」

「東山二条の京阪予備校。……君はどこなの？」

「……烏丸鞍馬口の文理学院」

「他人のことは言えないが、それにしても昼間からパチンコにタバコか、余裕があるな」

謙二が初対面の孝治に半畳を打つ、これに答えるように、

「いやいや、親元離れて京都に来て、悪いことばっかり覚えてな。淋しさを紛らわす為、始め

たようなものだ」

「その点俺なんざあ、今年一年牢獄生活と決め込んでいるから質素なもんよ」

「だって、もともと浪人生活なんて、江戸の昔から気楽なものと決まってるだろう？」

孝治は、卒業した高校の制服（学ラン）を着て、タバコに火をつけるが、見た目まだしっくり来ない。体格は、背はそう高くはないがガッチリとしていて、ヘアスタイルに特徴があり、顔つきは眉が濃く、目鼻立ちがはっきりしており、童顔の俊介に比べると大人っぽい。学ランを脱げば未成年には見えない。

「さっきの同宿の彼も浪人だよね。彼も文理学院なの？」

「うん、あいつは真面目でね。福井市の名門進学校を出て、京都大の医学部を狙っているから、受験科目も多いし、朝から晩までじっと机に向かってるよ」

「孝治は私立なの？」

「うん、初めから私立文系だよ。……謙二は？」

「おれも私立文系だよ。どこでもよければ浪人しなくてよかったんだけど、長い人生、浪人生活もきっと何かの役にたちそうだから……」

「謙二は境一中だよね。家はどこ？」

「田舎の家か、……港に近い栄町《えいまち》だよ」

「へえ、米子工業高校の応援団長をされていた内田淳一郎さんが栄町ですよねえ、ご存知ですか」

「あー、知ってるよ。内田淳一郎とは家が近所で、幼稚園の頃からの幼馴染だよ。子供の頃は、誕生日会などで招待され、あいつの家によく行ったものだよ。あいつ、裕福な家庭に育ってるから……」

謙二が内田淳一郎と親しいと聞いて、門元孝治の態度が少し丁寧になった。

「私は、内田さんとは境線の列車通学で毎朝毎夕ご一緒させて頂いて、お世話になりました」

「お世話になるって、孝治は内田淳一郎とは同級生なんだろう？」

「そうなんですが、同級生でも米工《べいこう》の応援団長といったら街の名士のようなもの、米子の街を肩で風切って歩くほど市内の中高校生に注目され、通学列車の中では大親分ですよ」

「へえ、内田がねえ、……あいつ根は優しいだろう？」

「だから人気があるんです。背が高く、がっしりしておられるし、浅黒くてマスクも甘いから、米子の街では女子高生の憧れの的ですよ」

「そうかもしれんなあ、子供の頃から眉は太く目が大きく、美男子だったたからな。小学校の低学年くらいまでは、性格はおとなしく学校では女の子のようだったからな。境港の街の中では、みんな、その頃のことをよく知ってるから、特別、そんな扱いは受けていなかったのだろう。高校三年生になって、米工の応援団長をやってるとは聞いていたが……」

「境線の通学列車の中で、一番態度がでかいのが境水産高校の空手部の奴らですよ、その空手部の連中も、米工の内田さんには一目置いていましたからね。日頃から内田さんが、女の子に優しいから……」

「それで内田は、高校卒業してどこに行ったの？」

「かなり早くから、今度、新しく合併し市制を敷いた北九州市の大学に決まったと言っておられましたね。多分、推薦入学でしょうね。自宅の近辺ではあまり会われないのですか……？」

「うん、路上で会えば立ち話ぐらいはするが、もう子供の頃のように、お互い家を訪ねることはないからな」

「境港で、たしか柳沼美容院も栄町だったよね」

「えっ？　いや、柳沼美容院は栄町じゃないよ、末広町だよ。……柳沼美容院になにかあるのかい？」

「うん、中学校の時の同期の女の子が弟子入りしていて、美容院の二階で住み込みで生活してるんだ。俊介も知ってると思うが、景山留美っていただろう？」

「ああ、可愛い子だったよな。中学卒業と同時に大阪に行ったんじゃないのか」

「うん、それが去年だったか境港へ帰ってきて、いま美容師の修行中なんだよ」

「柳沼美容院の門下生で境港で美容室を開いてる人、多いよ」

「うん、あの娘、接客もうまそうだし素直で真面目だから、いい美容師になると思うよ」

「孝治はその娘とつき合ってるのか」

「いや、お互いにそこまでではないが、電話で話したり、……帰ってきてから二度ほど会ったかな」

「これから美容師の国家試験受けるまでに、二、三年は掛かるだろう」

「そうらしいな。若い頃苦労して手に職をつけ資格を取ると、喰いっぱぐれがないからな」

「……そうだ、話は違うが、明後日の夜、上京区広小路の立命館大学の近く、梨ノ木神社の隣の御所車という喫茶店で、寺脇敏に会う約束になっている。あいつはもう大学生だから、家庭教師のアルバイトも決まったといってたな。もう一人、小学校以来の幼馴染で西陣で織物工をやっている細井功も来るが、……よかったら謙二も参加しないか」

「……そうか、西陣の織物工には会ってみたいが、生憎、明後日は他の予定があるなあ……。寺脇敏にもよろしく言っておいてよ、そのうち会おうって」

「謙二の今の住まいは左京区田中飛鳥井町？　どの辺だ」

「銀閣寺の近くの百万遍知ってるか、あれから電停一つ北に上がったところだ」

「あっちのほうへは用がないからな。まだ行ったことないな」

「平安神宮とか京都大学のほうだ。今日も朝から俊介と東山を清水寺まで歩いてきたところだ。京都にもいろんな顔の街があるからな」

「俊介は、いつまで京都にいるんだ」

「明日の朝には東京へ出発するつもりだから、今日が最後だ」

「お前も浪人生活だから、いつまでもゆっくり出来ないよな。また帰るときには京都に寄れよ」

「うん、ありがとう、今度は夏休み頃だな。……そうか、細井も京都にいるのか、暫くあいつにも会っていないな、よろしく伝えてよ」

「細井は、西陣の織物工場の二階に住み込んでいるよ。中学を出てすぐ働き始めたから、もうすっかり織物職人になってるよ」

俊介と孝治、それに今話題に上がった寺脇や細井は、境港市渡町の同じ小学校区の同級生で、謙二だけが港に近い市街地の境小学校であった。平日の午後、三人の浪人生は、日が暮れるまで円町の喫茶店で話し込んでいた。

翌朝、俊介は飛鳥井町から謙二と同じ電車で京都駅に向かい、謙二と岡崎公園前で別れ、東京に旅立った。

謙二は喫茶店での集まりに孝治に誘われ、都合が付かないと断ったが、いつか西陣の織物工である細井には、是非会ってみたいと思っていた。

それが叶ったのが、夏休みも過ぎたもう秋口だった。謙二は門元孝治に同行し、西陣の織物工、細井功を訪ねた。西陣は平安朝以来の織物の街に違いないが、西陣という地名の由来は、応仁・文明の乱の際、西軍山名宗全が陣を構えた場所でもあるからである。西陣の細井の住まいを訪れたその日は、九月末の日曜日で、住まいといっても織屋の二階。市電今出川大宮の電停から小学校の脇を抜け、独特の京町屋造りの家並み、古い瓦屋根と軒の迫る路地を北に上り、小さな公園の脇を知恵光院通に向けた四、五軒目、織機の並ぶ一階の作業場の脇の暗い階段を登った先に、「へしこ部屋」と呼ばれる押し込め部屋があり、何人かの職人達がそこで生活を営んでいるらしかった。

日曜日が休日と決まっているわけではないらしいが、当日はたまたま休日で、一階の作業場の明かりは消え静まりかえっており、昼間でも薄暗い、天井の低い二階の部屋にはその日、細井の他には職人らしい人影はなかった。すっかり職人風の細井は、時間があれば気晴らしにギターを弾くらしく、細井が座っている場所から手を伸ばせばいつでも届くようなところにギターが立て掛けてあった。

謙二は細井とは初対面で、お互い口数が少なく、絶えず孝治がその場を仕切っていた。細井は境港の第二中学校を卒業すると、そのままこの西陣の織屋に就職したそうで、小柄で瞳の輝く実直そうな男であった。西陣での生活はまだ四年にも満たないが、この工房で織物工として日々研鑽を重ねているのである。天井の低い二階の部屋から小さな上窓越しに見えるものといえば、同じ京町屋造りの隣の屋根瓦だけである。風のない夏の日など、屋根の照り返しが厳しそうで、さぞ蒸すことであろう。伝統工芸の技を身に着けるべく、強い志を傾けているのであろうが、細井から受けるものは、すこぶる爽やかで頑な態度、気負いなど感じられない。多分この男、そこに立掛けてあるギターも、人前で膝を崩し弾くことはないのだろう。この男にはギターより、正座で弾く三弦が似合いそうだと勝手に想像していた。

謙二は細井に会って、京都の伝統工芸の現状など色々訊ねてみたかったのであるが、毎日手掛けているであろう柄織の高機や手機の操作のことや、錦帯の綴れ織や糸くり作業の手順や、伝統工芸を守るための精神的な苦労話など、聞きたいことは山ほどあった。そのために、わざわざこうして孝治に同行したのであったが、その日は、細井が毎日仕事として手掛けているのが、主に帯織なのか着尺織なのかすら聞きだす事もなく、三時間あまり客として扱われ、丁重に配された、あんこの薄い煎餅座布団の上に胡坐をかき、片や正座を崩さない駆け出しの職人細井と、出された渋茶を啜《すす》りながら他愛もない世間話をしただけ、京都の伝統産業を担う人達の生活空間のほんの一部を垣間見ただけで帰ってきたのである。

西陣には、不届きな邪念を抱くよそ者を容易に寄せ付けない、張り詰めた空気が漂っていた。後にも先にも謙二が京都にいる間、西陣の京町屋造りの織屋の内部を覗いたのは、この時だけであった。

4　災害避難所のような鳥羽街道の学生寮

京都に三日滞在した町田俊介が東京へ出発した日、四月九日の夕方、郷里、境港の謙二の母親から手紙が届いた。高校時代の同級生の直江雄二という男が、京都の謙二の住所を教えて欲しいと謙二の境港の実家を訪れ、「自分も京都の予備校へ行きたいと思っている」と言っていた。住所を教えたからそのうち連絡があるだろう、という内容の手紙であった。

確かに高校時代、直江雄二は同じクラスにいた奴で、当時その男は、なぜか「磁気嵐」というあだ名で呼ばれることがあった。高校時代、クラス会などで皆が様々な意見を寄せ合って、議長がそれらの意見をとり纏め、いよいよ採決を取る段になって、直江がふいに手を挙げ、既に散々話し合い、ほぼ処理の終った事項を再びぶり返し、その場の空気の読めぬ意見を吐いたりすることがあった。「今まで何を聞いていたんだ、お前の意見を切り捨てるわけではないが、もう少し流れを考えろ」と、議長の肩を持つ意見も出されたこともあった。頓珍漢な奴の存在、世の中でよくあることだが、これも懐かしい高校時代の思い出である。

事程左様に、もう京都市内のどこの予備校も、それぞれ浪人生はとっくに動き始めていた。

それを知ってか焦っていたのか、翌日突然、その直江から、京都の謙二の住所宛に大きな蒲団袋と一つの柳行李が届いた。昼間、謙二が留守の間に寮母さんが受け取ってくれたらしく、その旨、靴箱にメモが入っていた。謙二は驚きと共に、とりあえず寮母さんに説明し、ここで一緒に暮らすことは絶対に無い、本人が来次第、持ち帰らせるからと話した。もし、謙二の母から事前に些少の連絡がなかったら、送付されてきた荷物を送り返しはしないまでも、より邪険に扱ったかもしれない。しかし、謙二の親がそうであったように、直江の親御さんも、息子が親元を離れて勉学のため都会に出て行くという、愛息の為に、寝具などそれぞれ思いを込めて準備された品々が詰まっているに違いない。そのことを思うと謙二は、直江本人に対し余計に腹が立ってきた。「親不孝者めが、しっかりしないか」。

直江からの手紙は荷物配送の翌日届き、その手紙には理科系の奴の雑な日本語で、これから京都へ行って下宿を探すので、もし自分が行く前に荷物が先に着いたら、それまで預かって欲しい、と記してあった。そして直江本人が現れたのは、四月十三日であった。人のよさそうな直江は何度も、

「約束もなく突然、申し訳ない」

と謝ったが、謙二は、

「おまえ、大事な判断を行き当たりばったりで進めると、後々いい結果にならんぞ。いつまでも子供じゃないんだから、段取りを考えろ。……これからどうするつもりだ、予備校は決まっ

ているのか」

と、直江に伝わる程度の不機嫌を装って苦言を呈した。

「平安学院にしようと思っている。明日、手続きをして下宿の斡旋も受けるので、それまでご迷惑を掛けるが、よろしく頼む」

「今更それは構わんが、何事も自分で判断して決めることだ。困ってることは手伝いはするが、俺だって来たばかりで西も東もよう分からん、その上、これからやろうとしていることも一杯ある、頭から人任せにしないようにな」

「うん、ご迷惑を掛けて申し訳ない」

「今夜の宿のことだって決めていないだろう。……今日は、この部屋で泊まっていいよ。明日、朝からお前一人で下宿探しだぞ。決まったら物を運ぶのは手伝うから……。俺、明日は夕方四時には帰ってくるから」

翌日、朝早く一緒に寮を出て、謙二はいつもの市電で京阪予備校へ、直江は徒歩で平安学院に向った。平安学院はさつき寮から歩いて七分、百万遍の北寄り、東大路沿いにあった。直江は平安学院の受講手続きをとり、下宿の斡旋を受け、京阪電鉄の鳥羽街道駅から徒歩五分の委託寮に決めた。部屋代月額三千円、食事なし。その日の夕刻、謙二は直江がさつき寮に送りつけて来た蒲団袋と柳行李の運搬を手伝った。夕刻の混み合う市電で七条京阪まで、その先、京阪電車で鳥羽街道まで、経費節約のためには、市電に大きな荷物を持ち込み、少々他人に迷惑を掛けるがその方法しかなかった。

　鳥羽街道駅近くの直江が決めた学生寮は、広い屋敷の中、古い二階建の洋館建築で、直江の契約した部屋は、一階の床が板張りの大広間をベニヤ板のような合板で四畳分ぐらいの空間に五部屋にも六部屋にも仕切ったひと部屋で、天井は高く、仕切り板の上から天井までの間にかなりの隙間があり、どう考えても人の住む部屋の態はなしておらず、落ち着いて受験勉強をしようかという雰囲気ではなかった。二階にも同じような部屋がどのぐらいあるのか、だだっ広い建物の中は、今月入寮したばかりの予備校生たちが、烏合の衆というか、まるで修学旅行の団体専用旅館のように他の住人がザワザワ歩き回っていた。もうこの時期はこんな部屋しかないのかと、謙二は不信感に苛まれていたが、直江雄二本人はそんなこと気にしていない様子であった。

　謙二は、そのベニヤ板の囲い部屋に小一時間ほど滞在し、到底、居住空間とは思えない騒音の中で直江と話していたが、その部屋にいる間、騒音（他の寮生達の話し声）は止むことはなかった。それから謙二は一人で飛鳥井町に戻った。その寮に入居した日から一週間程して、直江が、再び謙二のさつき寮を訪ねてきた。直江はようやく気づいたらしく、

「あの部屋では、騒々しくて受験勉強など出来ない」

　と、悩んだあげく相談に来たと打ち明けた。

「そうだろう、あの環境はよくない。学生の住まいは安ければいいというものではない。もう

一度じっくり腰を落ち着けて、静かな部屋を探したほうがいいよ。これから一年、京都で生活するのだから」

今度は謙二も同情を寄せるように、自分の思いをぶつけた。

直江は翌日から平安学院の授業の合間に部屋探しを再開し、徒歩で通学できる飛鳥井町の周辺にエリアを絞って探し始めた。三日程して、北白川平井町の閑静な住宅地、年齢が六十代後半と見られる引退教師の老夫婦の家庭に、朝夕食事付きで下宿することを決めた。

道路から数段の石段を登り、格子戸のたつ小門のある瀟洒なお宅の、玄関脇の書生部屋のような六畳間に、伏見鳥羽街道から移ってきた。もちろん、その際も謙二は引越しを手伝った。

こうして直江は、四月下旬になってようやく落ち着いたのである。しかし、その後も直江は、

「毎朝毎夕、老夫婦と共に同じ食卓を囲むことになり、時間的な制約は覚悟していたが、その都度、食事のマナーなど作法の厳格な家庭に育ったらしい老婦人から、箸の上げ下げ、魚の身のほぐし方にまでいちいち小言を頂くのはかなわんよ」

と、謙二に愚痴ったが、謙二もその老婦人には荷物を持ち込んだ時に一度だけ会って、お茶をご馳走になりながら話しており、その時の印象は、明治女の気品と気骨を感じる賢夫人と見たが、意地の悪そうな様子はなかったから、

「そのくらい辛抱しろ、それは、天から与えられた試練というものだ。ありがたい言葉だと思って、毎朝毎夕、感謝して聞け。格式を重んずる京都の家庭のしきたりを学べるのは、また

とない機会だ。……一年も経てばお前自身、きっと精神的に成長するぞ」

と、謙二はまるで後輩を諭すように直江を諫めた。そのうち生活も軌道に乗ったのか、憎めない奴だが、やや常識に欠ける直江雄二もあまり謙二の寮に顔を出さなくなった。

5　さすがに京都育ちの女学生

毎朝、謙二が乗る市電に、四月の中ごろから美しい女子学生が乗り合わせるようになった。その女子学生は、百万遍から乗車し岡崎公園前で下車する謙二と同じ、京阪予備校に通っていた。顔を覚えると、日に一度は教室の中でも見かけるようになったが、その娘《こ》はいつも一人で、予備校内でも誰かと親しくしている様子はなかった。目鼻立ちのはっきりした西欧人風の顔立ちで、服装もいつも爽やかであった。謙二はいつからか、その娘が気になるようになり、毎朝電車の中で、その姿を日で追うようになっていた。浪人生活の身で、ことさら用もないのに話しかけようとは思っていなかったが、百万遍の電停からその娘が乗ってこない朝は、やはり面白くなかった。

日を追う毎に、その娘が電車に乗り込んでくると、車内が急に明るくなると思えるようになっていった。帰りの電車でも乗り合わせることもあったが、その回数は、朝の電車ほどではなかった。その娘は、十分足らずの電車の中では、本を広げるでもなく、車窓に目を向けるでもなく、いつも席に座ってバッグを膝の上に乗せて、静かにその魅力的な目を閉じていた。時には謙二の真向かいの席に座ることもあり、その時は彼女の閉じた長い睫毛や、つんと高い鼻筋、透き通るような白い頬、短く整えられた艶やかな黒髪をいやおうなく見せつけられることになった。電停岡崎公園前で降りる時、謙二は、お互いの体が触れることのないよう気をつけていた。だから彼女が学割の定期券を運転手に見せて降りる際、そこに記された名前などが覗き見えることは無かった。このころから謙二は朝、寮の部屋を出る時、自分の身だしなみ、髪の乱れや上着の肩に落ちる雲脂《ふけ》なども気になるようになっていた。何よりも決まった時刻に早起きし、規則正しい生活を送る要因になっていたことは間違いなかった。ほいほいシッポを振るように話しかけたり、接近していくこともないが、毎朝のように同じ電車で顔を会わせ、気になる娘をことさら無視し続けるのも不自然で、機会が訪れれば謙二のほうから話しかけようと、徐々に覚悟を決めていた。

その機会は意外に早く訪れた。五月の飛び石連休の谷間、京都の街が観光客で沸きかえっている日の午後、現代国語の講義の時間、教室は満員でもなかったが、謙二の隣の席にその娘が座ったのである。そんなことは初めてであった。講義の始まる前、謙二はそれに気づき、初めドキリとした。彼女が勇気をもってその席についたのか、それとも単なる偶然なのか、もちろん知る由もないが……。謙二は、ある程度緊張しながら決意をもって話しかけた。

「あなたは、いつも百万遍から電車に乗ってくる人だよね」

「はい……」

やはり可愛い娘は、話しかけられることが必然のことのように落ち着いていた。

「僕はこの四月から、一つ先の飛鳥井町の学生寮に住んでいるんだ。毎朝のように電車で一緒になるから、気になってたんだ」

「お住まいは……飛鳥井町どすか……」

「……あなた、京都の人ですか？」

「へえ、……百万遍の電停に近い自宅から通うてます」

「高校も京都ですか、……この近く？」

「……高校は華頂どす」

お互い、初めは標準語で話そうと努力しているのが分かった。そのせいなのか、言葉数が少なく、ぎこちなかった。

「知恩院の？　そうですか、……以前からずっとこの周辺で生活してるんだ」

「……そうどす。できれば、もっとどこか遠いとこへ行ってみたいんどすけどな」

「いや、家族と一緒に暮らしながら、予備校や大学に通えるのはうらやましいですよ」

「……失礼ですが、おたく、お国はどちらどすか？」

「お国は、日本だけどね。……山陰地方、伯耆の国……行ったことありますか？」

「山陰いうたら日本海のほうどすな……宮津とか舞鶴なら行ったことありますわ」

「……それは両方とも山陰ではないな。……天橋立の辺りもいいところだよね」

　ようやく話が繋がりそうになったとき、現代国語の担当教師が現れ、講義が始まった。しかし、その時間の講義内容はほとんど謙二の頭の中には残らず、あっという間にその時間は過ぎてしまった。その時がきっかけで、二人は朝電車で会うと挨拶を交わすようになったが、名前は聞きそびれたままだった。

　それから一週間ほどして予備校の帰り、岡崎公園前の電停でその娘と鉢合わせになった。電車を待つ間、暫らく話した。

「また会いましたね。……あのー、僕、斉藤謙二と言います。あなたのお名前、伺っていいですか」

「へえ、……田代眞由美といいます」

「いい名前ですね。……イメージにぴったりだ」

「……恥ずかしわ、おおきに、ありがとう御座います」

眞由美は頭をやや傾け、髪に手を添えながら、大きな眼をさらに開いて微笑んだ。

「眞由美さんの来年の目標、聞いていいですか」

「へえ、……はい、今年、同志社大を受けてあかんかったんどす。来年もう一遍、狙おうと思てます」

「そうですか、……僕は東京の私立、秋に受ける学校を絞るつもりですが、今年、早稲田大を失敗したから、再挑戦するかもしれません」

「京都の大学は、受けはらへんのどすか……」

「うん、今は、そのつもりはないですね」

「なんでです？　……京都はお嫌いどすか？」

「いや、嫌いではないですが、……そうですね、坂本龍馬と同じですよ」

「古いものには、興味ないのんどすな？」

「いや、そんなことないですよ。まだ、京都に来たばっかりだから、よく判らんのですが、今、江戸が世界に一番近いし、今、この日本を動かしているのは江戸だと思うから……」

「ほんならなんで、今年は京都にいてはるんどす？」

「うん、東京でもよかったんですが、天が偶然与えてくれた一年間というこの時間、歴史的に日本を知る上で、京都も知っておきたいと思いました。……龍馬のように、永い眠りに就くなら京都かもしれないね」

「その龍馬さんのように、地方から京都におみやして、京都のお人をどないに思われます？」

「正直なところまだ判りません。我々学生に対して、親切で思いやりの深い方もいらっしゃいますが、友人が一時期いた伏見の鳥羽街道の学生寮など、田舎からの学生を小馬鹿にしているようなところもあって、腹立たしく思ったこともありましたよ」

「鳥羽街道の寮で、なにがおしたんどす？」

「三週間ほど前、同郷の友達が、京都で予備校に通いたいと田舎から出てきたんですが、時期も遅かったので急いでいて、住まいを予備校で紹介された民間経営の委託学生寮に決めたのですが、そこの寮がひどくてね。部屋の間仕切りが、海水浴場の海の家の脱衣室のようなベニヤ板の仕切りで、古い洋館の大広間を何室にも仕切っているんですが、天井が高いから間仕切りの上が開いている。音は筒抜け、多分隣の間仕切りの住人のいびきも聞こえるほど、薄暗い天井灯が一日中点灯している。あれでは冬の暖房も効かないですよ。いくら田舎からの貧乏学生でも、災害時の一時避難所のような、そんなところで受験勉強なんかできませんよ、ひどかったですよ。友人は一週間我慢してたけど、出ましたね。こんなものを金を取って他人に貸すのかと、京都の人間の良識を疑いましたよ。よく調べもしないで紹介する予備校も予備校ですがね」

「昔から京都のお人は、度重なる政変の荒波の中をたくましゅう生きてこられた遍歴をお持ちやして、そのせいかどうか意外に厳しいところがおいやしてなあ」

「そうですね。食文化一つとってもやっぱり都会の厳しさがある。田舎では、人の数に対して米や野菜や魚など食べものの量に余裕があるから、家族で囲む食事にも気分的にも潤いがある」

「……都会のお人はどことのうギスギスしてはる、いうことどすな」

「いや、何もあなたを責めているわけではないですよ。短時間のうちに京都のあらゆることを知りたいと思っているだけだから……」

　電車に乗り込んでからも二人の会話は続いていた。やがて眞由美が百万遍で電車を降りた後、謙二に空虚感が残った。京都で生まれ育ったという美しい娘、眞由美ともう少し話したかった。

6　四条烏丸の証券会社で

　それから二日ほど経って、木曜日の夜、寮の呼び出し電話に従兄の三木から電話があった。

「明日の午後、四条烏丸の証券会社に所用があって行くから、三時頃、第一證券京都支店に出て来ないか」ということであった。謙二はその場で了解の返事をした。

　翌日、授業を終えて、市電で四条烏丸に向った。謙二は十八歳になるまで、証券会社というものの店内に入ったことがなかった。もちろん、建物の外観は何度も見たことはあるが、その店の中の形態は銀行とどう違うだろうかと考えていた。市電を降りると第一證券のビルディングはすぐ判ったが、約束していた時間より三十分以上も早く着いた。謙二は、一人で烏丸通りに面した玄関を入り、店内を見渡した。店の広さや客の出入りに関しては、ほとんど銀行と変わりなく、店内に入って特に違和感はなかったが、銀行のようにカウンターがあり、ロビーの奥に駅の待合室のようなベンチが並んでおり、多くの客がそのベンチに腰掛けていた。謙二もそのベンチの空いた席に腰掛けたが、その奥の壁が大きな表示版になっており、主な株式上場企業の名前がズラリと一面に表示され、そこにいる客と思われる者は、ほとんど全員がその表示板に向かって座り、並んだ企業名の脇の時々パタパタ変わる小さな数字を見つめていた。多分、大阪北浜の証券取引所の上場銘柄の株価を速報で伝える装置だろうと想像していた。それとは別に、四、五人の客がカウンターに向って、それぞれ内側の証券マンと話していた。

社会党や共産党が何と言おうと、現在、日本が立って拠所《よりどころ》とする資本主義社会、今や国民の大半がこの仕組みの中で働き、物を生産し、消費し、生活に関わるあらゆる生活の営みの原点となっている株式会社など営利社団法人、上場企業はほんの一握りとはいえ、その屋台骨を血流のように支えている資本。しかし、その中で生活する多くの国民が、この仕組みや実態を詳しく知らないまま、平気な顔で生きているのも現実である。

謙二は、初めて見るこの大きな表示板の一つひとつの会社名とその脇の数字が刻々変わっていく様子を、固唾《かたず》を呑んで見つめていた。将来、日本で暮らしていく以上、この盤を見ているだけで日本経済の動向が判るようにならなければならない。往々にして、わが国では株の売買はうさん臭いもののように思われがちであり、資本とは金持ちの象徴で、多くの善良な市民は、搾取される労働者の側であると決め付けられている。これは戦前の思想の遺物であり、偏見である。市民は資本主義の仕組みを知り、銀行への預貯金もいいが、できれば少額でも分相応に株を持ち、株式会社の所有に参画し、その上で、労働者として一人ひとりが額に汗して良い品の生産やサービスに従事する。その労働報酬を得る一方で営業利益の配当を得、加えて、人々が日々の生活に必要な、便利な様々な生活用品やサービスの消費者としての恩恵に預かることが、この社会の仕組みを良しとする所以《ゆえん》であると承知していなければならない。謙二は、自らが将来進む道を決める前に、資本主義の仕組みを自分の体で体験しておきたいと、改めて思っていた。

約束の午後三時に従兄の三木と、そのロビーで会った。謙二は三月末の夜、三木のアパートを訪ねたことを話した。三木は、その頃は会社の会計年度末で残業に追われていたと言っていた。また、三木は今年の秋、今のアパートの契約が切れるので、それまでには勤務先の会社の近くに引っ越すことになると言っていた。その後謙二は、三木と烏丸通りの国際ホテルの喫茶室で、一時間近く話した。謙二は株式の購入の仕方など、株式売買について三木に尋ねた。会社の仕事柄、三木は株式の売買に携わっているらしく、詳しく話してくれたが、株の売買を始めるには相応の知識が必要で、会社の経営内容をある程度知っていなければならない。ただ証券会社の営業マンの言葉を信じて安易に始めると、結果的に証券会社の思惑に従って株の売買を行うことになるから、売買差益の儲けだけを追う癖がつき、元来の資本主義の理念を逸脱し好ましくない。個人で株を保有することは一種の社会参画であり、その額に応じたオーナーとしての責任を担う覚悟が必要で、その為に出資をするのだという社会貢献の気構えがなければならない。その意味で銀行にお金を預けるのとはわけが違うと教えてくれた。

確かにこの業界、現に一獲千金を夢見る金融亡者が屯《たむろ》し、さながら賭場化し、微にいるモラルハザードの点で未熟さを隠しきれず、今後の課題を引きずっている感は否めなかった。

いま株価人気上昇中の会社は、東の東都通信、西の京都化学と言われ、それぞれ立派に業績を伴うものであると付け加えた。三木の勤務先任展堂も、娯楽用品の販売でほぼ独占企業のような業績を誇っているが、多角経営を目指し、近年、宇治市に即席麺などインスタント食品の製造工場の操業を開始したと言っていた。基幹産業ではないが、国民所得倍増政策の成長路線を歩む日本の経済を支える企業を自負しているようであった。

三木と別れて、謙二は帰りの市電の中で、一つの考え事に没頭していた。それは今、日本の多くの学生たちが、現状の資本主義社会を頭から否定し、世の中を社会主義主導国家に移行させたいと本気で考えていることであった。多分多くの学生たちは、自らを共産主義国家の指導者たり得ると幻想的に位置づけて、まるで、労働者の先頭に立っているような錯覚に陥り、その国家形成を目指しているに違いないが、現存する共産主義国から推測しても指導者はほんの一握りの人間で構成されているのが実状で、おそらく多くの市民・学生たちはプロレタリアとして、一生労働を提供する側に置かれることになるのである。いま日本の学生達が、そのことを理解し、満足し、将来のプロレタリアを目指しているとは到底考えられない。万に一つ、日本が共産主義国あるいは社会主義国を達成したとしても、すぐに、ほとんどの人民が、こんな筈ではなかったとその体制に反発するに違いないが、気がついた時はすでに遅く、政治体制転換後いち早く、一部の支配者によって整備、強化された警察・軍隊によって市民の行動は制圧され、言論は統制され、民主、自由社会に引き返すことは困難となるのである。

知的レベルの高い国民により形成される社会主義国家ほど、多くの国民が国家の粛清を受ける結果を招いているのが現状で、ソ連、東ドイツ、ポーランド、チェコスロバキアを初めとする東欧諸国において、国境に壁を築き、言論を統制し、個人の信条を監視し、国民の自由を束縛し、一握りの独裁的指導者が軍隊を動かし、国家体制を守ろうとする市民弾圧が現に行われていることを冷静に見つめなければならない。

謙二は毎朝、革新政党の新聞に目を通し、日本の政治動向に憂慮していた。それは、日本の政治家の資質の低さがもたらす民主主義のレベルの低さにあった。ひいては、彼らを選出してきた国民の政治意識の未熟さにあった。少なくとも戦後、日本国民は、自らの政治的レベルの未熟さを謙虚に反省すべきではなかったのか、周辺国を含め、あれだけ多くの犠牲を伴った大戦争を思慮なく引き起こし、全国民が暗黒のドン底を味わってからまだ十八年、今ではもう終ったことだと、その責任を忘れてしまったかのように、金儲けに血走っている当時の指導者たち、改革を目指す学生達の本心は、今、彼らに向って怒っているのかもしれない。

その日、謙二が飛鳥井町の寮に帰ってきたのは、ちょうど夕食の時間に合わせたような時間となった。夕食を終え、空になった食器を元の棚に戻し、自室に落ち着き、机に向かってからも謙二の頭に、あの証券会社の株価表示板の動きが残像のように甦ってきた。三木が話した投資家という者は、あのパタパタと変化する株価の動きに一喜一憂してはならんのだと、投資というものの本質を学べと、謙二は三木のその言葉を深く噛み締めていた。しかし謙二は、その投資理念も立派ではあるが、非現実的な点で、共産主義の理想にも近いのではないのかと考えていた。資本主義社会にあって世の人々が、あまねくその崇高な資本主義感の域に達するのは、相当時間が掛かりそうだと漠然と思っていた。

7　浪人生活の実像

さつき晴れの日曜日、謙二は朝から寮で机に向かっていた。いわば孤独に耐えていた。浪人生活を送る身は、明るい初夏の昼間、孤独に耐えていかなければならなかった。おそらく田代眞由美も今、孤独に耐えて勉学に励んでいるに違いない。許された時間はそう多くない、来春は瞬く間にやってくる。できれば受験のためだけでなく、将来に繋がる力の蓄積、英単語の語彙の習得などは、日ごとの積み重ねで蓄積していくしかなかった。このさわやかな季節の真っ昼間、じっとりと机に向かって、勉学に勤しむこと自体、元気な若者にとって試練であった。

　ラジオのダイヤルを回すと、京都放送の音楽番組が流れてきた。カスケーズ「悲しき雨音」、コニー・フランシス「可愛いベイビー」「ボーイハント」、ジョニー・シンバル「ミスターベースマン」などが毎日のように流れていた。巷では、舟木一大の「高校三年生」が爆発的にヒットしていた。この歌の歌詞は、独房の中の謙二らにとってあまりにもリアルで、その曲を耳にし、目を閉じて、離れ離れになっていった仲間達を思う度に胸を締めつけられ、できれば今、この嘗《かつ》ての夢の世界にいざなっていく「高校三年生」は、耳元で鳴ってほしくなかった。

『京都新聞』は、連日のように国鉄京都駅前に建設が計画されている展望塔、京都タワーの建設の是非について報じていた。古都京都も時代の流れに取り残されまいと模索していた。烏丸通りに地下鉄を通す案もあるらしいし、これはどうかと思うが、高瀬川を埋めて道を拡幅する案もあるらしい。烏丸通りの地下鉄はともかく、木屋町御池から、先斗町、四条の下流の団栗《どんくり》橋辺りに至る高瀬川沿いの街並みは、夜ともなれば妖しげな古都の色街の風情を今に伝える一つの象徴でもあり、夜風になびく柳枝の霊影、ネオンの明滅を水辺に写し揺れ動く光景を謙二は嫌いではなかった。高瀬川の流れをなくしてしまうという発想は信じがたく、いつまでも残して欲しい景色であるが、嘗て堀川の流れをさっさと暗渠としてしまった前科もあり、突然見せる京都市議会の身勝手な勇断にも目が離せないのである。

オリンピック開催を来年に控え、東京では街が新しく生まれ変わろうとしていた。東海道新幹線は来年秋の開業に向けて工事が進められていた。部分完成した新幹線の一部線路床を使って、軌道付け替え工事中の阪急電鉄京都線電車が一足先に、その東海道新幹線の路床を借用して走るというニュースも伝えられていた。日本で初めての自動車専用道路、名神高速道路の栗東―尼崎間、一部開通も二ヶ月後に迫っていた。近鉄奈良線新生駒トンネルの工事も完成間近となった。関西電力の黒部湖第四ダム発電所も今年、動き出そうとしていた。

このように日本の現代史が大きく変わろうとしているとき、古都の北東の外れ、四畳半の一室で一日机に向かって受験勉強に備えるのは、自ら選んだ道とはいえ苦悶であった。このような若者が、この寮の中にも男ばかり三十人も生活を共にしていた。謙二はさつき寮の中に、親しく交際を始めた者はいなかった。しかし、中には孤独に耐えかねた寮生同士、互いの部屋を行き来し、一見親しそうに交際を始めた者もいたが、謙二はそうはしなかった。

やがて牢内にボス的存在の寮生も現れ、夜中に寮生同士口論を始めたり、時には殴り合いの喧嘩になることもあった。ある夜、謙二がトイレに行こうと廊下に出ると、洗面所の脇で、日頃真面目そうな痩せ男、福知山市から来ている高井進が、鼻血を出して目に涙をいっぱい溜めて立っていた。謙二がその様を窺うように、

「……どうしたんだ。喧嘩か……」

と、声をかけると、高井は黙って首を振って、

「……殴られた」

謙二はそのまま立ち去ろうと思ったが、再び尋ねた。

「……誰にやられたんだ」

高井は溢れる涙を拭きもせず、無言のまま、顎で脇の部屋の扉を指した。謙二の隣の部屋の谷村良太の部屋だ。

「お前も男だろう……、めそめそしないで元気出せ。来春、受験で結果を出して見返してやれ」

そう言って謙二はトイレに入って行ったが、用を終えて出てくると、もう高井はいなかった。多分、自分の部屋に入ってしまったのだろう。殴った谷村は、背丈が謙二と変わらぬぐらい高く、態度は倨傲《きょごう》で、いつも廊下で謙二に会うと頑なな相貌を見せ、挨拶もなくニヤリと不敵に嗤《わら》い、すぐに横を向いた。

「心のゆがんだ奴だな……」

このところ謙二も、谷村だけにはまともに挨拶を交わしたことはなかった。谷村は時々、己を誇示するように廊下で大声をあげたり、他の寮生を脅したりするようなことがあるらしかった。体格のデカい謙二に対しては脅しのような圧力を掛けてくることはなかったが、四月の終わり頃、予備校から帰ってくると、鍵の掛かっているはずの謙二の部屋に誰かが侵入したような形跡があり、それからは外出する時は、必ず窓の鍵も掛けるようにしていた。多分、隣の部屋の谷村が外の窓伝いに侵入したのではないかと想像できたが、盗られたものもなく、奴が侵入した明確な証拠もないのでそのままになっていた。谷村は、平安学院予備校に通っていたが、昼間から寮にいることが多かった。

そんな出来事があってから、殴られた痩せ男の高井は、謙二が朝洗面所で歯磨きをする時間を見計らうように向かいの部屋から顔を出し、話しかけてくるようになったが、謙二は毎日のように高井と話していても、高井の部屋に入ることはなかったし、高井を自室に入れることもなかった。高井も谷村と同じ平安学院に通っていたが、高井は真面目で、毎日休まず歩いて予備校に通っているようであった。

それから暫らくして高井が、

「谷村に廊下で出会うと、また言い掛かりをつけてきそうだ」

と、心配そうに訴え掛けてきたことがあった。謙二はそれに応えて、

「訳もなく暴力を振るわれることがあったら、すぐ警察に通報したらいい」

と、教えてやった。その話を高井が誰かに喋ったようで、めぐり巡って粗暴な谷村の耳に入ったらしく、謙二がある朝、洗面所で歯磨きをしていると、谷村が肩をゆするように寄ってきて、謙二の背後で、

「斉藤、……高井に警察を呼べ、と言ったそうだな。……警察沙汰になったら、唯では済まんぞよ」

謙二は歯ブラシをくわえたまま背を向けており、すぐに返事も出来なかったが、口をゆすぎ振り向くと、谷村はまだそこに立っていた。

「そうだろうな、未成年者が警察に引っ張られたら、唯では済まんだろう。警察から親も呼び出され、田舎から血相を変えて飛んで来る姿が見えるようだ。……俺も自分でやれるなら警察の世話になりたくないが、格闘技の登録選手は、素人とむやみに喧嘩も出来んでな」

「ほう、格闘技か……笑わせるぜ」

「……うん？　ワレもそうして笑ってりゃいい、それだけなら警察沙汰にはならんからな。……もし今度、この寮の中で治安を乱すような有形力を振るう輩《やから》がいて、高井のような被害者がでたら、間髪入れず俺が警察を呼ぶからな。……犯罪者を警察に突き出すのは、当たり前の話だ」

　その朝は、それだけで終った。お互いこれ以上の言葉は交わさず、謙二は部屋に戻った。受験勉強に追われる予備校生達が、煮えたぎる己の腹わたを抑えきれずに、うずうずしていた。一触即発の状態であった。

8　府立植物園の白い猫

週明けの月曜日、朝、市電の中で謙二は眞由美と顔を合わせ、ひょんなことから京都のデートスポットの話になった。眞由美は大原とか鞍馬、嵐山、高雄など秋の紅葉のスポットが今は新緑がすばらしいと教えてくれた。眞由美を誘う勇気もなく、黙って眞由美の話を聞いていた謙二が突然、問いただした。

「洛北の植物園に行ったことある？」

「……うち、行ったことあらしまへん、あこは大正時代に京都博覧会の会場として造営されたお庭ですわ。どないしたんか、博覧会は中止になり、その後公園として一般公開されるようになったらしいですわ、ところが、終戦直後からついせんだってまで、進駐軍の住宅地に接収されてましてん、最近、やっと返還されたばっかりですわ。……西洋風庭園やそうどす、今頃は、花がいっぱい咲いておって、ええかもしれまへん。うちもいっぺん行ってみたい思うとりました処どす。あこなら、都合のいい日、予備校の帰りがけにでも案内してさしあげてもええどすえ。二時間もあれば充分どすさかい……」

「そうお？　……それじゃあ君の都合のいい日のいい時間に合わせるから」

「……うち、あさっての水曜日の午後やったら、都合がええどすけどなあ……」

「……よし、それに決める。あさっての昼十二時半に岡崎公園前の電停で待ってる」

「へえ……あんじょう、晴れたらええどすなあ」

「俺、雨が降ってても待ってるからね」

「そうどすなあ、植物園やったら、傘さして歩いてもええかもしれまへんなあ。雨に濡れた花、見ながらなあ……」

　眞由美の笑顔が輝いていた。謙二は、週末の重い気分が一気に吹き飛んだ。足取りも軽く予備校の門をくぐり、眞由美と別れて自分の教室に向った。その日、夕方謙二は四条河原町の高島屋本店で、春らしいグレーのジャケットとベージュ色のワイシャツを買った。カメラも買いたかったが、デートのための手持ち資金に少しは余裕がなければと、諦めた。

　約束の水曜日はいい天気になったが、朝のいつもの市電に眞由美の姿がなく、謙二は朝から気掛かりだった。もちろん謙二は、朝、出掛けるときから新調のベージュのシャツにグレーのジャケットを着込んでおり、こげ茶色のズボンで決めていた。予備校に着いてからも眞由美の姿を目で追っていたが、まだその姿が確認できないでいた。

　瞬く間に午前中の授業が終わり、岡崎公園前の電停での待ち合わせ時刻が迫った。謙二の心拍は、寮の中で谷村と対峙する時の何倍も大きく打ち続けていた。眞由美は、本当に現れるのか……、それにしても自ら案内を買って出たんだから……。謙二は、絶え間なく車両の行き交う道路の中程、紫紺の排ガスの中、電停の安全地帯に立っていた。

もう約束の十二時半であった。眞由美はまだ来ない。反対側の電停に電車が着いて、乗客が降りたようだが、謙二の立っている側からは車両の陰で、降りた乗客の姿は見えない。二条通りとの交差点の信号が赤らしく、乗客の乗降が終わってドアが閉まっても直ぐに電車は発車しない。やがて信号が変わり動き出し、電車が行ってしまうと、向こう側の電停に眞由美の姿があった。眞由美は、軽い足取りで道路中央の軌道敷をまたいで、こちらの電停の安全地帯に飛び込んできて、

「すっかり遅うなってしもて、かんにんえ」

と、息を弾ませて叫んだ。謙二は笑顔で迎えていた。

今日の眞由美は目を見張る美しさだった。いつもは化粧など全く関係のない眞由美が今日はどこか違っていた。初夏らしく薄手のブラウス、純白の短めのスカートが若々しかった。やはり都会の娘である。謙二は、このまま心を引き込まれてしまいそうな恐怖感を感じた。

「今日は予備校の講義、休みだったの？」

「へえ、今日中にやっとかんならんことがおましてなあ、午前中の講義休んで……」

「悪いね。この田舎者のために時間を都合してくれて」

「……そないな言い方せんといてください、お互い浪人生かて、その時々の大切な時間を生きてますねんで……」

「……？」

昼下がり陽ざらしの下、なかなか電車は来なかった。謙二は、なぜか今日は眞由美の眼差しを真っ直ぐ見ておれなかった。ようやく電車が到着し、二人で乗り込み、隙のある席に並んで腰掛けた。動き出すと電車が揺れる度にお互いの腕が触れ合った。今日は、いつもの朝のようにスムーズに会話が進まなかった。

「これから行く植物園は、賀茂川の上流だったよね」

「へえ、あの辺りは洛北と申します、ご存知のように賀茂川の水は、最後は淀川に合流し大阪湾に注ぎます。賀茂川上流は鞍馬川や貴船川や雲ヶ畑の方からくる支流に別れます。上賀茂神社の辺りでは、賀茂川と呼ばれます。下流の下鴨神社の南で大原のほうからの高野川と合流して、鴨川となります。音声は同じ『カモガワ』ですわ、紛らわしいと思わはりましょうが、京都でお暮らしならしっかり覚えておいて欲しいおすなあ。鴨川は、伏見で街の西を流れる桂川といっしょになり、大阪の枚方市の手前、京都府と大阪府との府境山崎のへんで、琵琶湖から流れ出す瀬田川を上流に持つ宇治川と三重県鈴鹿山脈を源流とする木津川と合流し、淀川となります」

「ふーん、一度聞いてもよく飲み込めないから、もう一度、後で地図で確かめてみるよ」

電車は、眞由美と謙二の乗降する電停百万遍、飛鳥井町を越して、さらに北へと走っていた。乗客は少なかった。高野から北大路を西に、二人は植物園前という電停で降りて、賀茂川の土手に沿って北へ向って歩いた。ここまで来ると街はずれという感じで、景色もどこか長閑であった。

「お昼、まだどすなあ？」

「そうだ、すっかり忘れていた。どこかで食べなければね」

「うち、おむすび握ってきてます、……どっか園内で食べまひょ」

「ありがとう。……君と初めてのデートだから、さっきから胸がいっぱいで……」

植物園の中は、平日の午後ということもあって静かで落ち着きがあり、入口ゲート近くの洋風の庭には、いちいち名の知れぬ初夏の花々が咲き乱れ、まるで西欧の街の尖った屋根の教会の前庭か、小旗なびく古城の庭園を歩いているような錯覚におちいった。

眞由美は広々とした園内を奥へと進み、やがて進路を右手にとって楠樹の並木に入って行った。川端康成が去年（一九六二年）の新聞連載小説『古都』の中で、大友宗助という西陣の織職人の好む庭として紹介している。その楠樹の並木を抜けると、さらに右奥に整然と整えられたカイヅカイブキの植え込みに囲まれた、およそ五十メートル四方の空間にでた。通路を除き空間のほとんどが、これも色鮮やかな美しい季節の花々に覆われ、その中央部の噴水の周りに木製のベンチが置かれていた。二人はそのベンチに腰掛けて、しばらく黙ってゆったりと吹き上げる噴水を眺めて時間を過ごした。眞由美は、形のいい腿を覗かせた短いスカートの膝の上に純白のハンカチを敷き、その上に乗せたおむすびの包みを広げながら、

「質素な京都のおむすびどす、よろしかったら……」

と、やや首をかしげ、謙二の方を見ながらささやいた。その言葉に従うように、腰を浮かせ身体を寄せ、差し出した謙二の手が震えていた。謙二は黙って、眞由美の膝の上に置かれた、こぶりなおむすびを摘んで口に運んだ。

　植え込みの外で鶯の鳴き声がしていた。静かだった。おむすびを口にする眞由美の真剣な横顔が美しかった。平日の昼下がり、二人だけの昼食を楽しんでいると、どこからか全身、雪のように真っ白な、ふわふわと柔らかそうな毛に覆われた子猫が足元に現れた。突然、どこから現れたのかと、謙二は驚くというより何故か不可思議な思いにかられた。眞由美はあわてた様子もなく、それが当たり前のことのように手を伸ばし、子猫のほうも食べ物を欲しがる様子を見せるわけでもなく、猫独特の遠慮がちに髭の頬を擦り付けるように、背を高く丸くしてまるでバレリーナの足運びのように眞由美の足元に擦り寄る姿が可愛かった。

　眞由美は、膝の上のおむすびの包みを謙二の膝の上に移し、ハンカチだけを残した自分の膝の上に子猫を抱き上げ、真っ白な背中の毛をやさしく撫で始めた。もちろん、この子猫が眞由美に抱き上げられるのは今初めてだと思うが、眞由美も子猫もその仕草がとても初対面同士には見えなかった。お互いに癒されている様子が伺えた。特に真っ白な毛に覆われた子猫は、気

持ちよさそうに眞由美の膝の上にあまえ寝そべっている。これだけ器量良しの子猫なら、これまで多くの人に可愛がられてきたのだろう、甘える仕草も心得ている様子で、不安そうな気配は全く見せない。

謙二は、自分の膝の上に置かれたおむすびを、また一つ摘んでほおばりながら、その光景をまるでメルヘンの世界に誘われているような不思議な気持ちで見つめていた。ダ・ビンチの名画「白貂を抱く貴婦人」、その中で、眞由美の姿が若き貴婦人「チュチュリア」に重なって見えた。突然、白い毛に覆われた子猫は二人の中に割って入ってきたが、邪魔だというより、むしろぎこちないこの場を執り成してくれていると思われ有難かった。照れ屋で不器用で、どう見ても無骨で男臭い謙二が、今、京都育ちの可愛い人とこんな時間をともにしていることが、夢の中のことのようであった。

9　からまれても喧嘩するなよ

五月も終わり近くになったある夜、さつき寮の謙二の部屋に、直江雄二が久しぶりに顔を出した。

「おう、久しぶりだなー、元気にしてたかい」

「うん、おかげさんで、やっと京都の生活にも慣れたよ。……今日は驚いたことがあって、報告に来たよ」

「へー、……また下宿のおばさんに、小言でも言われたんじゃないのか？」

「そうじゃないよ。いつか心配掛けたな、そっちのほうはお互いに大分、分かり合えてきたから、最近は平穏な日々だよ。……それより今日、平安学院で珍しい奴に会ってな。……誰だと思う？」

「さあ、……どうせ浪人生だろう？　田舎の奴か？」

「うん、……うちの高校の暴れん坊だよ」

「……うちの高校の暴れん坊？　誰だ……伊東龍治じゃないよな」

「正解、その伊東龍治だよ。すごく目立つ格好をしていて、はじめ目の前を横切った時、あれ、こいつは誰だっけ、と目を疑ったよ」

「相変わらず、チンピラのような格好をしているのか」

「うん、あいつ、俺には気づかなかったようだったので、こっちから声を掛けるのやめようかと躊躇したが、知らん顔もできず声を掛けたよ。そうしたらいきなり、斉藤謙二の住所を知ってたら教えてくれ、と言い出してな」

「……それで教えたのか」

「うん、ここから歩いていける距離だが、たぶん昼間はいないだろう、と言っておいた。そのうち現れるぞ」

「うん、来ても構わんが……。龍治はどこに住んでるんだ」

「それにも驚いたが、俺の下宿のすぐ近く、歩いて二分ぐらいの北白川西蔦町と言ってたな」

「俺、龍治とは中学の頃から付き合いがあって、風体があああだから、知らない奴は恐れるけど、悪いことをする奴じゃないよ。親元もしっかりしてるし、郷里では名門の家の次男坊だ」

「だからだ、……京都に斉藤謙二がいると聞いて京都にしたと言ってたよ」

「へー、そう言ってたか、奴はいつ出てきたんだ」

「つい二、三日前に京都に来たといっていたよ。格好がとにかくすごいから驚くぞ。肩まである長い髪をオールバックにして、上下テカテカの黒のコールテンスーツ。シャツは藤色。靴は真っ白の革靴。濃いサングラス。それであの体格だろう、人が傍に寄らないよ」

「龍治は上背はそんなにないよ。百七十五センチぐらいだろう。しかし、その格好じゃあ予備校では目立つだろうな」

「教室で暫らく話していたら、俺のほうまで注目されちゃって、これから会う度に声を掛けられると、こっちも何者だと思われるだろうな」

「木屋町や先斗町など歩いていて、街のチンピラと喧嘩しなきゃいいがなあ。あいつ喧嘩はめっぽう強いから心配だ」

「奴さん、金貸してくれとか、そういうこと言わないかな」

「多分それはないと思う。奴のうちは裕福だから、しっかり仕送りあるだろう」

その夜、いつもどちらかと言えば落ち着きのない直江は珍しくゆっくりしていった。

直江が話していった翌週、謙二が留守の間に、伊東龍治がさつき寮を尋ねてきたらしく、後で寮の賄い方のお姉さんから伝言を受けた。そのときの風体は和服の着流しで現れたらしく、お姉さんから、

「あの方はどういう関係の方ですか、何をなさっている方ですか。はじめ、お相撲さんなのかと思いました」

と聞かれた。謙二は、

「彼は高校時代の友人で、平安学院の予備校生です。なにか失礼なこと申しましたか」

「いいえ、お話すると丁寧な方ですが、初めあの和服姿にびっくりしました」

「これからも時々、この寮に顔を出すかもしれませんが、よろしくお願いします」

髪の毛を肩まで長くして和服姿なら、力士と間違えられても仕方あるまい。

後で龍治本人から聞いた話だが、その日、さつき寮二階の謙二の部屋を訪ねた龍治は、部屋に鍵が掛かっており、いきなり隣の谷村の部屋のドアをノックもせずに開け、部屋に入り込み、

「……おい、隣の部屋のおにいさん、何時ごろ帰ってくるんだい」

と、鰓の張った顎と精悍な目つきで睨みつけたらしく、その風体と剣幕に谷村は、てっきり

隣の部屋の斉藤謙二が、この男と諍《いさか》いでも起こしたのかと早合点し、その龍治のいでたちから、懐にドスでも忍ばせて乗り込んできたのかと思ったらしく、その場はおどおどと低姿勢で対応したようであった。お陰でその日以降、粗暴な谷村良太は謙二に対し、手のひらを反すように、今までのような挑戦的な態度はとらなくなった。単細胞撃退に、とんだ龍治の効用かと謙二は苦笑した。

謙二は後日、直江から聞いていた北白川西蔦町の龍治の住まいを尋ね、龍治に会った。邸宅風の戸建、門を入ると南側に陽当たりのいい前庭のある敷地の中の和風二階建ての家屋を、三人の予備校生が丸ごと借りて、その二階部分を龍治が一人で占拠していた。二階には三部屋あって、龍治は主に玄関の真上の四畳半の部屋を使っている様子だった。謙二は龍治の顔だけ見て帰るつもりだったが、歓迎され引き止められ、二階の部屋で二時間近く話し込んでしまった。その中で謙二は、

「先斗町や木屋町界隈は、幕末の頃から斬り合いのあった物騒なところだ、今も関西の暴力団の社交場となっているようだから、高瀬川の周辺で絡まれても喧嘩はするなよ」

と、それとなく話したが、龍治本人は、

「……心配しなくても判ってるよ。いつまでも子供のような真似はしておれんからな」

と、簡単にかわされた。西蔦町からの帰り道、謙二はカトリック北白川教会の前でバス通り

を渡り、京大のグランドから農園の中を通った。グランドの一部、芝生の禿げかかったフィールドでは、サッカー部が熱の入った練習をしていた。ところどころ草の伸びたアンツーカーのトラックでは、数人の陸上競技部員がインターバル練習を繰り返していた。グランドの西側に広々とした野菜畑の続く農園の中の一本道を西に向って一人で歩きながら、先日眞由美と歩いた植物園のことを思い出していた。噴水の前のベンチに腰掛け、おむすびに添えて出された、眞由美の母が漬けたと言っていたその時の京カブ漬けの味が甦ってきた。謙二は、あの時眞由美と二人で口にした甘ずっぱい小カブや金時人参の漬物の味を一生忘れることはないだろう、昔から伝わる京都の家庭料理の味だと言っていた。

農園に作付けされた作物を眺めながら、聖護院大根や京菊菜などに代表される京野菜の味に思いを寄せて歩いていると、農園の一本道を片足を引きずりながらステッキを突いて散歩をする恰幅のいい老紳士の姿があった。たぶん運動機能回復の為の歩行訓練中のようで、その老紳士は急がず真剣に歩を進め、時々止まっては背筋を伸ばし、正面に見える東山如意ヶ嶽を見上げるように一息入れ、再び東に向って歩き始めるのであった。追分町の農園の出口まで歩く間、謙二の頭の中を三ヶ月足らずの京都での出来事が巡っていた。今、何のために京都にいるのか、その目的がブレないよう自分に言い聞かせていた。ただ単に来春、どこかの大学に入学する為だけではない、長い人生の中で今は捨石のような微妙なこの一年を、後の日、必ず効き石となるよう、有意義に生きたかった。

京大農園の傾きかけた石の門柱のある追分門、その門前のはす向かいに、それこそ間口半間ほどの小さな駄菓子屋があった。うっかりしていると見逃してしまいそうな、古い民家の玄関先の一部のような狭くて目立たない店であったが、謙二はなぜかその店の店番をしているおばあちゃんの京言葉がどことなく好きで、時々この店を訪ね買い物をした。大柄な謙二が店の中に一歩踏み入ると、それだけでいっぱいになってしまうような狭い店内に、古い京都の文化が漂っていた。今はもう見られなくなった、子供の頃目にした懐かしい青海苔の掛かった煎餅やゴムの袋にくるまった球状の羊羹や大きな飴玉や胡麻のふられた駄菓子などが、古い木枠のガラスの陳列ケースやアルミの蓋付の広口ビンの中に詰まっており、この店を訪れるとなぜか心が落ち着き、気持ちがタイムスリップしたように和んだ。子供の集まる下町の駄菓子屋といった感じで、その店だけがその場にそのまま取り残され、周辺の街はこの店だけを置き去りにして、すっかり変わってしまっていた。謙二はその日も、瓶入りの牛乳を飲むために、狭い店に立ち寄った。いつもの店番の老婆は、

「……へいへ、……お乳《ちち》どすか、おおきに」

といって差し出された硬貨を受け取り、甲に皺の目立つ手で、乾いた瓶入りのぬるい牛乳を手渡してくれる。謙二も飲み終わった後、

「おばちゃん、ごちそうさん、……ほな、空き瓶、ここに置くで……」

といって、出口付近の台の上に空瓶を置き店を出る。ゆったりした時間が流れる。

店から目と鼻の先のさつき寮に戻ると、珍しく夕食前に銭湯に出かけた。京都に来て、三日と空けず銭湯に通っているが、まだ日の高い夕食前に行くことは珍しかった。さつき寮の寮生が通う銭湯は、寮から歩いて五分ぐらいで、京福電鉄叡山線、通称エイデンの元田中駅近くの樋ノ口町にあった。新しくはないが気配りが行き届いた小綺麗な銭湯は、東大路から北白川に向う田中神社に面したバス通り（御影通）を渡ってすぐの角だった。さつき寮の管理状態もそうだが、謙二は、京都人の清潔感にはさすがに文化の高さを感じていた。特に生活区域に於ける公共物への管理の厳しさ、気配りというものが繊細に完璧に行き届いており、毎朝通う電停までの路地に、枯葉やゴミ一つ落ちていることなく、こうした皆が利用する銭湯でも、利用する側への気配りが徹底しており、田舎育ちの謙二には、京都市民の公衆道徳、その意識の高さ、手抜かりのない厳格さに感服させられることが多かった。

銭湯から帰る途中、さつき寮の裏の建物の一階が牛乳卸販売店で、小売もしており、ここでは、瓶に入った冷えた牛乳を飲むことができたため、銭湯帰りの寮生達のたまり場となっていた。謙二は日頃、自分の健康に関してそれほど気遣いはしていなかったが、銭湯に行く度に体重計には乗っていた。いつも六十五キロ前後の体重は高校時代と変わらなかった。

午後四時ごろの銭湯は、男湯はお年寄りばかりで、人数も少なくのんびりしたものだった。産後数ヶ月の赤ん坊連れの若い母親は、一番風呂に合わせて来るのか、その頃、帰っていく姿に出会った。夜のお勤め、高瀬川辺りにお出掛けの、豊かな黒髪をヘアピンでアップに止め掲げた粋なお姐さん方もこの頃なのかと、勝手に想像しながら、謙二はまだ明るい街をほてった体に夕風を受けながら、気持ちよく帰ってきた。

10　大阪十三の露店で同窓会

六月三日、高校時代の仲間の一人である関西大学に入学した金井充から手紙が届いた。六月九日の日曜日午前十時、高校時代のクラス仲間、大阪で浪人中の杉本正志、神戸税関に就職した二人、宮澤浩と藤本敏郎、近畿大学に入学した松井慶子らが、阪急電鉄十三《じゅうそう》駅前で会うことにしているが、都合がよければ参加しないかという誘いであった。あまり日はなかったが直ぐに了解、参加する旨の返事を返した。

当日は百万遍から市電で四条大宮まで行き、阪急電鉄京都線に乗り換えて大阪に向った。阪急京都線は、四条通りの地下を河原町まで延長する工事が進められ、ほぼ完成し、今月六月十七日、四条河原町まで開通する予定になっていた。まだこの日は始発駅が四条大宮であった。その始発駅で梅田行きの特急に乗ると次の西院に止まり、その先はノンストップで次の停車駅は大阪十三であり、四条大宮から三十分前後で、約束の地、十三まで行くことが判った。

もともとこの線は、昭和五年、京阪電鉄が新京阪鉄道と合併し、大阪天神橋から京都西院まで、この路線の運行を開始しており、古くからの明治四十三年運行開始の大阪天満橋から京都五条までの従来の京阪京都線とあわせ、京阪電鉄が、京都、大阪間で二系統の路線を運行していた。もっとも今の阪急となった線は、昭和五年、合併後も新京阪と呼ばれ続けていたが、驚くことに、当時、京都、大阪間の京阪電鉄の通勤定期券は、両方の（二つの異なる）路線で共通に自由に使えたという。戦後、昭和二十四年の路線整理で、当時の力関係から、この線は京阪神急行電鉄（阪急電鉄）に移管され、その時以降、今日の阪急京都線となっている。

阪急今津線、甲東園から来た宮澤も、乗換駅の西宮北口から十三まで阪急神戸線特急でノンストップ一つ目だった、と言っていた。関西大学の金井は、阪急千里山線の関大前から二十分弱と言っていた。一番時間が掛かるのは近畿大学の松井慶了だった。近鉄名古屋線久宝寺口から各駅停車鶴橋で乗り換え国鉄環状線で大阪駅まで、阪急梅田経由でやっとたどり着いた。この日、待ち合わせ駅を十三にしたのは、改札口が一つの十三駅が迷わないという配慮かららしい。

ほぼ三ヶ月ぶりに会う仲間は皆、元気そうであった。この仲間と話し合っていると、お互い高校生にすぐ戻る。それぞれ現在の生活を語り、じゃれあっていると時間の経つのは早かった。十三の街には、終戦直後の焼け跡の風景がまだそのまま残っており、路上に木製の丸椅子を一列に並べた常設の露天屋台が軒を連ね、その一軒、すし屋の露天の暖簾をくぐって歓談の席を占めた。高校時代は毎日、毎晩のようにこうして寄り合っていた仲間と久しぶりに気を許して、膝を交える心地いい時間であった。

紅一点の松井慶子は、高校時代から姐御肌の美人でありながら男の子のように飾り気がなく、男臭い群れの中に居ても違和感がなく、彼女の前で男達も遠慮なく男同士の会話を交わす一方で、男女問わずなぜか彼女を仲間に入れたがり、慶子が輪の中に居るだけで、野蛮な男たちの心が和んだ。慶子はよく、女心の何たるかを男達に語ってくれ、子供を諭すように女性側の見識を伝えてくれた。彼女が笑顔で発する一言が、実に的を射て、男の心を見抜いており、謙二は高校時代から好んで慶子の的確な見識を求め、参考にした。昨年のクリスマスイブは、松井慶子の家に謙二ら八人ほどの男女仲間が集まり、堀炬燵を囲んで美味しいものを食べながら、楽しい時間を過ごした。受験勉強のことなど忘却の彼方、気がつくといつの間にか夜明けを迎え、庭に面した回り廊下の内障子が淡く白ばむ頃まで、時を忘れてイエスキリストの誕生を祝ったものであった。お互い遠慮のない刎頚の仲間達なのである。

午後からみんなで梅田に繰り出した。十三から乗った阪急電車の出入り口付近に立って、車窓から霞む大阪の街の風景を眺めていた。幅広い新淀川に掛かる鉄橋の脇、土手の上に、不揃いの派手な広告看板が並ぶ中に、「酒＋料理＋女＝１３００円　曽根崎・アルサロ桂」と大書きされた看板が目に留まり、早速、謙二が関心を示した。

「大阪らしいな、慶子、あれどう思う？」

「……うん？……安いじゃないの？」

「値段じゃなくて……『プラス女』だよ」

「インパクト強いよね。……サービスのことでしょう？」

「内容はそうだろうけど、女としてあんな看板が許されるのか、と聞いているんだ。あれも表現の自由なのか……」

「大阪では許されるのよ。……原価計算の中にサービスまで加えたつもりだろうけど、サービスはあくまでサービスなのだから、頭から料金に加えてはよくないよね。それに結果的に安かろう悪かろうでは、初めから行く気もしないよね」

「そうか、『当店にはいい女がいませんよ。サービス込みでこの程度ですよ』という逆宣伝なのか。サービスの評価、価格は客に任せればいいんだよ。客はそれを期待してくるのだから、初めから計算に入れないで、伏せておくべきなんだよ」

「……」

「……むしろ大阪文化の象徴なんだろう。他の都市の看板なら、『○○食堂』『レストラン××』とあるところを、大阪では『カツ丼・ステーキ』とか、『とんこつラーメン・大盛焼そば』など、いきなり商品名だからな。確かに客にとっては、店の名前などどうでもいいのかもしれないのだが……」

「謙二も、いちいちそんなことに突っかかってると、都会で生きていけないよ。気にすること自体、もうあの看板にカモられてるのよ」

「へえー、やけに判った風なこと言うんだな、幼いといけないか。俺は、あんなの初めて見るから、見せられる側の大阪人の感覚が気になったんだ。あの看板、毎朝毎夕、通勤電車で見せられて、日曜日には子供も見るだろう。阪急沿線の住民なら、気にしている人も少なくないと思うなあ。俺に言わせると、あの表現は憲法違反だよ」

この議論は、電車が二つ目の終点梅田に着くまで続いた。

一行ははっきりした予定もなく、気がつくと梅田新道の辺り、御堂筋を南に向けて歩いていた。謙二や神戸組は大阪組に身を任せて、二人、三人とひたすら話しながら、広い舗道を歩いていた。

大阪で「筋」と名のつく道は南北の通りを表わすが、現在では「御堂筋」が、景観の美しさと道幅の広さから、その代表格となっている。名の由来は、浄土真宗の南北二つの御堂を繋ぐ通りにある。辛口に評する者によると、現在、大阪で近代都市らしい風景といえば、この御堂筋に沿った道筋だけで、そこを外すと、汚れた水路に沿って一見、乾ききった街並みがとめどなく続き、人々が一時憩えるような余裕のある空間が見当たらない。心潤う緑園の広場が、ほとんどないのである。ベッドタウン計画の進む千里山や南の長居公園や大阪城の周辺で、京橋から森ノ宮にかけて、大規模な緑の森、市民公園の計画が進められているが、他の都市に比べ、損得勘定優先の身勝手な復興が無秩序に進められ、終戦直後の焼け野原からの再開発、近代都市化へのまたとないチャンスも生かしきれないで、再び殺伐とした都市化が広がりつつあった。

　大阪の特徴はそこにあると言ってしまえばそれまでだが、水の都と呼ばれるにふさわしい、水面《みなも》に映る都市空間、清潔感のある近代文化都市に行き着くには程遠く、再開発までに、まだまだ時間の掛かりそうな風景が続くのである。

　官庁や新聞社の建ち並ぶ中之島を越し、心斎橋を過ぎて道頓堀通を左折し、「松竹座」「浪花座」「中座」「角座」「朝日座」と劇場の並ぶ、浪花文化の粋を集めたような歓楽街を、日本橋筋の交差点まで眺め歩いた。それから同じ通りを心斎橋筋まで引き返し、道頓堀川に掛かる戎橋の袂、宗右衛門町寄りのペンシルビルの三階、狭い階段を上り、お好み焼き屋に入って行った。店内は細長く中央の通路を挟んで両側にテーブルが並んでいた。日曜の午後、食事時間はずれていたが、八割以上の席に客が着いていた。鉄板テーブルの前に三人ずつ、二テーブルに分かれて腰を降ろした。長く歩いたせいでグラスに注がれた水がうまくて、注文をする前に水のお代りを要求した。謙二は本場大阪でお好み焼きを食べるのは初めてであった。他の仲間はどうだろうかと気にはなったが、あえてそのことは聞かなかった。二つ先のテーブルで手慣れた客が、自分で上手にコテを使って焼いている姿も見られたが、謙二達のテーブルではハッピ姿の若い女子店員が手際よく鉄板の上で、注文を受けたお好み焼きを焼き始めていた。その風景は、いかにも商売の街、大阪らしく威勢がよかった。食文化は京都とは大いに違っていた。道頓堀の街並みも法善寺横丁の路地裏も大阪の風景ではあったが、やはりこの庶民感覚の旺盛な食欲こそが大阪を物語っていた。初めて口にする本場のお好み焼きは、流石《さすが》に旨かった。

小一時間ほどでお好み焼き屋を出て、戎橋筋を南に下り、「なんば花月」の向かいのビルの喫茶店でコーヒーを飲みながら、再び尽きない話に花を咲かせた。派手なネオンが繁華街の辻を飾り始める頃、その店を出て、近鉄久宝寺口に帰る松井慶子を近鉄難波駅改札口で送った。その後、残った男達だけで千日前の辺りをうろうろ歩き回り、難波駅から地下鉄御堂筋線で梅田に戻り、阪急梅田駅で解散した。別れる際に今度は七月二十八日、日曜日の午前十時に神戸の国鉄三ノ宮駅前での再会を約束した。謙二は念のため、宮澤浩に確かめた。

「国鉄三ノ宮駅は、改札口は一箇所なのか」

「そうだなー、改札口付近はごちゃごちゃしていて分かりにくいから、駅前の『ダイエー』の正面玄関前にしようや」

「……『大映』？　三ノ宮駅前の映画館だな？」

「……ちゃうよ。『ダイエー』というのはスーパーマーケットだよ」

「……スーパーマーケットって何だ？　青空市場か」

「主婦の店、スーパー知らんのか。……最近の新しい方式の店だよ。売り場に店員がいない、決められた店の籠に勝手に買いたい商品を入れて、出口でまとめて金を払う方式の」

「へー、神戸にはそんな店があるのか……。スーパー『ダイエー』？　聞いたことがない。手帳に書いておこう、わけがわからん。……スーパーマーケットという、三ノ宮駅前の映画館ではない『ダイエー』だな」

全然飾らない、屈託のない会話である。こいつらとのこんな会話は、今後もずっと、お互い命の尽きるまで続けられるだろうと謙二は思った。謙二は阪急梅田から京都（四条大宮）行き特急に乗りたかったが、発車時刻まで待ち時間が長く、急行電車にした。関大前まで帰る金井が同行し、途中の淡路駅で千里山線に乗り換えるからと言った。久しぶりに気の合う高校時代の仲間と楽しい時を過ごし、心を洗い、充電した思いで帰路に着いた。来月七月は神戸で、九月は京都で会おうという約束になった。

11　下鴨警察署からの帰り道見た、高野川の夕日

大海原で時々クジラが海面に浮上し、潮を吹き、息継ぎをするように灰色の浪人生活に、こうして時々彩をつけていたが、その度にまた新たなプレッシャーを感じていた。浪人生の悩みはみな同じで、その圧力に耐えかねてか、予備校の授業を受講する予備校生の数が、四月当初より減り始めていた。六月になって教室が受講生で満員になることがなくなって、早めに教室に行き席を取らなければならないということはなくなったが、謙二は朝、眞由美に会うために、

相変わらず決まった電車に乗って通っていた。二人で植物園に行った後、謙二は眞由美に何かお礼をしなければいけないと思いながら、ぐずぐずとひと月が経とうとしていた。

ある日、謙二が高校一年次に取得した原付二種免許証の更新期限が迫り、眞由美に田中飛鳥井町の現住所の管轄の警察署はどこにあるのか聞いてみた。眞由美もすぐには応えられなかったが、後日、近所の友人に聞いてくれて、下鴨警察署であることがわかり、都合のいい時間に同行してくれることになった。二人で時間を決めて、高野川沿いの川端通に面した下鴨警察署に出向いたが、警察署の窓口で、伏見区の竹田にある京都府の自動車運転教習所に行くように指示され、あわせて免許証の住所変更を事前にするよう指導された。結果的に、その日の免許証更新事務の受付は門前払いを受けた格好で、しぶしぶ下鴨警察署を出て、二人で暫らく夕暮れ近い高野川の土手を歩いた。

眞由美は、帰り路とは反対の上流に向かって歩きだしていた。川面に夕日が差して、キラキラ光っていた。夏草、雑草の伸び始めた河川敷、大きな犬を連れて散歩をする長い黒髪を黄色のリボンで結んだ中学生くらいの少女と行き会った。眞由美の大きな瞳が傾く夕日を受けて輝いていた。白いブラウスの肩に近い袖口を飾る可愛いリボンが川を渡る風に揺れていた。この辺りは晴れた日、伝統産業の友禅流しの見られる場所で、土手の下に広い河原が広がり、春には土手の並木の桜の美しい処である。謙二は、歩きながら眞由美に友禅染めのことや西陣織のことを聞いてみたが、眞由美は地元の伝統工芸のことには関心がないようで、明確な答えは返ってこなかった。

空は晴れて正面に比叡山山頂のキノコ型の展望台が西日を反射して光っていた。二人は黙って土手の道を比叡に向かって歩いた。北大路に近い高野橋まで行って、今来た高野川の土手を叡電出町柳駅まで引き返し、今出川通りの街路樹の舗道を二人で、西山に傾く夕日を背に受けて百万遍まで戻った。

後日、眞由美は、親切に伏見区竹田の自動車教習所の場所も調べてくれて、国鉄京都駅から市電、9番系統中書島行きで、電停竹田で降りるのが一番近いと、さらに、行く時は身分を証明するものが必要であると教えてくれた。翌日謙二は、米穀通帳を持って竹田の自動車教習所に出向き、住所変更と原付自転車免許更新の手続きをとった。そして二週間後に更新したバイクの運転免許証の更新交付を受けた。その意味で、さらに眞由美に借りが重なったのである。

七月になると大学生は、早くも夏休みを迎え、親元に帰っていく者、都会に残ってアルバイトをする者、クラブ活動で合宿に入る者と様々であった。謙二の手元に、東京から山陰の郷里へ帰る途中、京都に寄りたいという便りが届いていた。これに対して謙二は、浪人生は時間的な余裕はないが、寄ってくれれば話ぐらいは出来るだろうと返事した。

京都に祇園祭の時期が近づいて、日頃、落ち着いた古都に浮き足立ったものが感じられるようになった。五月の葵祭の時も伝統文化は見ておこうと、謙二は下鴨神社に出かけた。葵祭は、正称を賀茂祭と呼ばれ、天皇の勅使が京都御所、建礼門を出て、下鴨、上賀茂両神社に参向する道中を、平安貴族さながらの姿で、総勢五百人にも及ぶ行列が繰り広げられる王朝絵巻である。この祭りは六世紀半ば、欽明朝の頃から伝わる宗教儀式で、『源氏物語』の中でも光源氏が、葵祭の勅使の役柄で登場する。最近では女人列も加わり、皇族内親王の名代・斎王代を中心に、艶やかさを添えている。

京都三大祭とあって、大勢の見物客に揉まれてその王朝絵巻を立ち見していたが、謙二を含め、多くの観衆は目の前に繰り広げられる神事につながる形態の真の意味を理解せず、祭前に行われる数々の前儀も知らぬまま、ただ葵祭とは、勅使らがその衣冠を葵の葉で飾って両社に参向する、こういうものかと、瞼に焼き付けたに過ぎなかった。

真夏の祇園祭は、できればもう少し、京都の町衆のこの祭りにかける意気込み、伝統的な風習などを確かめたいと思っていた。祭の始まるずっと前からそれぞれの町内で話し合い、準備に掛かり、祭を町民の気持ちから盛り上げていく、そこに信じるものが無ければ、神道とて宗教である。あれだけ大衆を引き付け、民衆を集める宗教行事、神事である祭礼は立派な宣教活動である。美しく飾りつけた山鉾、心地よいお囃子の音、日本人の神に対する日頃の祈願、感謝への心の凝縮である。単なる見世物ではないのだと、それを感じられればと、謙二は京の町衆の心の中まで覗けないまでも、街の気配に心を研ぎ澄ませて見入っていた。

七月に入ってもうっとうしい雨の日が多く、開襟シャツだけでは肌寒い日が続いていた。それでも謙二にとって、蒸し暑いのよりまだよかった。

12　平安京の守り神が宿るという巨鯨池

七月七日、謙二は三木の引越しの手伝いで、朝から伏見区中ノ島町の三木のアパートに出かけた。午前九時ごろに着けるようにいつもより三十分以上早く寮を出た。その日は寮の食事が休みの第一日曜日で、謙二は途中でパンでも食べようと、引越し作業のできるポロシャツ、ジーパン姿で出かけた。まだ雨は降っていなかったが、今にも降り出しそうな雲行きであった。

寮の玄関で傘を手にし、市電に乗る前に、電停前の公設田中市場であんパンとメロンパンを買って乗った。どこか気取り屋の謙二は、やはり市電の中では食べられず、七条京阪の駅に着いて、ホームのベンチに腰掛けてパンを口に押し込んだが、こんな日に限って、食べ終わる前に各駅停車が来てしまい、口をモグモグさせながら乗り込んだ。日曜日の早朝の郊外電車はそう込み合っておらず、謙二はドアに向って立ち、喉に詰まりそうなメロンパンを時間を掛けて呑み込んだ。墨染駅に着いてからも残ったパンを取り出して、今度は、あまり人けのないホームのベンチで落ち着いて食べた。改札口を出て、牛乳屋でもないかとキョロキョロ見回したが、日曜日の早朝、多くの店はまだシャッターを閉じており、そううまくはいかなかった。三木のアパートには、京都に来たばかりの頃、一度来たことがあったので、迷うことなくたどり着いたが、昼間明るい時間の墨染駅界隈の街並みを見るのは今日初めてで、もうここにも来ることはなかろうと、丁寧に街並みを眺めながら歩いた。三木もこの墨染に越してきたのは就職して三年目ということで、その前は、暫らく山科区音羽から伏見区の会社に通っていたらしく、その前、学生時代は左京区の聖護院門跡に近い、幕末、京都守護職を命じられた松平容保（会津藩藩主）が陣を構えていた黒谷町の金戒光明寺の門前の古い町屋の二階に下宿して、大学へは徒歩で通学していたと、謙二は聞いたことがある。

墨染の街から望める伏見桃山城は、相変わらず再建工事の板囲いの中で、天守閣が姿を現すのはまだ先のようであった。坂の途中のアパートの三木の部屋は、すでに細かなものは片付いており、残された大きめの物は、これから運送屋が来るから彼らに任すのだと言っていた。歳の若い運送屋二人は九時半には来て、三木と打ち合わせ、直ぐに作業を始めた。アパートの前は自動車がやっとすれ違うことが出来る道幅の狭いなだらかな坂道で、片側にピタリと寄せて、二トントラックが止まっていた。大きなものと言えば、洋服ダンスと冷蔵庫、洗濯機、テレビ、布団袋と運送屋が段取り良く梱包し積み込んでいった。紙袋に詰められた書籍類、解体し紐で束ねた本棚などを謙二は運び積み込んだ。ステレオ装置のスピーカー、チューナー、プレーヤーなどを積み込み、洗面用具、食器などはほとんど紙袋で三つぐらいに収められていた。最後にカーテン、照明器具をはずし、ダンボールに詰めた。その間、謙二は箒で掃き取ったごみを紙袋につめていた。

十一時前には積荷を積んだトラックは出発していった。何も無くなって広くなった部屋に三木と謙二が残り、家具を持ち出した後、日焼の跡をくっきり残す畳の上に座り込んで一休みした。積み残しなどないか、流し台の下や天袋の奥を覗くなど、最後の点検のあと雨戸の戸締りをし、主電源のブレーカーを落とし、玄関のドアの鍵を掛け、一階の管理人に鍵を返し、三木と二人で、墨染の駅に向って坂を降りていった。曇り空から雨は落ちてきてないが、二人は傘を持って歩いていた。

引越し先は、奈良電鉄の小倉駅から徒歩十分のところだと三木から聞いた。京阪電車墨染から一駅、大阪淀屋橋寄りの丹波橋で、奈良電鉄の近鉄奈良行各駅停車に乗り換えて二つ目（当時）が小倉であった。奈良電鉄のこげ茶色の電車は、丹波橋の次の桃山御陵前駅を出ると澱川《よどがわ》に掛かる、どことなく由緒ありげなアーチ橋、澱川鉄橋を渡る。その先すぐ、宇治市に入ると両側に田畑が広がり、電車は暫らく広々とした一面、畑の中をのどかに走る。車窓から見晴らしの効く中で、遥か右手に源氏の祖、源義家（八幡太郎義家）ゆかりの石清水八幡宮（後に頼朝が鎌倉にその分霊を歓請し鶴岡八幡宮とした）の神々が鎮座する男山の山並に連なって、遠方に小さく中央競馬会の淀競馬場の観覧席の大屋根が見える。その昔、この辺りは巨鯨池《おぐらいけ》と呼ばれた一面の沼地であったらしい。その沼地を昭和の初期に埋め立てて、このような広大な田畑となった。この池の埋め立てに際しては、この池が易学上、平安京の南の守り神がすむ池として平安京遷都の頃からの言い伝えがあり、埋め立て反対の意見が多く、今なおこの巨鯨池の埋め立てが、京都の街に災いをもたらすと信じている人も少なくないという。

小倉駅は、何もない畑の真ん中に、プラットホームの他は小さな駅舎だけが建っていた。降りる客は少なく、改札口を出ると畑の中、奈良電鉄の東側約二百メートルを線路と平行に国道二十四号線（奈良街道）が走る。その国道を左（北）に向えば宇治川に架かる観月橋を経て京都伏見へ、右（南）は田辺、木津を経て、奈良市に至る。この日、謙二らは小倉駅から国道まで出て右に向かい、奈良方面に五分ほど歩くと、畑の中、左側街道沿いに近代的な三桜食品宇治工場の正門がある。この食品工場が任展堂の出資会社で、三木の新しい出向先の職場だと聞いていた。三木と謙二はその食品工場の門の前を通り過ぎ、さらに奈良方面に進むと、左手から丘陵が迫り、その藪の奥を、国道からは見通せないが国鉄奈良線がカーブして国道に迫ってくる。その手前、国道右側、畑の中に松風庵というアパートが一軒だけ、ぽつんと建っていた。街道から僅かに外れ、畑地に入った処だが、国道以外畑しかない広々とした感じのする場所である。

その平屋建てアパートの一室に三木はポケットから鍵を摘み出して、ドアの鍵を開けて入って行った。謙二は暫らく外で待っていた。約束の時刻にまだ時間があるのか、先ほどの運送屋は、どこかで昼食をとりながら時間をつぶしているに違いない、まだ姿を現さない。このアパートは墨染の新興住宅街と違い、敷地面積は広く、一戸当たりの占有面積もゆったりとしており、広い屋根の平屋建ての中央に幅の広い通路があって、その通路に面して両側に各戸の玄関のドアが並んでおり、二間以上はある幅広い中央の通路には住民の自転車などが置かれていた。周囲は、奈良街道の東側は薮で覆われ、西側はどこまでも続く広々とした畑であった。近くに買物のできる商店らしいものはなく、店は奈良電の次の駅の伊勢田駅周辺か、国鉄奈良線の宇治駅付近まで行かなければないということであった。史跡・宇治平等院は、国鉄宇治駅の北東方向にあり、景色の美しい宇治川沿いにあるが、ここ小倉は、国鉄宇治駅を挟んで真反対の南西方向になる。

その日、謙二は三木に頼まれ、国鉄宇治駅前の食料品店まで飲み物を買いに行った。謙二にとって初めての地で、薮に覆われた小高い山の裾を回り込むように狭い小径が走り、この道でいいのかと不安になる頃、国鉄奈良線の踏み切りに出た。単線の線路に立つと、線路はカーブしており、そこから宇治駅は見通せなかったが、北に向って線路脇の小路を歩いた。松風庵から歩いて二十分程、駅前の小さな食料品店でコーラ三本とファンタグレープ二本を買って帰ってきた。運送屋のトラックは、午後一時に松風庵に到着し、引越し荷物の運び入れが終ったのは二時前になった。大方、室内の整理がつくと、畳の部屋の真ん中に座卓を置いて、今、水洗いしたコップを並べて、宇治駅前で買ってきたコーラを注いだ。運送屋の若い衆は、腰の手ぬぐいで額や首筋の汗を拭いながら、うまそうにコーラを飲んだ。

「このアパートは、所帯持ちが多いんだね」

「そうなんだよ、新婚夫婦もいるが、子持ちも多いんだよ」

「これだけ広いと、独身じゃ部屋の掃除が大変だな」

「俺だって、いくら家賃が安くてもこんな畑の中がいいわけではないが、職場が近いのがよくてね」

「あの国道沿いの食品工場では、なに作ってるの？」

「今はやりの即席ラーメンとか、湯を掛けて数分で食べられる乾燥茶漬けとか、インスタント味噌汁とか、乾燥ふりかけだな。……毎日、大型トラックで大阪方面に出荷しているよ」

「先発の日清のチキンラーメンは、ヒット商品として今、全国的に売れてるらしいからな」

「湯をかけて三分間が売りものだろう？　だからインスタント食品業界は、もう乱立ぎみなんだ。これからは生き残りを掛けて、味と値段の競争だよ」

「長かった戦争が終わり、戦後の混乱からやっと日本が自立し、ようやく食べ物が口に入るようになってきたら、もうこんな競争だもんな」

「今だから、即席麺でも商品になるんで、あらゆる物が豊富に出回る頃には、インスタント食品は滅びるんじゃないのかな」

「うん、湯を掛けるだけで食べられれば、非常食とか保存食にもなるからな。味をよくすれば、どこかは生き残るだろう」

「昨今、世の中の変化が激しいから……。いよいよ来週十六日には、名神高速道路も一部開通するし、栗東から尼崎まで四、五十分で行くらしいから、……なんでも忙しない時代に入ったもんだな」

そう言いながら、若い運送屋も十分ほど休んで、汗の引く間もなく立ちあがって帰っていった。

三木と謙二は、ダンボール箱から食器や台所用品を取り出して、食器棚に並べた。布団は布団袋から出して押入れに納めた。三時半を過ぎて片付けも一段落した頃、三木が、

「これから、工場に風呂に入りに行こう」

と言い出した。日曜日であったが、三桜食品の工場は稼動しており、工場のボイラーの熱で毎日工員のための風呂が沸かしてあり、工員たちは仕事を終えると、風呂に入って帰るらしかった。なんて面倒見のいい会社だなと思いながら、謙二はタオルを借りて、三木とアパートを出た。朝からの曇り空、雨はまだ落ちてきていなかった。工場の正門の前で国道を渡り、正門の守衛に一礼して、広々とした敷地の工場に入って行った。工場は門から建物の玄関まで長さ百メートル、幅三百メートルほど一面に手入れの行き届いた青々とした芝生に覆われ、その真ん中を十五メートル幅の白色に近い舗装された通路が、門から建物の玄関まで続いていた。食品会社の第一印象は清潔感なのかと、謙二は勝手に思いながら、三木の後に従った。正面の二階建ての建物の正面玄関からは入らず、建物を右側から迂回して、トラックの積み出し口方

向に歩いていった。正門から入って正面の二階建ての建物がこの工場の管理棟のようで、その裏に工場の建物が広がり、その中の一棟、幅の広い平屋建ての建物の中に風呂や社員食堂があった。

湯舟も洗い場もゆったりとした広さで、謙二がいつも行く田中樋ノ口町の銭湯の三つ分ぐらいの広さがあった。時間がまだ早いのか、風呂を利用している従業員は少なく、ゆったりと入ることが出来た。風呂から出て、工員が利用する食堂に寄って、夕食仕立ての生姜焼き定食を食べて帰ってきた。三木は帰りがけに管理棟の建物の正面玄関近くの自分の執務室に立ち寄って、出勤している当直の仲間と短く会話を交わし、多分自分の机の引き出しから何かを取り出して、外に出てきた。謙二は、芝生の広がる屋外から窓超しにその様子を見ていた。上空の雲に覆われた空全体もまだ明るさを残していたが、西側に広がる広々とした田畑や、そのはるか先に霞む淀競馬場の観覧席の上空は、夕暮が近いことを告げるように、その周辺だけが際立って明るかった。湯上りの汗ばんだ身体に湿気を含む風が気持ちよかった。京都と奈良を結ぶ街道は、トラックや乗用車の往来がひっきりなしで、その騒音だけが、一面畑の周辺に広がっていた。

謙二は、午後六時前に松風庵を出て帰路に就いた。夕暮れの無人の畑道を手にした傘を竹《し》刀《ない》のように振り回しながら歩いた。小倉駅から奈良電でそのまま国鉄京都駅に出て、市電の飛鳥井町まで帰った。途中の東山四条（祇園）、八坂神社の門前は、街に明るく灯が入り飾られ、すでに祇園祭が始まっていた。もっとも祇園祭は、その年の後半分の元日に当る七月一日「吉符入り」から始まり、この日を皮切りに各町内会の役員が祭りの準備に本格的に動き出す。従って、街は既にお祭りムードに包まれているのである。祇園祭は、今ではすっかり氏子や民衆の祭りとなっているが、そもそもは祇園会と呼ばれ、この時期、疫病の蔓延をきっかけに、疫病から民衆を救う朝廷のまつりごととして始まったものである。

13　京の街に祇園囃子の流れる頃

七月十六日の夜は、翌日の山鉾巡行を前に、各町々の山鉾はすっかり飾り付けを終え、八坂の氏子達の町内には祇園囃子が流れ、祭り一色となる。四条通りは宵山見物の人々で溢れる。今年はなんとか天気は持っているが、この時期、梅雨末期の大雨に見舞われることも珍しくない。翌十七日は山鉾巡行で、京都の街は祇園祭のクライマックスを迎える。長刀鉾を先頭に三十数基の山鉾が、あらかじめ定めた鬮順《くじじゅん》に四条通、河原町通、御池通を巡行するのである。謙二は、宵山の日は四条通から河原町通を、人波をかき分け歩いた。川端康成の連載小説『古都』では、宵山の街、お互いまだ知らない双子の姉妹、千重子と苗子が、それぞれ、新京極近くの八坂神社の仮社（祭りの期間一時、八坂の神輿が安置される場所）である御旅所に七度参りに出掛け、劇的な出会いに遭遇するのだが、残念ながら謙二はその夜、人波に煽られるばかりで、御旅所でも四条大橋の上でも、小説の筋書きのような落ち着いた優雅さを味わう余裕はなかった。

翌日、山鉾巡行の日は、曇り空の中、四条堺町の「鬮改め」の関所の傍で、毎年京都市長が行う奉行の鬮順改めの儀式を見ていた。この祇園祭の時期に合わせて、京都の食文化に何時頃からか、鱧《はも》を食べる風習がある。この夏の暑い時期、一般に土用の丑の日にうなぎを食べる習慣があるように、京都では鱧を食べるのである。京都の料亭では、祇園祭見物に訪れる客人に鱧料理を振舞う。もちろん、謙二ら庶民、学生には、到底縁のない話で、夏の暑い一日、新町通りなど、路地に面した町家風の料亭の二階のお座敷あたりで祭り見物の客をもてなし、鱧料理を食しながら、ゆったりと山鉾巡航を眺め、「コン、チキチン」の祇園囃子に酔いしれるのが粋なのである。

京阪予備校は、七月三十一日で前期期間を終え、夏期講習期間に入る。夏期講習期間は前期八月一日から十日間と、後期八月二十日からの十日間に別れ、寮生達も短期間、うだるような京都を離れ帰郷する者もいる。東京で浪人生活を送っている町田俊介から手紙が届いて、八月五日頃から二週間ほど帰郷する予定だといっており、謙二は、その返事に自分もその時期に合わせて帰郷したいが、白分はもっと短期間になりそうだ、と伝えていた。祇園祭の山鉾巡行にあわせるように梅雨が明け、京都に暑い夏がやってきた。

　七月十九日、早稲田大学に入学した、高校時代柔道部にいた宮田文雄が、帰省の途中、謙二のさつき寮に立ち寄った。あらかじめ七月上旬に、二日ほど泊めて欲しいとの手紙が届いていた。謙二と宮田は高校時代同じクラスの親しい友人で、二年間、同じ塾通いの仲間であった。元柔道部だけに体は大きく、多分身長は百八十センチを超え、体重は百キロを超えており、気立ては優しく好感の持てる奴だった。さつき寮の謙二の部屋では、遠慮がちに寝るときも持参したタオルケット一枚かけて、座布団を枕にして畳の上にシーツを敷いて直に寝ていた。この真夏、四畳半の部屋に大男が二人でいるとさすがに暑苦しく狭く感じたが、宮田は遠慮気味に、部屋の隅で小さくなっているように思えた。百万遍の交差点、南西の角の路地を入った二軒日に、よく白衣姿の京大医学生が利用する梵梵《ぼんぼん》という小さなレストランがあった。その店のメニューにすき焼き定食（百五十円）というのがあって、ご飯はおかわり自由で、厨房近くに置いてあるお櫃から、客が勝手に注ぎ足すようになっていた。この時代、夢のようなサービスで、謙二は月に一度はこの店に出入りしていたが、宮田が京都に立ち寄った二日目の夜、その梵梵に連れて行った。案の定、宮田は健啖振りを発揮、すき焼き定食を注文し、ご飯を茶碗で大盛り六杯、ぺろりと平らげた。謙二は、宮田が滞在している間も休まず予備校に通いながら、夜は宮田に付き合っていた。宮田は、昼間は一人で暑い京都の街を歩き回り、帰ってくると、その日のことを謙二に話したが、いつも京都御所の周辺ばかり歩いているようだった。謙二もなんとなく分かっていたが、問い詰めることはしなかった。この暑いのにご苦労なことである。

宮田は約束の二日間が過ぎても帰郷する気配がなく、相変わらず夜になるとさっき寮に戻ってきた。宮田は三日目の夜、謙二に小さな声で、

「彼女に電話したいんだけど、一緒に会ってくれないか」

「……え？　お前、それってデートだろう？　二人きりのほうがいいんじゃないのか」

「俺、京都の街よく分からないし、どこの店がいいのか、案内してもらえないか」

「彼女のほうがよく知っているだろう。……それより早くしないと、大学が休みになって田舎に帰ってしまうぞ」

「それが心配で昼間、彼女の大学の事務所に行って聞いてきたが、今、前期試験中で、まだ夏休みに入っていないらしい」

「京都に寄ることは、前もって彼女に知らせてあるのか」

「うん、帰郷の途中に京都に寄りたい、と手紙に書いて送ったが、返事が来ないのだ」

「お前は高校時代から片思いに近いのだから、やめるか押すかのどっちかなんだ。今更、恥ずかしがらずに押してみろ。彼女の寮の住所や電話番号、知ってるんだろ？」

「電話は自分でするから、一緒に会ってくれよ。俺一人だと、なに話していいのか分からんのだよ」

「お互い話すことが無ければ、黙っててもいいんだよ。男と女の仲なんて、もともと決まりなんかないんだ。……お前、高校時代から顔を見ているだけで、胸がいっぱいになるんだろ？」

「うん、……無性に今、会いたいんだよ」

「俺も早く大学に入って、そういう心境になるような恋愛をしてみたいもんだよ」

「これから彼女の寮に電話してくるから、うまくいったら明日、お前も時間つくってくれよな」

「浪人生活の俺をひっぱりだすのか、……お前も彼女に会わなきゃ、田舎に帰れそうもないからな」

「申し訳ないな。……これからそこの電車通りの電話局に行って、電話してくるよ」

ポロシャツ姿の宮田は、決心したように大きな体を揺り動かして部屋を出て行った。

宮田は、高校時代から隣のクラスの西田祥子に心を寄せており、体格のいい宮田が高校時代、真剣に不器用に振舞う様子は、クラスの誰もが見て知っており、祥子のほうも、宮田の気持ちに静かに対処しており、それ以上の進展もないまま卒業式を迎えたのであった。祥子は同志社女子大学に進み、京都で寮生活を送っているらしいと、四月に町田俊介から聞いていたが、謙二も宮田から手紙を受け取った時、祥子に会うために京都に立ち寄ることは、およそ推測はできていた。

宮田文雄は、十五分ほどして帰ってきた。顔は紅潮し、息づかいもいつもより激しかった。

黙って部屋に戻り、大きく息を吐くように座り込んだ。

「どうだった。祥子はいたのか」

「うん、明日の午後一時に蛤御門《はまぐりごもん》で会うことにした」

「それはよかったな。祥子、元気そうだったか」

「うん、今日、前期試験が終ったといっていた」

「前期試験を夏休み前に終える大学が増えてきているらしいからな。タイミングよかったじゃないか」

「ところで、御所は分かるけど、蛤御門ってどっちのほうだ。有名な門だよな」

「うん、……俺の社会科の受験科目は日本史ではないが、幕末の頃、尊皇攘夷に燃える長州軍が朝廷守護の薩摩、会津などの幕府軍を攻め、数の少ない長州軍が惨敗する禁門の変で激戦となった京都御所の門で有名だよな。烏丸通に面した門だと思う。……どうして蛤御門になったんだ」

「いや、初め祥子は待ち合わせ場所を京都御所といってたんだが、御所はいかにも広いだろう。御所のどこだと聞き返したら、暫らく考えて蛤御門ということになった」

「同志社の女子寮は、御所の近くにあるはずだ。蛤御門の名の由来も、嘘かホントか、この門はそれまで開かずの門だった。ところが昔、京に大火があって、その門から住民を迎え入れて避難させたのかよく分からないが、それを機にこの門が開くようになった。『火にあぶられて口開ける貝、ハマグリ」からきているらしい」

「明日、デートの場で貝のように口をつぐんでいたら、どうにもならん、その周辺にゆっくり話し合うような場所あるかなあ」

「心配するな、それは祥子が知ってるよ。明日、百万遍からヘッドマーク1番の市電で烏丸今出川で降りれば近いと思う。ここからだと歩く時間入れて四十分だな」

連載小説『古都』の中で、十月の時代祭の日に、双子の娘の一人、北山杉の里に育った娘、苗子と西陣の若い織職人秀男とが待ち合わせの約束をした場所がこの蛤御門であった。謙二は初めに宮田から、祥子が待ち合わせ場所を蛤御門と指定してきたと聞いて、祥子はおそらく、この小説を読んでいるのだろうと勝手に推測したが、あえて宮田にはそのことを話さなかった。

「お願いだから、明日、一緒に頼むよ」

「……俺が一緒だと祥子、驚くんじゃないのか」

「そんなことないよ。今、斉藤謙二の処に泊まっているといったから……」

「それでは予備知識として聞くが、お前たち今の時点で、どの程度の仲なんだ」

「……はっきり言って、まだ何もないよ」

「何もなくはないだろう、高校時代から、少なくともラブレターぐらいは出しているだろう」

「高三の夏ごろ、手紙は出したけど明確な返事はなく、年賀状は三年前から出している」

「……年賀状の返事も来ないのか」

「年賀状の返事は来るが、交際について了解の意思表示はないな」

「それでも、今回のように電話すれば会ってくれるのか……」

「久しぶりに会って話がしたいといったら、了解してくれたよ」

「俺、明日午前中予備校で授業を受けて、午後一時に蛤御門に直接行くよ」

「悪いな。必ず来てくれよ、時間前に……」

「俺が同行することで、祥子の機嫌損ねても俺は知らんぞ」

「……多分、そんなことはないよ」


梅雨明け十日といわれるごとく、翌日も晴れて暑くなった。謙二は予備校の午前中の授業が十二時十分に終わり、昼食を食べる時間もなく、そのまま岡崎公園前から1番系統の市電に乗って、百万遍経由で烏丸今出川には十二時四十五分になった。そこから蛤御門まで徒歩で七分くらいで、約束の時間にはどうにか間に合った。宮田はすでに来ていて、蛤御門の下の日影の部分で立って待っていた。連日、京都もうだるような暑さが続いており、御門の内の広々とした玉砂利の道にも、外の烏丸通りにも真夏の太陽が照りつけていた。謙二は空腹より渇きに襲われ何か飲みたかったが、宮田は多分、今、暑さなど感じる余裕はなく、無心で祥子の現れるのを待ち続けている様子で、ただ押し黙って通りの方を向いて立っていた。

祥子は門の内側の樹木に覆われた木陰の小道を通って来るだろうと、謙二は門の内側の丸太町方向に視線を向けていた。よもや祥子が、北山杉の織柄の帯を締め、和服姿で現れないかと、期待して待っていた。そんな謙二の身勝手な空想を知る由もない宮田は、先ほどから門の外、徐々に狭くなっていく日陰の下、烏丸通りに向かって、まるで衛兵のように仁王立ちで、大切な人を待っていた。その姿を見ながら、謙二はふと思い出していた。高校三年生の時、宮田が秘蔵の宝物を紐解くように、比較的大きな（四つ切大の）一枚の写真を見せてくれたことがあった。たしか、謙二と二人きりの宮田の自宅の勉強部屋であった。それは一人、高校の運動場の脇の草叢の中に立つ、純白のソックスに運動靴を履いた、半袖のポロシャツ、提灯ブルマー姿の祥子の写真であった。綺麗な乙女のあどけない表情と、太腿からすらりと伸びた形のいい脚線が印象的であった。当時、なぜ宮田が謙二にだけその写真を見せてくれたのか、理由は聞かなかったが、不器用な宮田が自分で撮ったものではないことは明白であった。おそらく祥子本人も撮られたことも知らないだろうその大写しの写真を、宝物のように密かに持っている事の一種の罪悪感を、誰かと共有したかったのかもしれない。その時、宮田は決してひけらかすような気配はなく、誇らしげでもなかった。あくまでも謙虚で一途な宮田の性格の良さを感じさせた。

祥子は、約束の午後一時ちょっと前に、門の外、烏丸通り側から現れた。もちろん、和服姿でなかったが、相変わらずスタイルは抜群で、にこやかに愛嬌を振りまく姿は、宮田を夢中にさせる魅力は充分に感じさせた。謙二には、宮田から見せられた例の写真の他は、高校時代のセーラー服姿の祥子しか記憶がなく、こうして涼しげな薄水色のノースリーブのブラウスにアイボリーのタイトなスカートの祥子は、すっかり都会の女子大生に変身し、会いたいと思う宮田の期待に応えているると、謙二は冷静に眺めていた。祥子は宮田だけでなく、謙二にも丁寧に言葉を掛け、笑顔で接していた。蛤御門の日陰の下で五分程立ち話の後、謙二が祥子に、

「俺、この辺り全然知らないんだけど、どこかいい店、知ってる？」

「どんなところがいいのかしら、お昼はもう終わったんでしょう」

「いや、実は、俺はその時間がなくてまだだけど、それより喉が渇いて、何か飲みたいんだよね。……高級な店でなくていいんだよ」

祥子は、蛤御門で会うことを指定した手前、思い当たるところがあるのか、そんなに迷うことなく歩き出した。烏丸通りの横断歩道を渡り、護王神社の角を西に向かう道幅の狭い下長者町通に入って行った。祥子は、歩きながらも絶えず話し続けていた。もちろん、宮田が真面目に受け答えをしていた。この狭い通りは、京都府庁舎の裏通りで、府庁の職員が気軽に利用できるような喫茶店が何軒かあったが、祥子は、堀川通に出る少し手前の一軒にはいった。

……この辺りから北西に掛けて、桃山時代、秀吉が聚楽第と呼ばれた御殿を築き、関白として朝廷の仕事をつかさどる為の館があった。絢爛豪華な贅をつくしたこの館をのちに関白職とともに甥の秀次に譲り、しばらく秀次がその役割の中で使用していた。その後、秀吉に予期せぬ嗣子、秀頼が誕生して身勝手な秀吉の思いが急変し、謀反を企てたと疑いを掛けられた秀次

が切腹を命ぜられ、秀次の死後、聚楽第は秀吉自らの手で、跡形もなく叩き壊してしまうのである。下長者通の一本北の中立売通と堀川通が交差する辺りに、今も聚楽小学校という名の小学校が残っている。付近には秀吉の参謀、黒田官兵衛孝高の屋敷跡の石碑も立っている……。

祥子が案内してくれたその店は珍しく冷房が効いており、ほっとする思いで、店の奥の席に着いた。祥子をテーブルの向こうに回し、奥に宮田、通路側に謙二が座った。祥子は席に着くと、ハンドバックからリンドウか、なにかの涼しげな花柄のハンカチを取り出して、色艶のいい頬に当てた。高校時代、祥子がスッピンを通していたのかは知らないが、やはり女子寮という環境の中で己を磨き、こんなにも綺麗な娘だったのかと、謙二は間近で見る祥子を改めて見直していた。こうして話を交わせば気さくな感じがするが、高校時代、日頃は無口で、どこか奥ゆかしく気品があり、上背のある祥子は、いつも男子生徒から距離を置いて見られがちであった。……ぎりぎりウェイトレスと呼べる程の歳回りの女性が、お冷とメニューを持ってきて注文を聞いた。これに答えて宮田が、

「俺、アイスコーヒーにする」

するとすかさず謙二が熟年ウェイトレスの顔色を窺いながら、

「ここ、日本では『コールコーヒー』というんだよね。……俺もそれにしよう」

祥子も、

「わたしも、『コールコーヒー』頂きます」

宮田は初めて知ったのか、

「京都では『コールコーヒー』というのか、……『クールコーヒー』ではなくて？　関西ではどこもそうなの？　……どの辺りからそう呼ぶんだろう？」

「そうだなあ、名古屋ではどう呼んでるのかな、調べてみたいね。……ちなみに関西の『コールコーヒー』は、東京の『アイスコーヒー』より、若干冷たいんだよ。凍らせる寸前のコーヒーだから……」

「おまえ、いい加減なことばっかり言ってると、本当のことも信用できなくなるぞ」

「疑うならそれでもいいよ、……祇園祭の頃、京都で食べる鱧って知ってるだろう？　東京では穴子と呼んで鱧とは言わないらしいな。もっとも正式名は『真穴子』というらしいが……」

「……そうなんですか、斉藤さんは、いろんなことをよくご存知ですね」

「いやー、くだらないことばかり気になって、毎日、予備校でそんなことばっかり勉強しているんですよ。……入試には絶対でないですよ。ちなみにうなぎを京都では柳川と言うんですよね」

「……嘘だ、うなぎは日本全国うなぎだろう。柳の下はどじょうだろう」

「いや、お話が楽しいですよ。……本当に鱧と穴子は同じものなのですね？」

「……さあ、みんな人から聞いた話だから、両方、並べて同時に食べてみないとわからないですよ」

「……斉藤さん、お昼まだなんでしょう？」

「いや、いいんです。あとで同志社の学生食堂にでも行って、ラーメンでも食べますから……」

「それじゃあ、初めからそうすればよかったですねー」

「いいんです。……そんなに気を使わないでください。今日はこいつに頼まれて、この暑い中、他人のデートに付き合ってるだけですから、……浪人生は、そのうち消えますから」

「そんなこと言わないでください。斉藤さんも知らない人でもないし、京都にいらっしゃると聞いていたんですが、……今日、久しぶりにお会いできてよかったです」

「あなたのような美しい方にそう言っていただくと、大人の当たり前の挨拶だと思っていても嬉しいですよ。さっきから、ドキドキしてますよ」

「へー、京都に来られてちょっとの間に、お話が上手になられましたね。……予備校ではそんなことも教えるんですか」

「うん、……予備校がと言うより都会の雑踏が、人の生き方を教えてくれますね。親元離れて、都会で生活するということは、色々な意味で鍛えられますよ。この僅か数ヶ月で自分で成長したと思いませんか……」

「確かにそうかもしれませんが、我々大学生より浪人の方は、ご苦労が多いのかもしれませんね」

「そうなんですよ。若い時の苦労は買ってでもしろ、と言うじゃないですか。今、まだその途中だけど、この一年が、自分の長い人生の重要な礎石となりそうだと本気で思ってます。……浪人生活というのはある意味、思っていたより重圧ですよ」

「長い眼で見ると、何が幸いで何が災いか、分かりませんよね。……宮田さん、東京での新しい生活はどうですか」

「うん、俺ね、斉藤のようにデリケートじゃないから、ただ決められた時間に学校に行って、大学の授業もある意味楽しいし、気を使うのは金の使い方ぐらいだね。欲しいものを気分に任せて買ってしまうと、月末にはピンチだし、かといって、あらかじめ貯金するほど余裕はないし、最近その配分、大分慣れてきたけどね」

「俺は食事つきの寮だから気楽だけど、三食自分でコントロールするとなると、うまいものばかり食べてはおれんだろうし、宮田は食べる量も多いし、そりゃ大変だな」

「日曜日なんか、どうしてます？」

「俺は、天気がいいと朝洗濯して、午後からは、家の近くの下北沢や三軒茶屋に映画を見にいくとか、ほとんど一人で過ごすことが多いね。雨の日は、一日中池尻の自分の部屋で、大学の近くの戸塚の古本屋街で見つけてきた三文小説を読んでいる」

「大学では、友達づきあいなんか大変でしょう」

「うん、高校時代のような親しい友達じゃないけど、昼に学生食堂で飯喰いながら話すぐらいの友達はいるよ」

「西田は女子寮だよね。女子寮の話を聞いてみたいよな」

「そうねえ、……傍で思うほど特別なことはないんだけど、……やっぱり、新入生は上級生には気を使うよね。私はこういう性格だからあまり悩むことはないんだけど、人間関係を築くのは勉強になるわね」

「部屋は個室じゃないんでしょう？」

「うん、今四年生と二人部屋なんだけど、四年生にもなれば完全な大人だし、ゼミや部活や就職活動など、新入生の面倒など見てる暇なさそうだし、短時間で要領よくアドバイスしてくれる先輩はまだいいんだけど、何にもしてくれないで、依頼ごとばかりという人もいるのよ。そんな人と組んだら、新入生同士の横の連携で、大切な情報をまた聞きで得るしかないのよね」

「部屋の掃除とか、洗濯とか、風呂に入る順番とか、うるさくないの？」

「それは細かく規則があって初めに覚えるわけだけど、お互い学部も違うし、競うことはないから、いじめられるとか、嫉妬をうけるとか、よく言われるどこかの歌劇団のようなことはないわよ」

「同志社はミッションスクールではないけど、キリスト教の礼拝堂なんかあるよね」

「うん、あるよ。……もちろん、強制参加ではないけど、建学の精神に従って、寮の行事などお祈りから始まるということは多いよね。聖書を読んだり、讃美歌を歌ったり」

「宮田には言ってなかったんだけど、俺、今日三時十分から、もう一つ授業があるんだ。だから二時半には失礼するからな」

「斉藤さん、お昼、食べなくていいの？」

「うん、大丈夫」

「予備校には夏休みってあるの？」

「……自分でつくるのさ。多分、休んでいても気持ちは落ち着かないだろうけどね」

「田舎にはいつ帰るの？」

「俺は、八月のお盆前に、町田俊介って、知ってるでしょう？　彼が東京からの帰りに京都に寄ることになっている。多分、俊介と一緒に帰ることになるな」

「俊ちゃんは今、東京のどこにいるの？」

「春から代々木の予備校に行ってるよ」

「斉藤さんとは近くだし、京都でまた会えるわよね」

「そうだね。……いや、勝手にそんなことしたら宮田に首絞められそうだからな……」

「……そんなことないわよね、宮田さん」

「……ほかの奴なら駄目だが、謙二なら許すよ」

「俺、すっかり安全牌だと見られてしまっているようだな」

「いや、そうじゃないよ。お前にはこれからも京都で世話になるからな」

「斉藤さん、来年は京都の大学受けるんですか？」

「今の予定は東京だよ。……できれば、宮田の後輩になれればいいと思っている」

「謙二なら大丈夫だよ。……今年だって、俺が入ってお前が落ちたのが不思議なくらいだよ。もっとも、お前は政経学部で俺は教育学部ということもあるが……」

「今更、慰めてもらっても仕方がないな。敗軍の将、兵を語らずだよ」

「どうしても初年度は難関校に集中するから、ちょっとしたミスが命取りになってしまう。来年はじっくり進学先の狙いを定めて頑張ってくださいね」

「ありがとう、……それではそろそろ時間だから、……これコーヒー代、俺の分」

「ああ、それはいいよ。頼んで来てもらったんだから……」

「いやいや、楽しかったよ。……それではまたね、ごゆっくり……」

「ほんとに、また会いましょうよ。……ここからだと、どっちへ出るの？」

「市電12系統で堀川丸太町から熊野神社に出て、そこから歩くよ」

謙二は、ブックバンドに結んだテキストとルーズリーフを片手に店を出た。狭い下長者町通りから広い堀川通りに出ると、真夏の陽ざかりがもろに差してきた。堀川通を南に向うと五分ほどで丸太町通りとの交差点に出た。堀川丸太町の電停に立って、錦林車庫方面行き電車を待っていたが、なかなか来なかった。いつか、四月だったか、俊介と円町のパチンコ店に訪ねた浪人生の門元は、この線を利用して文理学院に通っていると言っていた。門元は、俊介や祥子と同じ小学校のはずだった。電車がやっと来たが、待たせた割には乗客は少なかった。丸太町通りを東に向かい、東大路と交差する熊野神社で電車を降りて、東山二条まで歩いた。疎水に掛かる橋を渡って、岡崎公園前の電停の手前まで来たとき、午後三時十分になった。小走りに教室に入るともう授業は始まっていた。席に着くと体中から汗が噴出した。謙二はもう空腹のことはすっかり忘れていた。

その日の夕方、謙二が寮の夕食を終えた頃、宮田がさつき寮に帰ってきた。宮田は久しぶりに祥子に会って緊張して疲れたのか、部屋に座り込んで暫らく動かなかった。

「あれからどうだった。晩飯は食べたのか」

「うん、祥子は寮で夕食があるからといって、五時前に分かれたよ」

「じゃ、晩飯はお前一人で食べたのか」

「うん、昼も夜も同志社大の学食でな」

「祥子は元気そうだったじゃないか」

「うん、定期試験が終ったばかりで、疲れてると言ってたよ」

「俺はそんな風には見えなかったげどな。……むしろ高校時代より、解放されたように明るく感じたけどな」

「親から解放されたということか」

「いや、彼女の家庭が厳格なのかどうかは知らないが、大学入試の受験勉強から解放されたような感じだったな」

「俺も高校時代の祥子と比べて、言葉数が増えたように感じたな。あんなに喋る奴じゃなかったんだが……」

「そうか、彼女のことはお前のほうがずっとよく知っているから、俺が口を挟むことでもないが、高校生の頃はどちらかと言うと殻に閉じこもっているようなところもあって、それが祥子の一つの魅力のようにも見えたが、今日の祥子が本来の姿ではないかと思うな」

「深窓の令嬢も少しは俗世間の洗礼をうけて、変わってきたのか」

「お前は今、そうあってほしくないのか。俺はどちらかと言えば、今日の印象のほうがいいと思うな、飾り気がなくて……あれからどこかに行ったのか」

「うん、同志社大学の図書館を案内してくれて、そこのロビーのソファーで暫らく話して、その後、御所を散歩がてら寮まで送って、寮の近くで別れた」

「彼女も近く帰郷するだろう？」

「それは聞かなかった。試験も終ってるし、特別のことがなければ、すぐ帰るんじゃないの……俺は明日の朝、帰るからな、すっかりお世話になったな」

「気にするな、俺も予備校があってろくすっぽ付き合えなかったが、こんなんでよかったらまた寄れよ」

宮田文雄は、翌日の午前中の急行列車で山陰・境港に帰っていった。

14　神戸新開地の闇、知ってるか

先月約束していた、神戸三ノ宮駅前、主婦の店ダイエーの前に、既に夏休みに入り帰郷してしまった松井慶子を除く、前回の五人のメンバーが集まった。七月二十八日は、晴れて朝から暑い日になった。謙二は、約束の午前十時より二十分も早く阪急三ノ宮駅に着き、ダイエーの入口に立った。店の開店は午前十時からで、スーパーマーケットの店内には入れなかったが、外からガラス越しに中を伺い見ることは出来た。いつか宮澤浩が言っていたように、買い物客が勝手に商品を入れるプラスチック製の籠が、入り口近くに高く重ねて積みあげられていた。その脇に購入商品の支払いのためのレジスターが、一列に並んでいた。店内には商品の棚が所狭しと並べられていた。これが謙二の初めて見るスーパーマーケットの感想であった。

日曜日で、神戸市役所をはじめ多くの官庁が休んでいたが、それでも国鉄三ノ宮駅と並ぶ隣の阪急三ノ宮駅、神戸新港へ繋がる国道2号線を挟んで阪神三ノ宮駅と、ここ三ノ宮が神戸新港の新しい玄関口であることが分かる。約束の十時迄には全員揃い、一通りの挨拶を交わすと、例によってどこを目指すでもなく、神戸新港に向かって歩き始めた。これは、ここを本拠とする神戸税関の新任職員、宮澤浩と藤本敏郎の毎日の通勤経路でもあった。

区画整理によってか、この周辺はまさに新しい都市づくりの真っ只中で、国道に面した広々とした市民公園、市役所、世界に繋がる新港の建設などが進められている神戸の新しい顔があった。そんな中で、やや違和感のある歴史を感じる神戸税関本庁舎の建物の脇をさらに直進すると、そのまま新港第三突堤に出る。それぞれ突堤の付け根には、密輸を取り締まるGメンの検問所が置かれ、その先はもう関税の掛からない外地、長く突き出した第三突堤には三隻の万トン級の貨物船が停泊していた。専門家（密輸Gメン）のタマゴ、敏郎が、今この突堤に停泊中の船はパナマ船籍の二隻とフィリピン船だと説明した。広い突堤には、船から降ろされた貨物なのか、それともこれから積み込まれる積荷なのか、高く整然と積み上げられていて、トレーラーを牽引したトラックや大型トラックが狭い検問所の脇をひっきりなしにすり抜けて出入りしていた。貨物列車の引込み線も突堤の先端まで延びていた。

資源の乏しい日本が世界を相手に力強く生きている姿の一端を見ているようで、現場で働いている人々の姿が頼もしく感じられた。謙二はしばらくそこに立って、日本経済の大きなうねりを見ていたいような気がしたが、五名の同窓会ご一行は、神戸港の名所、メリケン波止場へと歩を進めようとしていた。この第三突堤に並んで、東に四突と西に二突、一突とあって、一突の先、西側に長い突堤、中突堤があり、中突堤と一突の間に隠れるように、盲腸のように短いメリケン埠頭があった。密輸Gメン達が中突（ナカトツ）と呼ぶ中突堤は、国内の定期客船が停泊し、瀬戸内航路や大阪や横浜を結ぶ観光船の乗り場になっていて、中突堤の中ほどに港を見下ろす展望タワー、ポートタワーがそびえていた。

謙二ら同窓会ご一行はその日はなぜかポートタワーには登らなかったが、中突堤を一巡して、元町南京街へと向った。歩きながら浩は、新港・第四突堤の東にGメン達が四半（よんはん）と呼ぶ三井桟橋、さらに五突から八突まで並び、さらにその先に麻耶埠頭が埋め立て造成中で完成が近いという話をしてくれた。これらは今も新港と呼ばれているが、一突から四突は大正時代には完成しており、中突や六突も戦前から使用されている。神戸港の遠大な歴史の上での新港であり、幕末、勝燐太郎が神戸海軍操錬所を開いた神戸村、さらに平清盛の時代にはすでに風除け和田岬による天然良港、大輪田泊、現在の兵庫埠頭の辺りから、交易船が世界へ旅立っていた港である。そればかりか清盛は、晩年、この兵庫区の周辺に京都から遷都を試みている。福原京の構想であり、一部、御所の建造が進められていたが実現はしなかった。このように、長い歴史を経て神戸港は今も東に拡がりつつあるのである。

神戸の街を歩き続けて元町南京町のアーケード街に入ったのは、正午を過ぎていた。地元で働く浩と敏郎の推奨する中華料理店に入り、昼食にした。各自、自前で好きなものを食べた。前回の大阪でもそうであったが、生ビールやアルコール類を注文する者は一人もいなかった。年齢がどうのとか真面目さがどうのとか、そういう精神的なしがらみからではなく、ただそれぞれが他に買いたいものがいっぱいあって、経済的な余裕がなかったからに過ぎなかった。しかし、大人社会の中で働き始めた浩や敏郎は、大学生や予備校生と違い、時間の経過とともに少しずつ、ものの考え方にズレが生じ始めていることを謙二はなんとなく感じていた。

　午後からは、北野町を中心とする神戸の象徴的西洋館が立ち並ぶ異人館通りに足を運んだ。元町駅の東寄りの急な坂道、トアロードと呼ばれる古くからの洒落た舗道を、港を背にして北に向って登っていった。戦後間もなく、火災によって焼失してしまった北野町の象徴でもあったドイツ系資本のトーアホテル、その後、神戸外国倶楽部として姿を変えている。その東側地域一帯に風見鶏の館・仏蘭西館、英国館と、神戸と言えばこの雰囲気が頭をかすめるという光景がそこにはあった。この街を歩いている観光客もお洒落な都会風な若い子が多く、客観的に見て若さではこちらも引けをとらないまでも、謙二ら五人がこのハイカラな街を訪れる観光客として、はたして違和感がないのかと気になった。それでも窓辺に蔦の這う洋館の建物のテラスの一角に席を取り、スプーン持つ手の小指を立てないまでも、チーズケーキにフォークを入れ、セイロン紅茶のティーカップを軽く口に運びながら、しばしの休息を取った。

　そこに座って話す内容は道頓堀も南京町もお構いなしで、周囲が気になるような田舎訛丸出しで、話は神戸兵庫区の新開地の話題になった。新開地と呼ばれる街は、湊川公園の南側の一角で、明治になって洪水対策で湊川の付け替え工事が行われた際、元の湊川を造成して出来た南北に細長い新しい造成地だ。戦前からの神戸唯一の歓楽街であり、劇場やロードショウの映画館などが軒を連ね市民の憩いの場所であるのだが、浩によると、今も赤線が残っており、夜の帷の降りる頃、街角のあちこちに艶やかな娼婦が立ち、パリの夜、モン・マルトルかサン・ラザールの街角のような光景に変わるという……。知らない者が初めて聞くと、いかにもいかがわしい街のような印象を持つのである。言うまでもなく、今は売春行為は違法行為で、一九五七年五月に売春防止法が制定され、翌年四月から、全国の赤線は廃止された。しかしこの取締りは甘く、罰則のある割には、全国的に女性の売春行為は後を絶たない。終戦直後、占領軍GHQが女性の売春防止政策を強く要請したが、日本の行政府は既得権益を守る体質が戦後も抜けず、それから十二年も経ってやっと売春防止法を成立させた経緯があり、この法が我が国民の慣習に受け入れられるまでには、なお時間が掛かるのかもしれない。それは今後の日本国民の意識の持ち様の問題でもあった。

「これは女性の人権の問題だ。もちろん、主体となる女自身がやめれば、明日からでも止まる」

「そりゃ男も一緒だよ。男が買わなければ、今日からでも止まる」

「いや、たった四年前まで赤線という合法的商売が組織的に営まれていたんだ。今考えると野蛮だよな。どこが文化国家だよ、戦後の日本国憲法は『国民は健康的で文化的な生活を営む権利がある』と定めているんだ。……あきらかに売春は違法なんだよ」

「初めから愛もないのに、経済的に優位な立場を利用して人の生身の体をまるで物のようにむさぼるなんて、情けないよ」

「それだけではない、売春で得た対価が本人の懐にまるまる納まるならまだしも、組織的な人身売買が行われ、封建時代そのまま、生身の人間が使い捨てにされていた現状が許されていたことが問題なのだ」

「俺たちが小学生の頃、田舎の町でも、夕方、軒を連ねる遊郭の前を通ると着飾った娼婦達が道路に面したとば口の壁際に座布団を並べ、ずらりと勢揃いし、スタンバイしている姿があった。異様な感じがしたが、女たちもあれだけ仲間がいれば、自分の立場を責める気にもならなかったのだろう」

「寂れた芝居小屋で、器量も芸もない踊り子が、やむなく衣装を脱ぎ捨て裸になるのとおんなじだよ。悲しいけど、そんな奴等の生きる道だったんだ」

「……さーて、これからその新開地を覗いてみるか」

「本当に行くのか、今、浩から無法地帯のような話を聞いて、俺はそんな現状、あまり見たくないよ」

「まだ明るいから〝姫〟は街に出てないよ。それに、ここから国鉄神戸駅に出ると遠回りになるぞ」

「話の種に、神戸新開地がどういうところか案内するだけだ。お前ら、意外にだらしないんだな。……東京の浅草のようなもんだ」

「いくら社会人だからといって、わざわざ汚い現実を覗くことはないぞ。若いのに安易に快楽に走ってはいかんよ」

「そうだよな、学生さんはまだ親の脛をかじっているのだから、真面目が第一だよ」

「お前なー、真面目に恋愛したことないだろう、他人を本気で好きになってみろ、女に金払って遊ぶのは、中年を過ぎたもてない親爺のやることだ」

「俺もそう思うなー、自分で稼ぐのだから稼いだ金をどう使おうと自由だが、まだ若いのに積極的に手を汚すこともない。今は売春を違法としている意味をじっくり考えてみろ、男女の仲をそんな処理の仕方をするのはまだ早い、馬鹿な女の誘惑に負けるな……」


未熟者の男同士、口では一端《いっぱし》の理屈を並べても、芯から興味がないわけはない。炎天下、疲れも見せず若さに任せて中山手通から、だらだらと有馬街道の長い坂を下って新開地に降りていったのは、午後四時過ぎだった。まだ周囲が明るく、狭い路地に風俗店が軒を連ねる街は、この時間まだ営業を始めた店が少なく、言わんや、おてんとう様の下では、街角で客をとる〝姫〟と称する娼婦たちの姿に、お目にかかるはずがない。怖いもの見たさ、場末の歓楽街と思い込んでいたわりに、街に暗さはなかった。陽が沈めば到底健全な場所とは思えないが、大都会であくせく働く男達の昼間の鬱憤を晴らす、いわばブラックホール、一時の隠れ家、思ったより近寄り難いものでもなかったが、おそらくそこには、合法・非合法はともかく、そんな男達の心の病を癒してくれる仕掛けが備えられ、多くの魅惑的な女達が優しく待ち構えているに違いない。それぞれ電飾などで彩られた、妖しげな商いのための舞台装置が整えられて、やがて今夜もその幕が上がろうとしていた。

未成年者で懐の寂しい、分別だけは踏み外すことのない仲間達は、まだ役者の登場しない、緞帳が下りたままのステージ、神戸新開地の街路を足早に通り抜け、国鉄神戸駅から三ノ宮まで戻り、その日は午後五時過ぎ、阪急三ノ宮駅前で解散した。

15　清水焼、五条坂の陶器市

京阪予備校の前期授業は、七月末で終った。翌八月一日から夏期講習（前期）が始まった。謙二は連日、京都盆地の蒸し暑さと戦っていた。山陰の海辺で生まれ育った謙二にとって、初めて体験する内陸の夏だった。もともと謙二は、冬の寒さに比べて夏の暑さは苦にならず、夏は好きで、夏休み中は毎年、朝から晩まで活発に動き回っていた。小学生の頃から、夏は暇さえあれば海に入って泳いでいた。振り返ってみれば、海に入っていることは何よりの暑さからの逃避で、アフリカサバンナに生きるカバのように体を冷やすため、自然に海に向かっていたのかも知れない。もっともカバが水の中で生活する最大の目的は、天敵から身を守るためと言われるが……。この京都で暑さから逃れるなら、鴨川の河岸か北山の森林とか、夕暮れになると鴨川や高野川の河川敷に出かけ、休日は朝から大原や鞍馬の渓谷に出かけることもあった。

東京から浪人生の町田俊介が京都に立ち寄ったのは、八月七日だった。その日、早い夕食を済ませ、この時期、京都放送が番組の合間に流す、古くから清水焼を中心に全国から陶器商人の集まる五条通の陶器市への誘いに乗せられて、市電で五条坂に出かけた。

陶器市は七日、一日限りではないが、夕陽が五条通のはるか西に没する頃、まだ空の色が明るい時から、東山五条坂の交差点はビシリと渋滞し始め、電停清水道の手前、祇園あたりから東大路を南に向う市電は進まなくなった。謙二達も別に急いでいるわけでもなかったが、やむなく手前の清水道で電車を降りた。清水寺とは反対方向の西に向かって路地に分け入り、盂蘭盆の祭り、精霊迎えの始まった珍皇寺の脇から六波羅蜜寺の裏通りを抜けて、大和大路通に出てその通りを南に下り、五条通に出た。

ここ六波羅の地と言えば、遠い昔、平家一門の屋敷が建ち並び、飛ぶ鳥も落とすといわれた平家が一大勢力を誇った処であるが、当時、六波羅と呼ばれた地域は広く、清盛の館は六波羅三盛町にあったといわれる。後の鎌倉幕府の六波羅探題は、五条通より南、京都大仏で知られる方廣寺の南の辺りにまで及んでいたらしい。

そういえば、いつか予備校の授業中、講義が脱線して六波羅蜜の話に及び、「波羅蜜（多）」とは、仏教の教義で、サンスクリット語の「パラミータ」からきており、ブッダを目指す菩薩等が修めなければならない、「六度」という六つの実践徳目のことで、覚りの境地を極めるための必修科目、修業のことであると熱く語ったことがあった。謙二ら予備校生にとって、こういう講義こそ興味深く、いつになく真剣に聞いていたが、仏教の深く教義にかかわる難解な話であった。悔しいが法華経のいう万物の真相、実相に関わる話など、浪人生にとって、只今はそこまで首を突っ込んで深追いしている時間がないのである。先々忘れぬようメモ帳に記す、将来の宿題がまた積み重なるのである。

五条坂の陶器市は、早くも各露店の照明ランプ、アセチレンガスに火が入り、カーバイドを燃やす独特の臭いが通りを包んでいた。五条通りの歩道に並ぶ陶器市の露店は、東山の電停五条坂から鴨川に掛かる「五条大橋」まで、約八百メートルの間にほぼ隙間なく続いていた。この真夏の夕暮れ、立ち並ぶ露天の店をほとんど冷やかしで見て巡る、団扇《うちわ》などを手にした浴衣姿の市民、家族連れ、この光景も京都で味わう夏の風物詩である。清水焼の何かも分からぬ田舎育ちの予備校生が二人、黄昏とともに徐々に増えていく夕涼みの市民に混じって、ただ、その伝統行事に浸っていた。幕末の頃、龍馬やお龍も、こうして宵闇の迫る五条坂界隈を連れだって歩いたに違いない。そんな思いをめぐらし、心地よい川風を受けて、押しせる民衆の波に流されるように歩いた。

16　生ぬるいオレンジジュースの味

謙二と俊介が、夏休みをとって境港に帰省したのは、五条坂の陶器市に行った夜の翌々日、八月九日（金）であった。京都駅発、十五時三十五分、急行白兎《はくと》出雲市行きは、そろそろお盆の帰省時期でほぼ満席であったが、謙二らは出発時刻の三十分以上前から、自由席の座席確保のために京都駅山陰線ホームの乗車口前に並んだので、どうにか窓際の席が確保できた。

しかしこの日は、東海地方から山陰地方にかけて広い範囲に大雨注意報が出され、すでに京都市内でも朝から雨が降っていた。その雨のせいか、東海道本線から急行白兎への乗り継ぎ列車である、東京からの急行六甲の到着が三十分ほど遅れ、白兎は乗り継ぎ客を待って、発車が十分以上遅れた。急行六甲からの乗り継ぎ客は、京都駅の西のはずれにある山陰線ホームの列車に乗り継ぐため、連絡橋の階段を登り、日本一長いと言われるホームを駆けてきたらしく、皆、息せき切って乗り込んできた。その乗り継ぎ客の中に、上背のある女子学生がいた。

「……ここよろしいですか」

「……どうぞ」

その女子学生は、一つ空いていた俊介の隣に席を取った。謙二の隣には、すでに初老の婦人が席を占めており、これで四人のボックス席は埋まった。後で乗り込んできた背の高い女子学生は、持ち込んだ旅行バッグを自分で窓の上の網棚に収めると、やっと安心したように席に着き、窓際の謙二と俊介とを改めて確かめる様子で、大きく呼吸を続けながら恥ずかしそうな態度を表したが、謙二がはす向かいから、優しい眼差しで迎え入れようとした時、その女子学生は整った目鼻だちの若々しい面輪を紅潮させ、ちらっと謙二に上目使いに視線を投げ返し、そのまま下を向いて懸命に呼吸を整えようとしていた。お互い、胸の内でキラリと閃光が走り、今まで体験したことのない興奮に襲われていた。

その後、お互いきっかけの掴めない沈黙の続く中、暫らくして、女子学生の真向かいの席の初老の婦人が、女子学生に言葉を掛けた。

「列車が遅れて大変でしたね。……あなた、東京からですか？」

「はい、そうです。……今朝早く、東京駅から乗ったんです」

その会話を聞いて、普段言葉数の少ない筈の隣の席の町田俊介が、女子学生を覗き込むように言葉を挟んだ。

「東京、朝六時二十分発の急行六甲ですよね。……途中、浜松駅で東京七時発の特急こだまに追い越されますよね」

驚いたように女学生が、

「……そうなんです。ビジネス特急こだまを使うと、東京を朝もう少しゆっくり出来るんですが、六甲だと朝六時二十分発ですから、五時前に家を出なくてはならなくて……」

「それでも、急行六甲も早いですよ。京都で白兎に乗り継げば、東京を朝出て、その日のうちに山陰の郷里まで帰れるから」

「そうですよね、……山陰はどちらまで、お帰りですか」

「僕らは、鳥取県の境港までですが、乗換駅米子には夜九時半には着きます。……あなたは、どちらまでですか」

「……鳥取までです」

「それじゃあ、到着は午後八時頃ですね。……東京も今朝は、雨でしたか？」

「いいえ、雨は降っていませんでしたが、曇り空でしたね」

俊介の問いにハキハキと応えながら、女子学生はようやく思い出したように、どこからかハンカチを取り出して、汗で滲んだ尖った鼻梁に当てた。謙二は、左肘を窓下の肘受けに当てて、そのやり取りを黙って見入っている一方で、先程から昂ぶる心拍を鎮めるのに気を配っていた。それと同時に、日頃見せない俊介の新たな一面を見たような気がしていた。

気がつくと、急行白兎はすでに京都駅を離れ、梅小路機関区のある丹波口駅付近を通過していた。正確にはこの付近が山陰本線の起点のはずだ。山陰本線は、全国の国鉄の本線の中で最も距離が長く、終着駅は山口県の幡生駅であるが、いままでに通常ダイヤの上で、山陰本線全区間を走りぬけた定期列車は一本もない。車窓の景色は雨に煙る京都の街が広がっていた。列車はこの梅小路機関区の辺りから丸太町通まで、かつての平安京の朱雀大路を北に向け走る。二条駅を通過したその先で、山陰本線は大きく西向きにカーブして、丸太町通に沿って西大路のガードを越え、やがて太秦映画村の中を突っ切って嵯峨野に入り、嵐山、桂川の上流、保津峡に沿ってしばらく走る。天気がよければ風光明媚な京都の観光コースであるが、今日は雨で車窓は曇りがちで、その上、目の覚めるような突然の美女学生の出現で、窓際に席をとった二人の浪人生の心は、何もかもうわの空となって穏やかではない。

謙二は突如、俊介が軽やかな東京弁で流暢にしゃべり始めたことに驚いていた。時々、謙二の隣の初老の婦人との会話も交えながら、女子学生と俊介が交わす会話を雨粒の吹きつける窓ガラスに目をやりながら黙って聞いていた。時間の経過とともに女子学生が、今年、鳥取市の名門県立高校から東京渋谷区の青山学院大学に入学し通い始めたことや、住所は文京区目白台にある鳥取県の女子学生寮にいることなど、俊介との会話によって次々に知りたい疑問が解き明かされていった。俊介も自分が、境港の県立高校を今年卒業し、東京世田谷野沢に住み代々木の予備校通いをしていること、京都で予備校通いをしている謙二の寮に途中、立ち寄っての帰りであることを話した。謙二の隣の婦人は京都山科に住み、今日は兵庫県の湯村温泉の病院で療養中の知人を見舞いに行くのだ、ということであった。謙二も、今まで詳しくは知らなかった俊介の東京での生活状況が、本人の女子学生との会話によって少しずつ分かってきた。

俊介の東京の住所は世田谷区野沢であるということは届いた手紙で知っていたが、その野沢のアパートの周辺には、東京学芸大学や国立図書館短大などもあり、まだ畑が残り、植木屋の苗木栽培園が広がる、東京でも比較的のどかな場所であるが、今、盛んに街の整備が行われ、駒沢公園のスポーツ施設や、近くの環状七号線の計画道路の敷設工事が進められていると話していた。また、この夏関東地方は、空梅雨、雨不足で、都内では七月初め頃から水道水の給水制限が行われ、世田谷野沢の周辺の植木農園では毎日の植木の水遣りの水が不足し、学生アルバイトを動員して盛んに井戸掘りが行われていると話していた。

青山学院大学の女子学生も、都心に近い学校の周辺は、来年に迫った東京オリンピックに備えて青山通りや玉川通りの拡幅工事が突貫で進められ、都心を結ぶ幹線である青山通りに面した青山学院の校地の一部も国道に供出され、街の美化、近代化が急ピッチで進んでいると話していた。女子学生はさっきから、ただ聞き役に徹している謙二に対し、気を使うように京都の文化遺産のことを問いかけてきて、特に桂離宮や修学院離宮のことをまるでインタビューに臨むように聞いてきたが、謙二は、宮内庁が管理する京都御所の紫宸殿内部のことや離宮に関しては、見学に事前予約が必要で期間も限定されており、その上、離宮公開には年齢が二十歳以上という条件などがあり、たとえ名の知れた評論家や作家などでも、事前に大手新聞社の文化部などを通して管轄官庁に依頼し、特別に拝観の許可を取るという具合で、京都に住んでいても簡単に見学できないのだと答えた。また、歴史上有名な寺院でも一般に公開されている所はほんの一部で、むしろ非公開の寺院の中に魅力あるところが多く、そういう場所や文化財のことは、古くから京都に居を構える予備校の教師が授業の中で教えてくれる、と話した。
　急行白兎は、遅れを取り戻すように雨の中を猛スピードで保津川（大堰川）に沿って走り、舞鶴線の乗換駅綾部を出て、そろそろ次の停車駅福知山が近づいていた。

　福知山駅で、雨で遅れている大阪からの福知山線の普通列車を待ち合わせの為、十分近く停車した。急行白兎は福知山を出るとやがて兵庫県に入り、この辺りから鉄道は旧街道（山陰道）と別れ、雨に煙る山里をゆったりと流れる円山川に沿って北上し、日本海を目指す。豊岡、城崎を過ぎる辺りから、進行右側車窓に日本海が見え隠れし、短いトンネルを何度もくぐりながら、海にせり出した山の淵を縫うように走る。橋脚の高さを誇る余部《あまるべ》鉄橋もこの辺りで、鉄橋の上を渡りながら車窓から下を覗くと、真下に海辺の集落の赤瓦の屋根が、まるでマッチ箱で作った模型の家屋のように見える。ここは冬季、日本海からの強い季節風によってしばしば列車が止められ、数日に渡り止ることもある。今日は雨模様ではあるが、風はさほど強くないらしく、急行白兎は速度を落とし、そろそろと天空の架け橋を渡っていった。次の停車駅浜坂で降りるという謙二の隣の席の初老の婦人が、その支度をはじめた。これから婦人が向う湯村温泉（後に『夢千代日記』の舞台となり脚光をあびる）は、浜坂駅前からバスで二十分ほど、岸田川に沿って山間《やまあい》に入った古くからの山陰道沿いの集落で、湯治客相手の温泉宿が、春来川の淵に並ぶ鄙びた湯の町である。婦人は、その町のリハビリテーション病院で療養中の知人を見舞うのだと言っていた。見るからに優しく、そのしぐさにどこか気品を感じる初老の婦人は、学生の謙二等に丁寧に別れを告げて、小振りのバッグを提げてもの静かに降りていった。

浜坂の　遠き砂丘の中にして　さびしき我を　見出でけるかも

一九二三年、作家・有島武朗が軽井沢で愛人と情死する一月程前に、鳥取砂丘を訪れた際に歌った歌である。「浜坂の」が何をさしているのか定かでないが、訪れた鳥取砂丘は、この浜坂駅からはまだ遠く、次の停車駅鳥取が最寄駅である。

俊介の隣の女子学生は、今朝早かったせいか、福知山を出た頃からうとうとと眠りに陥り、安心しきった穏やかな表情で、その可愛く美しい寝顔を見せていたが、浜坂で降りていく向かいの席の婦人の挨拶に目を覚ました。窓の外は相変わらず雨が降り続いていた。停車した浜坂駅から積み込んできたと思われる車内販売のワゴン車が、弁当や菓子や飲み物を満載して車内を巡り始めた。俊介は、軽々と満載のワゴン車を押す二の腕の太い大柄な女性販売員に声をかけ、ひとり缶ビールを注文した。謙二もワゴン車一杯に積み込まれた商品を眺めていたが、瓶入りのオレンジジュースを買い求めた。同じように青山学院大学の女子学生もオレンジジュースを注文した。俊介は満足そうに缶ビールを飲んでいたが、オレンジジュースは冷えてなくてなまぬるかった。それでも暫らく眠り込んでいた女子学生には目覚ましにはなったようで、まつ毛の長い綺麗な目を開け、美しい笑顔が戻った。それと入れ替わるように缶ビールを飲んでいた俊介が、まるで眠り薬が効いてきたかのようにうとうとし始めた。

謙二は俊介に代わって、女子大生に話しかけていた。初めから、鳥取出身のこの女子学生の話す言葉が綺麗で、濁音の発音がどこかで見た教科書どおりで、腹式呼吸を心掛けているのか発声に力があり明瞭で、鳥取地方独特の言い回しや訛を少しも感じないと、謙二はさっきまで思いながら耳をそばだて、話す言葉を聞いていた。女子学生は謙二と話し始めると、そのうち大学の部活の話題になり、実はこの女子学生、大学で放送研究部に所属し、今アナウンサー養成の特訓を受けており、日常生活の中でも言葉には気をつけ、対話する相手の心にも気遣っていると、謙二の質問に答えてくれた。

「あなたならルックスもいいし、声にも響きがあり耳触りもいいから、このまま努力すれば、いいアナウンサーになれますよ」

謙二は、まるで専門家のように評価した。

「有り難う御座います。……でも、大変そうですよ。ラジオからテレビ時代に入り、今まで喋りが勝負だったこの世界、テレビ局の受験には、姿勢のよさ、立ち方、歩き方、話す表情など、その上局によって、独特の好みもあるといいますから……」

「へー、好みですか、……だったら、あなた、ＮＨＫ向きですよ」

謙二はまた勝手に、断定的である。俊介だけでない、謙二も今日はどこか違う。

「そうですか？　放研（放送研究部）の先輩によると、ＮＨＫが一番難しいらしいですよ。個性が強いと採用されないそうです」

「そうかなー、個性が強いほうがいいと思うけどなー、宮田輝アナ、高橋圭三アナ、今福祝アナ、平光淳之助アナでも、皆個性派ですよ」

「男の方は年配になると人柄で勝負できますが、女性のアナウンサーは、まだまだ若さなんですよ。そういう意味で賞味期間が短いですよ」

「これから採用試験を目指す新人アナにとっては、回転が早いほうが採用枠が増えて、そのほうが都合がいいでしょう。いつまでも古狸に居座られるより……。あなたは、何といっても声量が豊かで、地声の耳ざわりがいい。これは生まれつきのものだから、大事にしたほうがいいですよ。年齢や環境によって少しずつ変わってくるといいますから、その魅力的な声をしっかり自分で守ってください」

「有り難うございます。……年頃になって、電話などで声が母に似てきたとよく言われるんです。友達もそうだし、遺伝というか、声帯にはもって生まれたものがあるんですよね」

「放送研究部の活動というのは毎日、活舌とか早口言葉とか外郎売りとか、やってるわけですか？」

「よくご存知ですね。それは毎日、家に帰ってからも暇さえあればやってます。今、寮にいるんで、独りになればどこでもやっています」

「そうか、寮だと大概、同室の相棒がいるから、『武具馬具、武具馬具……』発声練習など、思うように出来ないよね」

「そうなんですよ。普段天気がいいと、洗濯物を干す屋上などでやっています。先週一週間、ニュースの読みの練習で、梅雨明けのニュースを部屋で繰り返しやっていると、気づかぬ間に先輩が帰ってきていて、『梅雨、とっくに明けたわよ』と言われたりして……」

「何事も功を成した人の話には、初心の頃の逸話はつきものだから、そういうのいっぱいあったほうがいいですよ。いつか、あなたがテレビで活躍するようになったら、ブラウン管の中のあなたを見て、あの大雨の日に山陰本線の列車の中で、なまぬるいオレンジジュースを飲みながら話した人だと思い出す日が来るかもしれないね」

「そうですねえ、私も今、そんな日を夢見て頑張っているんです」

「青山学院大学には、放送部員って何人ぐらいいるんですか」

「うちの放研にはアナウンスだけでなく、朗読とか放送劇、音声技術を研究する人とか、報道番組の取材記者とか分野が別れており、活動はそれぞれのパート毎にやってるんですが、今全部で五十六人います」

「マスコミ関係に進もうとすると、日頃の新聞記事、放送番組、政治、経済、スポーツ、芸能、一般常識、週刊誌にも日を通さなければならないし、噂話が好きでなくては出来ないよね」

「そうなんです。こうしてお話させていただいていることも、勉強だと思っています。あなたは京都にお住まいと聞いて、京都の神社仏閣のことや、お祭りなど文化的なこと歴史的なことを体験されていますよね。ガイドブックを読めば書いてあるのですが、そこで生活している方の生の声で、取材することも大切なんですね」

「それは僕も同感です。京都では、今年四月から生活を始めたばかりだから、なにもかも吸収することばかりで、それに来年は東京に移ろうと思っている、だから今は受験勉強以上に京都の住民としての生活観を掴みたいと、それこそ貪欲に動き回っているところなんです。たとえば、今住んでる寮の毎日の生活の中で、朝、夕、聞こえてくる寺院の梵鐘の音、深夜、机に向かい時の経つのを忘れ、夢中で小説などを読んでいると、遠くから聞こえてくる鐘の音で夜明けを知らされる……いいもんですよ。時間によっては、同時に三箇所から鐘の音が入り乱れて聞こえるんですが、その音を頼りに一つずつ、誰がどのように撞くどこの鐘か、歩いて探し、今、その音をほぼ聞き分けられるようになったんです」

「へえ、いいですねえ。『祇園精舎の鐘の聲、諸行無常の響きあり……』ですものねえ」

「そうなんですよ、今も京都に祇園という地名がありますが、『平家物語』の冒頭のあの祇園精舎は、釈迦にまつわる昔の天竺（インド）の寺院のことのようですが、祇園というのは、もう忘れたけど、長ったらしい名前の僧園の略語らしいですよ。その僧園の無常堂というお堂の鐘が、病僧の命が終わりを迎える時、自然に鳴り出す。その音が僧園で臨終を迎えた病僧の苦痛に潤いを与える響きを持っている。その鐘の聲に救われ、送り出されるように病僧は、極楽浄土へと旅立っていく。

『……沙羅双樹の花の色、盛者必衰のことはりをあらはす、おごれる人も久しからず、只春の夜の夢のごとし……』

釈尊が涅槃《ねはん》に入った時、その涅槃の四隅に配された沙羅の樹が突然、その花の色を白く変えてしまう。『盛者必衰』は、普通『生者必衰』で、生ある者は必ず没するということですよ。……仏典における『諸行は無常なり、これ生滅の法なり、生滅滅しおわって、寂滅を楽となす』の、ことわりらしいですよ」

謙二はこの春、予備校で学び覚えた知識を総動員して、この魅力的な女子学生の前で珍しく精一杯背伸びし、大風呂敷を広げていた。日頃はシャイな謙二のこういう姿は珍しかった。先程来、無口な筈の俊介の突然の雄弁に刺激を受けたのであろうか、その純情な若者はさらに続けて、

「京都だけでなく、大阪、神戸など同じ関西圏であっても、それぞれ歴史的成り立ちに全然違う文化をもつ大都市、その間は特急電車で行くと、ほぼ三十分、あるいは一時間でそれらの都心に入れるんですが、そこに降り立った時、都市間で明らかな違いを感じる。一体その違いは何なのか、感性を研ぎ澄まして探ろうとしてますね。永くそこに住み続ければ慣れて感じなくなるだろうから、今のうちに若き日の感想として、その違いを記憶に残しておきたいと思って

いるんです。だから、今、こうしてビールを呷《あお》って眠りこけている、この町田もあなたも、今年四月から東京に住み始めて、どんどん東京に慣れてきていると思う。毎日のように知らないことにぶつかり、その都度疑問を解き、都会人の地位を固めつつあると思う。自分も来年、東京で同じ道をたどり、あなた方の後を追うことになるが、時間的に遅れをとったとしても、新鮮な東京という大都会を自分の肌で感じたいから、事前に他人から知識として聞いて知りたいとは思わない。だから、あなたも京都のことが知りたければ、時間の許す限り、現地を自分の足で歩き回り、自分の目で見て、そこで生活している人の言葉や生活感、街の空気を肌で感じることですよ。大切なことは、自分のアンテナをしっかり機能させることだと思うな。アンテナの性能がよくない人は、マスコミ人には向かないですよ」

「私のアンテナどうなのでしょうね。さっき、NHK向きだといわれたんですが、個性的なものは感じられませんか」

「そんなことないですよ。ただ、あなたは清楚で優等生に見えるから、NHKが欲しがるのではないかと思ったんです。例えば朝の番組なんかで……。もっともこれからNHKもいつまでもインテリだけをターゲットに硬いことばかりでは、民衆受けが失われるだろうから、時代の変化に対応せざるを得ないでしょうね。……視聴者に安らぎを与えるような、どこか安心感のある、ちょっぴり不完全な人間性があったほうが……」

「不完全な人間性なら、世間知らずで無鉄砲な私、得意ですよ。……それより、さっきの京都の朝のお話、お寺の鐘の音で夜明けを知る……あれ、いいですね」

「うん、京都の夜明けもいいですが、夕暮れもいいですよ。『夕焼け小焼けで日が暮れて、山のお寺の鐘が鳴る……』童謡唱歌、あの詩の舞台は京都ではないのかもしれないが、作詞者の故郷は東京八王子かどこかでしたね。……この歳になってもあの歌が好きなんです。初め、単に情緒的に、遠くで鐘の音が聞こえる。いかにも京都で生活していると感じてたんです。『枕草子』の冒頭、清少納言もこんな春の曙を、秋の夕暮れを同じ京都で迎えていたのでは、と思ってね。そのうち時計を見ながら、この鐘は毎朝何時に撞き始める、この音は何時とメモっていたんです。一通り時間が分かってくると、今度はどこの鐘か、場所が知りたくなる。一つの音を手がかりに朝早く散歩に出て、その鐘の音のする寺の場所をあらかじめ見当をつけていて、鐘撞き堂で朝、六回撞く間に場所を突き止める。そこで一回一回手を合わせ、鐘を撞く若い僧の姿を目に焼き付ける。当然ながら僧は、仏に仕える修行を毎日朝から晩まで行う中で、朝と夕、鐘を撞いているんですが、鐘を撞く前にも行う儀式があるらしい。言うまでもなく修行僧にとって鐘を撞くことは、仕事の流れの一つに過ぎない。しかし、長年に亘り鐘の音に時を合わせるように、都の民が動き出し、日々の生活の始まりの証でもある。これが慣習というものなのか、文化なのかと客観視する一方で、ある雨の朝、寝床の中で目覚め、遠くで鳴る鐘の音を聞きながら繰り返し静かに合掌し、一転、全身全霊を込めて、渾身の力で鐘を撞く、知恩寺の若い僧の姿が目に浮かぶ。また、ある日の夕刻、そこだけ明るさを残す西山の空、薄暗くなっていく黒い屋根、軒端を連ねる街を一人で家路を急ぎながら、遠く吉田山の背後から聞こえてくる真如堂の鐘の音、今日もこうして一日が暮れるのかと……。こんな時、ふと心の琴線に触れるものがあり、鐘の音の余韻を心の奥で追いながら、足元から古都京都での生活観が、癒しとか、慰めのようなものが立ち昇るのを感じる。さっきの話、臨終を迎えた病僧ではないが、人はやはり、それぞれ孤独なのであると……」

「……孤独ですか、寂しいですよね。同じ鐘の音でも、受け手のアンテナが敏感に働かないと、心に響かないですよね。実は私もこの春、あなたと同じ体験をしたんです。今、住んでる東京、目白台の近くに、カトリックの教会があるんですね。関口教会という東京では有名な教会ですが、夕方になると、この教会の鐘が街に鳴り渡るんです。東京に出てきた当座、家族と別れて一人で生活するのは、私、初めての経験でした。昼間は気持ちが街の雑踏にまぎれていても、夕方になると淋しくて淋しくて、同室の四年生は、帰りの遅い日が多かったし、丘の上の寮の二階の窓辺に立って、目の前に広がる西早稲田の上空を見つめて、一人で泣いていました。そんな時、私の心を慰めてくれるように夕焼けの空に教会の鐘が鳴るんです。アーネスト・ヘミングウェイ原作の映画『誰が為に鐘が鳴る』のシーンを思い起こさせるように、自分を、悲しみに暮れる丸刈り短髪のスペイン娘・マリア（イングリット・バーグマン）に重ね合わせ、あふれる涙を拭いもせず、耐えたものです。多分、あの時見た東京の夕焼け空は生涯忘れないでしょうね」

「……いい話ですね。あの映画のラストシーン、恋人との別れ、悲しみに耐えようとする若き日のイングリッド・バーグマン、綺麗ですよね。原作では、野営の寝袋の中でロベルト（ゲーリー・クーパー）から『可愛い僕の兎ちゃん』と抱きしめられる十九歳のマリア、……目白台の丘から、やり場のない思いで、東京の夕焼け空を見上げながら涙している、同じ十九歳のあなた、そのシーンも重ね合わせて想像できるけど……。もともと、あの『誰が為に鐘が鳴る』の鐘は、教会の弔いの鐘の音だそうですよ。映画のシーンは、迫る敵軍を前に谷に掛かる陸橋の爆破作戦を遂行して成功し、仲間とともに馬で現場から立ち去ろうとする際に敵の銃撃を受け、乗ってた馬が被弾し転倒する、運悪く馬の下敷きなって足を骨折、動けなくなった米国人義勇兵ロベルト、愛する人のため、自分もその場に残りたいと泣き叫ぶマリアを必死に諭して、仲間たちと共に逃がそうとするロベルト。……一人その場にとどまって、動かない足を引きずり、木陰に腹這いなり、松の幹に機関銃の銃口を持たせ掛け、引き金に手を掛け、迫る敵軍にひとり立ち向かうロベルトが、やがて終焉を迎える時、助けられた人々が山中を逃走しながら耳にする鐘の聲……。

原作は、英国、聖パウロ教会の司祭であり、詩人のジョン・ダンの詩の引用といわれる。

街に赤児の産声と弔いの鐘の音が交わらずして、明け暮れした日夜はあらず、
故に問うなかれ、誰が為に鐘は鳴るやと、それは汝の為に鳴るなれば。

この世で生を受けた者は、いつか必ず死を迎える日が訪れる。日頃耳にする教会（寺院）の弔いの鐘の聲は、他人事ではないですよ、いつか必ずあなたにも廻って来ますよと、若い我々に警鐘を鳴らしている。若者がそのことばかりを気にしていても仕方がないが、生きている今を大切にしよう。……静かに見詰めて見なさい、あなたの腕にはめた時計の針は、刻一刻とその時を刻んでいるのだから、……これも生者必衰の理を教えてくれるのである」

「………」

女子学生の下車駅、鳥取駅が近づいていた。

「……あなたが志すアナウンサーという仕事は、日頃の出来事をその瞬間を、心の奥で熱く情緒的に受け止めながら、冷静沈着に正しく伝えていくという仕事だ。相当、経験を積まないと出来ないでしょうが、伝えようとする側の心の奥に熱いものがあり、それを真摯に伝えようとする心、それが感じられなければ、そのことを初めて耳にする状況を知らない受け手、民衆は本気になれない。常に多くの受け手の心底アンテナを揺らす、魂の籠もった本物の言葉を期待しますよ。是非、頑張って欲しいですね」

「うん、……有り難うございます」

女子学生は、しばらく下を向いて、今の謙二の言葉を真剣に感受していた。そして顔を上げ、謙二の眼を見つめるように、その言葉を口にした。

「(列車が鳥取に着けば、もうお別れですね)……ひとつ、お願いしていいですか、……私、夏休みを終え、九月、再び東京に向う時、是非、京都に立ち寄りたい。その時どこか、あなたが京都らしいと感じられた処を案内していただけませんか」

この美しい女子学生が突然、口にした言葉は、謙二の耳元で、そして心の奥でごく自然に響いた。これがさっき、この娘が自分で得意だと言っていた、不完全な人間性なのかもしれない……。いや、今この女子学生は、謙二の揺れ動く心の奥をしっかりと掌握したにちがいない。一見、近寄り難い美貌の持ち主も、感情豊かな一人の女性であった。……謙二は、躍る心を懸命に押し殺して、

「ああ、いいですよ。私はこれから境港に四、五日いて、八月十五日には京都に戻るから、それ以降だったらいつでもどうぞ。日が決まったら手紙ください」

謙二は、素早くズボンのポケットから手帳を取り出し、メモ欄の一頁を引き裂いて、ゆれる列車の窓際の台の上で、京都市左京区田中飛鳥井町のさつき寮の住所と、自分の氏名を丁寧に記して女子大生に手渡した。女子大生も東京都文京区目白台の鳥取県の女子学生寮の住所と氏名を謙二の手帳の一ページに書き入れてくれた。女学生の隣の席の町田俊介も、その頃やっと目を覚まし、寝ぼけまなこでその書き込まれた手帳を黙って覗き込んでいた。謙二が、

「黒田規子さん、……黒田規子アナウンサー？　……いい響きですね」

「……有り難う御座います。恥ずかしいです」

「今、京都はどこが見たいですか」

「私、京都全然知りませんから、中学校の修学旅行で回っただけで、……大原三千院というのは遠いんですか」

「……多分、京都駅からバスで一時間ぐらいですね」

「どこがいいか、自分の希望を休み中に、鳥取の図書館で調べておきます」

「どこでも人気の高いところは、行く度に感動が違うんですよ。友人を案内して一度行ったところでも、再び訪れると、また必ず新しい発見と感動がある」

「楽しみにしてます。……その時は、よろしくお願いします」

「うん、あなたからの便り、待ってますよ」

雨は益々激しくなり、窓の外は日が落ちて、もう真っ暗だった。車内アナウンスが、間もなく鳥取に到着すると伝えていた。いよいよ鳥取に着く段になって、県内の雨がさらに強まり、暫らく鳥取駅で停車する見込みであるとアナウンスし始めていた。鳥取駅には約二十分遅れで午後八時四十分に着き、黒田規子は席を立ち軽く手を伸ばし、網棚から自分のバッグを降ろし、爽やかな笑顔で別れを告げ、通路をまっすぐ歩いて降りていった。すらりと背の高い魅力的な後姿を、二人の男は黙って見送った。

急行白兎は、やはり案内の通り、この駅で止まったまま動かなかった。眠りからようやく目覚めた俊介が、

「腹減ったから弁当買ってくる」

と、背伸びをするように立ち上がり、謙二も、

「ついでにかに寿司を買ってきてくれんか」

と、頼んだ。俊介は規子の後を追うように、ホームに降りていった。売店でかに寿司を二つと容器入りのお茶を二つ買って戻ってきた。ボックス席に可愛い「東京目白台のウサギちゃん」がいなくなって、急激に緊張感が緩んでいくのがお互いに感じられた。言い尽くせない疲労感のようなものが漂っていた。紙紐を解き、かに寿司の経木の折箱の蓋を開ける謙二の手が震えていた。二人は暫らく黙ってかに寿司を食べた。まだ言葉として口には出せない、頭の中で整理のつかない想いがはちきれそうに膨らんでいたが、今はただじっと胸に収め、押し黙ったまま、手に握った箸を何事もないかのように静かに口に運んでいた……寂しい訳でもない、むなしい訳でもない、どちらかと言えば嬉しいと言ったほうが近いのかもしれない。とにかく今は、後姿を追って無性に走り出したくなるような気持ちを、思い通りにならない何かに耐えようとしていた。青春の真っ只中にいるということは、往々にして、そうしたものなのか……と考えていた。

　停車時間が三十分過ぎて九時十分になっても、雨脚は弱まる様子はなかった。急行白兎は、規子の実家のある町、鳥取駅にまだ止まったままだった。それから暫らくして、この駅を定刻より五十八分遅れて発車した。鳥取駅でかなりの乗客が降り、車内は閑散とした感じになって

いた。白兎は再びヂーゼルエンジンを唸らせて、雨の中を走っていた。停車駅松崎駅を出る頃には雨はやや弱まり、次の上井《あげい》駅では、何人か倉吉線に乗り換える客が降りていった。それから三十分ほど走って米子駅に着く頃には、雨はすっかり上がっていた。米子には定刻の一時間遅れ、午後十時三十五分に到着した。謙二と俊介が乗り換える境線の終列車は、発車時刻をとっくに過ぎていたが、本線の急行白兎の到着を待って発車した。

はじめ、俊介は謙二と同じ、終着駅の境港駅で降りるつもりでいたが、列車が遅れ、もうこの時刻、終着駅からのバス便もなく、俊介は手前の上道《あがりみち》駅で降りて母親の実家に寄って、祖父に自転車を借りて帰ると言い出し、二人で終点の一つ手前の上道駅で降りた。もう深夜十一時半に近かった。畑の真ん中の無人駅、雨上がりのホームの街灯の下だけが、集魚灯のように明るかった。今降りた二両編成のヂーゼルカーの赤いテールランプが、唸り音とともに漆黒の闇へと遠ざかっていった。この駅で降りた客は謙二ら二人を含め七人ほどいたが、駅の周辺に置いていた自転車に跨って、それぞれの家路に散っていった。謙二と俊介は取り残され、蛙が鳴く真っ暗な畦道を延々と歩いていった。もう雨はすっかり上がり、処々雲の切れ間から黒い星空が覗いていた。久しぶりに見る島根半島の山々、高尾山頂のレーダー基地のドームの明かりも懐かしかった。

田んぼの延びた稲の葉の間から、季節はずれの蛍がちらほら舞いあがり、時々、二人で立ち止まって闇に舞う蛍を眺めた。この地方の蛍の盛りは六月下旬頃、謙二がまだ小学校低学年の頃、伯父に連れられて、従兄と共に蛍狩りに行ったことがあった。山陰本線伯耆大山駅の駅構内から徒歩数分の駅裏の畑の中の草の茂った小川沿いに、午後八時前になると、それこそ何千尾の蛍が一斉に水中から湧き出すように空中に舞い上がるのである。まるで薪炭の火の粉がはじけるように、周囲をぼんやりと明るくしながら、足元から音もなく湧き上がる様を、いつしか夢の中に引き込まれていくような思いで呆然と眺めていた思い出がある。用意した虫かごに三十匹程蛍を持ち帰り、金網籠の中に露草を入れ、毎日、霧吹きで湿り気を与え、それでも一週間ほど飼育したことがあった。ここ山陰の田舎でも、近年は蛍の数もめっきり減ったと聞いていた。二人は畦道に立ち止まって、蛍の飛ぶ様を眺めていると、久しぶりに故郷に帰ってきた実感が湧いてきた。暗闇の空に、さっき鳥取駅で別れた黒田規子の笑顔が浮かぶような気がした。

「俊介、……『ひととせ宇治の蛍狩り』って知ってるか」

「……いや」

「それが今の俺の心境だ、……久しぶりに故郷に帰ってきたというのに……」

駅からの道筋にある古刹、曹洞宗正福寺の鬱蒼とした木立の脇を抜け、刈り揃えた築地松の屋敷林に囲まれた裕福な農家の並ぶ集落、中野部落《どのぶら》の俊介の祖父の家まで一キロはあった。俊介は、五キロ以上離れた陸の孤島、夜中に寝静まった親戚を突然起こし、古い自転車を借りて、俊介は、五キロ以上離れた陸の孤島、渡《わたり》の集落まで帰っていった。謙二は俊介と別れ、港に近い家まで、二キロほどある道程を一人暗闇の街道を歩いて帰った。住み慣れた久しぶりの故郷も、今は霧の中を彷徨ようで、痛烈に心を奪っていった黒田規子とのやり取りを思い返し、約束した再会の時を思い浮かべ、空想の世界で語り合うように歩いた。手に持つ旅行バッグの重さも全く苦にならず、深夜の二キロの道程も、楽しく瞬く間に過ぎていった。……覚悟を持って臨んだ、苦痛な筈の監禁生活が、聞いてあきれる夜となった。

17　将軍塚から望む大文字送り火

八月十三日からは、故郷のお盆で毎年、日本国中、帰省する人で交通機関が混雑するが、今年初めて、謙二も帰省客となって帰省列車に乗って故郷に帰省し、親や兄弟はもちろん、親戚や知人に久しぶりに再会した。四月、大学生となって都会に出ていった者、就職のために都会に移り住んだ者の多くが、お盆休暇をとって帰省していた。しかし、今年浪人をしている者の姿を街で見かけることはなかった。田舎に残って県立高校の専攻科に在籍し、受験勉強に専念している者も何人かいたが、彼らも街に姿を見せなかった。深く潜行して受験勉強に励んでいるようだった。

　謙二も予定通り、お盆の最終日八月十五日には、一人で京都に戻った。その日戻った理由の一つに、八月十六日の宵、京都の大文字焼が見たかったからであった。盂蘭盆の送り火、京都を取り巻く京都五山でたいまつを焚き、お盆で俗世に帰ってきていた死者の霊を再び他界に送る仏教の儀式を行う祭りで、京都の大文字の送り火が特別に有名であるが、全国各地で霊を送る儀式は行われ、この口、山陰地方の各家庭の門先でも短く折った麻殻を焚き、その光によって先祖の霊を送る儀式は古くから行われてきた。

　八月十六日の宵、京都五山の送り火を見るスポットは色々あったが、謙二は、東山将軍塚に登って、その地から拝むことに決めていた。当日は、国鉄京都駅前から将軍塚行きのバスに乗って向った。地元では有名なスポットだけに、大阪や神戸などからの観光客もつめかけ、乗客を満員に詰め込んだ直行バスがどんどん出発したが追いつかず、バスを待つ客の列は駅前の広場に延々と続いていた。東山の中腹にせり出した丘、京都市街を見下ろす自然のテラスのような広がりを持つ将軍塚は、次々に到着する臨時バスから吐き出される見物客で、すでに埋め尽くされていた。周囲が暗くなり、点火されるまでにはまだ一時間以上あった。空はまだ明るく、明日も晴れるのか、西山の山の端近くに薄紅色の雲が一本、刷毛で引いた様に光っていた。その後も見物客を満載にしたバスは続々到着し、丘の展望台はますます人で埋め尽くされていった。

　この将軍塚と呼ばれる場所は、桓武天皇が平安京造営時にこの地を鎮めるために、都が一望出来るこの場所に、征夷大将軍（坂上田村麻呂）の像を造らせ埋めさせたとする場所であるが、その場所がどこなのか、今宵、人混みの中、動き回り確かめるすべもない。今はただ、暮れゆく空を眺め、周囲の山々の見晴らしの利く場所で、静かに時を待っていた。

やがて空がねずみ色に変わり、眼下に広がる京都の街に徐々に灯りがともりだす頃、広い展望公園の中は、人で身動きも利かなくなって、帰路のバスの心配も頭をかすめた。この眼下に広がり始めた街の灯も今夜は、五山に松明の火が入る頃には、生活に必要なものを除き、特に広告灯などは一斉に消されることになっている。午後八時を回って、辺りがすっかり暗闇に包まれる頃、東山如意ヶ嶽の大文字山から火が入る。見物客から歓声が沸きあがり、黒い山肌にくっきりとオレンジ色の「大」の文字が浮き上がった。時間を追って十分後、遠く松ヶ崎西山に「妙法」と、続いて八時十五分に西賀茂船山に「船形万灯篭」、ほぼ同時に衣笠大北山に「左大文字」、最後に八時二十分、鳥居本曼荼羅山に「鳥居形」と火が入れられ、仕掛け花火の光の文字を見ているような状態が続いた。仕掛け花火の光の文字は数分と持たないが、この送り火は、今点火されたばかりで、これから少なくとも四十分は消えることがないだろう。

謙二は、予定された五山に火が入るのを自分の目で確かめて、人混みの中を移動し、早々に帰りのバスに乗り込み、午後九時前には山を降りた。東山三条でバスを降りると、三条通りは鴨川に掛かる三条大橋に向けて人で埋め尽くされ、人垣をかき分けて、河原町方面を目指して三条大橋を渡ろうとしたが、橋の上はとても先に進める状態でなく、諦めて川端通を北に向かうことにした。鴨川に掛かる橋の上はどの橋も、大文字送り火の見物人で鈴なりの人だかり、橋の上の人達は、立ち止まったまま動く気配は全くなかった。謙二はその夜、一人で京阪三条駅から、鴨川に沿って川端通を加茂大橋まで歩き、京都大文字焼の夜を楽しんだ。今出川通りを東に向う頃にはもう、五山の火は衰え、街に繰り出した人々も水が引くように家路についた。その夜、謙二がさつき寮に帰ってきたのは、午後十時半過ぎであった。

18　路地が賑わう地蔵盆の頃

京阪予備校の夏期講習（後半）が始まったのは、八月二十日だった。いつものように朝、謙二は市電に乗って岡崎公園前まで通った。この夏期講座を田代眞由美は受講しないのか、いつもの電車に彼女の姿がなかった。昼間、予備校の中でも姿を見なかった。謙二は、眞由美から夏期講習について何も聞かれなかったし、謙二もそのことを話し掛けた覚えはなかった。

謙二は二十三日の朝も、そんなことを気にしながら寮から電停まで歩いていると、広い電車通り（東大路）に出るまでの路地の片側に、間口一間ほどの小さなテントが張られ、テントの軒は賑やかに色とりどりの小さな提灯で飾られていた。テント内の真ん中にはひな壇のようなものが置かれ、その上には儀式の飾り物や、お菓子の袋のようなものが山積みになっていた。こんな朝早くから何があるのだろうと思いながらテントの脇を通り抜けたが、テントの周辺には人の気配はなく、地べたに二畳分程のござが敷かれていた。よく見ると、道端に屋根のついた小さな石のお地蔵さんがあり、テントはそのお地蔵さんの前に設置されていた。謙二は以前から、毎日通る総合病院の玄関のはす向い、この路地の片隅に道祖神のような石のお地蔵さんがあることには気づいていた。毎週のように誰かが花を手向け、供物を供えていることは知っていた。夕方、謙二が腹を減らして帰ってくると、そのお地蔵さんの前にうまそうな牡丹餅が供えてあったりして、田舎の実家の仏壇のお供えのことを思い出していた。もしこれが我が家の仏壇のお供えであれば、仏壇に手を合わせ失敬するところであるが、謙二はもうそんな幼い子供ではなかった。……今日は、このお地蔵さんのお祭りのようだ。謙二は京都の地蔵盆のことはまだ知らなかった。

そういえば謙二の故郷、境港でも八月の二十三日頃に、浄土宗のお寺（光佑寺）の境内に祀られた、背丈が一メートル半位の石のお地蔵さんの口元に味噌を塗る祭りがあった。田舎では味噌舐め地蔵祭と呼んでいたと思う。ちょうど学校の夏休みが終る頃、夜、この祭りに祖母に連れられて行った事があった。初め、石のお地蔵さんの口元に塗られていた味噌が、お参りの人々に入れ替わり立ち代り味噌を塗られて、仕舞いにはお地蔵さんの顔中味噌だらけとなっていった。寺の境内に夜店など全く出ていないお祭りで、暗闇のロウソクの光の中で幼い子供達と年寄りばかりの静かで淋しいお祭りだったという思い出があった。

その日、予備校の古典文学の夏期講習で講師が、今日と明日京都の街で行われている地蔵盆について、民俗学のような立場から二十分程話をしてくれた。謙二は、入試合格だけにこだわらぬ、この京阪予備校のこういう授業が好きであった。……地蔵盆は盂蘭盆の送り火から一週間後、子供の誕生や安全を祝う一方で、幼くして亡くなった子供たちが賽の河原で石積みができず、鬼たちにいじめられることのないよう、子供の霊を無事浄土へ導くお祭りで、京都市街に約五千体あるお地蔵さんの前に、それぞれ子供たちがその町内毎に集まって、街の大人たちと共に過ごす日であり、地域社会の子供の成長を祝う古くからの慣習となっていると解説してくれた。地蔵盆は、いうなれば子供達の盆である。その日、謙二が飛鳥井町に帰ってきたのは午後四時ごろでまだ明るかったが、朝のテントの中のござの上に、六、七人の子供たちが車座になって、なにやら楽しそうに遊んでいた。謙二は、テントの脇をゆっくりと歩きながら子供達の表情を窺い、京都の地蔵盆の子供達の姿を自分の心に焼き付けた。

八月二十四日夜、町田俊介が上京の途中、京都のさつき寮に立ち寄った。今度は特に前触れもなくやってきた。大雨の日、山陰本線で帰郷し、境線終列車を降り、深夜上道駅の田の畦道で二人で蛍を眺め、俊介が親戚の家で自転車を借りたあの夜、別れて以来であった。

「おう、どうだ、田舎でゆっくり出来たか」

「うん、あまり友達に会わなかったな。……そうだ、春一緒に円町であった門元孝治に田舎で会ったよ」

「あのパチンコのお兄さんか、元気だったかい」

「うん、毎年盆に行われる、渡《わたり》部落の町民野球大会に参加してたよ」

「いつもの〝盆野球〟か、……浪人生はそのくらい余裕があったほうがいいよ。俺だって京都にいたところで、一日中机に向かってるわけではないよ」

「そうだ、門元孝治は今度引越しするといってたな」

「……え？　京都を引き上げるのか」

「いや、京都の中で引っ越すといっていた。……たしか新しい住所聞いていたな」

俊介は自分のバッグから手帳を出してきて、

「京都市左京区北白川追分町90、追分荘だ」

「え？　北白川追分町といったらすぐそこだぞ。近いところで、ここから歩いて五分ぐらいだ」

「そうか、明日の朝でも行ってみるか……いつ引越すと言っていたかなあ」

「追分町なら、ここの玄関を出て南に行くと、二百メートル程でブロック塀に突き当たる。それを左に曲がると右手に知恩寺の広い墓地がある。多分その東側だろう」

「伊東龍治も直江雄二も北白川だろ？」

「うん、皆偶然なんだ。直江はこの辺りに絞って探したが、世の中狭いよ」

「ここは北白川ではないよな」

「うん、ここは田中飛鳥井町だ。田中の地名はここから北西に広がっており、知恩寺までが田中門前町だから、その隣の飛鳥井町は田中のほぼ南東の端だ。この先、東は京大の農場から北白川で、北白川追分町は農場の南側一帯だ」


翌朝早起きして、二人で、孝治が引越すという追分荘を覗いてみた。二階建ての古い木造アパートだった。管理人らしき初老の男が朝早くから庭を掃いており、尋ねてみると、門元孝治なら九月から入る予定だ、と言っていた。京大農場の門柱が斜めに崩れかかった追分門のすぐ脇のアパートだった。朝の散歩のついでに、西蔦町の伊東龍治の借家にも、平井町の直江の下宿にも行ってみた。伊東はまだ帰省中のようで、直江は部屋に電燈がついていたが、朝早かったので、門柱の呼び鈴のスイッチに手を掛けるのは遠慮した。京大のグランドを通ってさつき寮に戻り、寮の朝食を二人で分けあって食べた。朝飯を食べながら、俊介が問いかけてきた。

「帰省の列車の中で会った鳥取のアナウンサー志望の娘《こ》から、便りがあったか」

お互い気になっていた青山学院大学の女子学生のことを、俊介がやっと切り出した。謙二も、さも感心なさそうな口ぶりで答えて、

「このあいだの娘《こ》か、……いや、まだないなー、大学は九月半ば頃まで休みだからな」

「謙二は、ああいう感じの娘はどうなんだい」

「うん、背も高いし、見た目、感じいいんじゃないの？　あれだけ美人だと多分、プライドも高いだろうけど……」

「うん、美人か、……初対面の人に、自分のほうから京都案内してくれと言い出すには、よっぽど自信がないと言えないよな」

「自信があるんだろうな。そうじゃなきゃアナウンサーなんか目指さないだろう」

「京都の街を案内しているうちに、意気投合したらどうする？」

「……どうもしないよ、……手前は、今はしがねえ監禁の身だ。美貌の女子学生との浮いた話は、来年東京に行ってから、……それまでお預けだろう」

「今はおまえ、付き合っている娘はいないのか」

「……うん」

「高校時代には居たんだろう？　お前は、こいつだと宣言はしてなかったけど」

「うん、これはと言う娘が何人もいて、自分の中で絞りきれなかったという感じだな。もっともこっちでこれがいいと勝手に決めても、相手もあることだしな……」

「絞りきれないということは、いないということなんだぞ」

「そうか、いつものお前らしくなく断定的だな、……俊介、お前はどうなんだ」

「謙二とおなじだよ。あのアナウンサー志望のお嬢さんにも内心ドキドキしたけどな」

「そうだろう、やっぱりそうか。あの時、どこか普段のおまえと違っていたぞ」

「うん、あの夜、あの娘が鳥取駅で降りてから列車が暫らく止まっただろう。同じ止まるなら鳥取より前で止まって欲しかったよな」

「おまえ、途中からビール飲んで眠ってしまったじゃないか」

「うん、あれは不覚だったな。……その前に、あの娘も暫らく眠っていたよな」

「うん、あのまま鳥取まで眠り続けるのかと思っていたら、いい按配に、前の席のおばさんが、浜坂で挨拶して降りていってくれたから、あれで彼女、目を覚ましたんだ。あの後、もっと積極的に話しかけて、何とか眠らせないようにしようと思ったよ」

「それで、別れる前に住所と名前しっかりゲットできたから、謙二もなかなかやるなと思ったよ」

「だけど、ああいう偶然、たまたまあの席に彼女が来るという確率を思うと、神の導き以外に何ものでもないよな」

「だから今度、京都に立ち寄ったら、天が与えてくれたチャンスなんだ、簡単に手放しては駄目なんだよ」

「往々にして、もてる女は気まぐれだからな、手紙は来るかもしれないが、『都合がつかなくなり、残念ですが京都見物はまたの機会にさせていただきます』とかなんとか、その辺がいいところじゃないのか……」

「うん、最悪、梨のつぶてであっても、あの時の思い出だけでもないよりましかと思って諦めればいい」

「お前も、チャンスは逃すなと言ったり、無視されることを覚悟しろと言ったり……。どうせこの話、さっきも言ったように初めからタナボタの話だ。駄目でもともとだよ」

「……ところで、名前は何と言ったっけ？」

「ハハ、急に東京弁使うなよ。……〃ウサギちゃん〃だよ」

「えー？　ウサギちゃん兎年なのか？　ちがうよなあ。白兎号で会ったウサギちゃんか？」

「違うよ、マリアだよ、ウサギちゃん黒田規子だよ」

「さすがにしっかりインプットされてるな。来月半ばが楽しみだな」

「……俺、これから予備校に行くけど、お前も一緒に人文地理の授業に出ないか」

「おう、そうしようか、出席はうるさくないのか」

「うん、大きな教室だから、全然分からんよ」

朝食の食器を下のキッチンに片付けて出かける準備をし、二人で玄関を出た。外はもう夏の日差しがきつくなっていた。路地の地蔵盆のテントはすっかり片付けられていた。

電停で電車を待っていると、向かい側に百万遍の方から、反対方向行きの電車が来て止まった。背を向けて乗っている客に田代眞由美に似た後ろ姿があった。確かめるすべもなく、電車は叡電前方向に走り去っていった。もし眞由美だとしたら、朝早くどこに向うのだろうと謙二は考えていた。午前中、人文地理と漢文の講習を受けて、午後から俊介と二人で奈良公園に行くことにした。七条京阪から丹波橋で乗換え、奈良電で向った。謙二も四月に京都に来て、奈良まで足を伸ばすのは初めてであった。近鉄奈良駅で降りて、奈良公園の坂を上っていった。修学旅行で馴染みの興福寺、猿沢池、東大寺大仏殿、二月堂、春日大社と奈良公園の中を歩き回った。さすがに夏休み中で、修学旅行の団体はいなかった。いつもは公園の中を歩き回っている鹿も、暑さを避けてか木陰の土の上に集まって寝そべっていて動かない。

「法隆寺はここから遠いのか」

俊介が謙二に尋ねた。これに応えて、

「法隆寺に行きたいのか、……国鉄奈良駅から関西線湊町行きで三つ目、法隆寺駅で降りて、駅からまた暫らく歩く。今日これからは、ちょっと無理だな。着く頃には、寺の拝観時間が終わるだろう、また改めて来ればいい。斑鳩の周辺には中宮寺とか法輪寺、慈光院とか見たい寺はいくらでもある。西ノ京には薬師寺や唐招提寺もある。少し足を延ばして、長谷寺や室生寺や談山神社にも行ってみたい」

その日はそのまま京都に引き返し、翌朝、町田俊介は東京へ出発した。それから五日ほどして、夏期講習は終った。結局眞由美は、夏期講習には姿を見せなかった。

京阪予備校の今年度の後期講習は、九月二日から始まった。謙二は、いつもの電車で通い始めたが、毎朝、百万遍から乗ってくるはずの眞由美は、後期に入っても姿を現さなかった。

19　阪急電車が四条河原町に入ってきた

九月八日（日）午前十時に、今年六月開通し新装なった阪急電鉄河原町駅で待ち合わせ、恒例のメンバーが顔を揃えた。神戸から税関の宮澤と藤本、大阪から関大の金井と浪人中の杉本と謙二の五人、今回も近大の松井慶子はまだ帰省中で参加しなかった。天気は南大東島に台風が近づいていたが、京都は残暑が厳しく、うす曇りであった。案内役の謙二が、同じ浪人中の杉本と先に立って、四条河原町から鴨川にかかる四条大橋を渡り、南座の前を祇園に向って歩いた。八坂神社から円山公園に入り、公園の中の茶店で一休みし、午前中からかき氷を食べた。そこで謙二が聞いた。

「これから、北に向かうと知恩院、南禅寺、平安神宮だ。南に向うと高台寺、霊山護国神社、清水寺だ。北、南、希望はどっちだ」

　すると宮澤が、平安神宮と清水寺に行きたいと言い出した。他の連中も、それでいいと言った。多分そこしか知らないのだろう、結局、南北両方である。謙二は、北から回ることにして知恩院に向った。

浄土宗の総本山である知恩院の三門は荘厳で、門前に立ち、見上げる者を圧倒する。門前の石段に並んで、この三門を背景に記念写真を撮った。広い境内の一角に巨大な梵鐘が、参拝者を迎える。この寺には、入母屋造本瓦葺の御影堂《みえいどう》、その大屋根の軒下に火災などの魔除けの為に置いたといわれる左甚五郎の忘れ傘が、かなり高いところに見える。方丈への渡り廊下に仕掛けられた、うぐいす張りの廊下も有名である。広々とした伽藍と静寂が、辺りの空気をひんやりと感じさせる。

再び三門に戻り、門前の神宮道をさらに北に向う、やがて右手に見事な楠の老木が枝を広げる青蓮院《しょうれんいん》門跡を見ながら進む、京阪電鉄京津線の路面電車の走る三条通りに出る。京阪三条駅から山科、滋賀県の浜大津を結ぶ一部路面電車である。その大通りを渡り、さらに北に向うと、仁王門の通りと交差する辺り、朱に塗られた平安神宮の大鳥居の下に出る。

そのまま大鳥居をくぐり、岡崎公園の中を真っ直ぐ北に向うと、朱柱も鮮やかな平安神宮の応天門が正面に立ちはだかる。応天門をくぐり、本殿前の広場に出る。その日は本殿の裏手に広がる神苑も巡り、総面積一万坪にも及ぶ日本庭園を見て回った。ちょうど花の盛りは外れており、訪問者も比較的少ない。桜の頃、谷崎潤一郎の『細雪』や川端康成の『古都』の舞台となっているここ神苑の紅枝垂れ桜は、春、満開の頃は圧巻であるという。

池を巡って出口を出る頃は、ランチタイムはとっくに過ぎていた。どこかで昼食をとらねばならない。飛び込みで、二条通りに面した白河院というレストランで昼食をとった。各自まちまちに注文したが、南禅寺が近いこともあって、豆腐料理に舌鼓を打つ者もいた。

遅いお昼を終え、庭の美しい白河院を出る頃は、午後二時に近かった。琵琶湖からの疎水の堀に沿って東大路に出て、電停岡崎公園前から、東大路を南に向かう市電に乗った。今朝の浩のリクエストに応えて、電停清水道で降りた。

清水寺までの狭い参道は、いつもの事ながら修学旅行生や観光客がひしめいており、その上、大型の観光バスが坂の途中の駐車場まで出入りし、道沿いの土産物店をゆっくり覗く心の余裕もなく、人波に押し流されるように、みやげ物の店の並ぶ坂を登っていった。謙二以外の者も、清水寺は修学旅行で訪れており、その時の思い出の風景が甦る場所であった。三重の塔の下で拝観料を払って、東山の谷にせり出した清水の舞台に出て、遥かに京都の南に広がる市街地を眺めた。謙二ら一行も参拝客ではなく観光客である。

この清水寺の歴史は古く、開祖は奈良時代の末期に遡る。今でも観光客の憩う音羽の滝の滝上の草庵に音羽観音を祀ったことに始まり、坂上田村麻呂によって仏殿が整えられたが、平安末期、延暦寺と興福寺の争いに巻き込まれ、伽藍のほとんどを焼失してしまう。現存の建物の多くは、江戸初期に再建されたものである。この建物の多くは、今は重要文化財となっており、本堂とそれに連なる木組みの舞台は国宝に指定されている。滴り落ちる音羽の滝の水で手を清め、楓の葉の茂る木陰を三重の塔の下まで戻り、来た道、門前のみやげ物店の並ぶ参道を引き返した。途中で右に折れ、産寧坂を高台寺へと下っていった。豊臣秀吉の正妻、北の政所の御霊を安置する御霊屋などを残す高台寺や、龍馬らの墓地のある霊山護国神社は今回はパスし、今朝の振り出し地、八坂神社へと下っていった。それから四条通りを戻り、新京極の喫茶店に入って閑談し、河原町三条近くの食堂で夕食を食べ、午後七時半ごろ、阪急河原町駅で別れた。

九月九日（月）、寮の夕食を終えてから、謙二はぶらりと散歩に出た。夕暮れの風がやっと秋めいてきた。ほど近い追分荘の門元孝治を訪ねた。古い二階建て木造アパート、孝治の部屋は二階の東側奥の突き当たりの部屋で、八畳の部屋が階毎に四室ずつ並んでいた。棟の北側の廊下に繋がる狭い階段が建物の中央部に付いていた。風呂は無く、共同トイレと食堂は別棟になっていた。部屋と別棟との間は、雑草なども目立つ自然に近い植栽の茂る中庭になっており、半間幅の下駄箱の置かれた階段の下のたたきは南に向き、道路から中庭を通って自由に出入りできた。事前に連絡もせず突然の訪問であったが、門元本人は驚いた様子も見せず、ステテコ、ランニングシャツ姿で迎え入れてくれた。畳の部屋に備え付けの木製の大きなベッドが東の窓側に寄せて置かれていて、それ以外の家具はなく、南側に狭いベランダが付いていた。謙二はベッドの脇の隙間の畳の上に座り込み、暫らく話した。

「ここがよく分かったな」

「うん、俊介が東京に出るときに立ち寄ったんだ」

「そうか、盆に田舎で俊介に会ったからな。その時にここの住所を教えたんだ」

「そうらしいね。……俺も住所聞いたときは、近いので驚いたよ」

「そんなに近いのか」

「今、歩いたら三分で来たよ。……なぜ丸太町御前通を出ることにしたの？」

「うん、隣の部屋にもう一人浪人生がいただろう？　あいつがノイローゼ気味でね。神経質でピリピリしてるんだ。……気の毒になるぐらい」

「浪人生活の重圧に耐え切れんのだろう。ひどくならなければいいが……」

「奴の田舎の親も心配して月に一度は出てきていたが、親が来ると、その時は普段より落ち着いているんだ。……ひどいときは夜中にわめくんだ」

「そんなときには、どうするんだ」

「こっちが怒鳴り返しても仕方が無いし、殴るわけにもいかないし、穏やかに『どうした、静かにしろ』と言うしかない。翌朝はケロッとしていることが多い」

「勉強の仕方に問題があるのか」

「それもあるかもしれない。何から何まで、覚え込もうとするところがあったな。頭が特別よければ全部覚えられるだろうが、普通、許容量というものがあって、短時間で全部は覚えられないし、その必要も無い。要所要所が分かっていればいいんだ。よく司法試験なんかで、主要な法律を全部暗記するというが、かなり時間を掛けて覚えるんだろう？　寺の子が時間を掛けて、長いお経を覚えるのと同じだ。やってるうちに覚えるもんだ。お経が覚えられなくてノイローゼになった寺の小僧は聞いたことないよ」

「ここから、文理学院予備校には、市電で通っているのか」

「うん、そこの飛鳥井町から、北回り6番で烏丸鞍馬口まで」

「どのぐらい掛かる」

「時間か、……乗ってる間は二十分ぐらいかな。乗換えがないから楽だよ」

「この周辺に、田舎の同じ高校の卒業生浪人が三人いるから、またいつか紹介するよ」

「うん、……謙二は風呂屋はどこに行っている？」

「その前の通りを真っ直ぐ北に行った、御影通りを越した角の樋ノ口町の銭湯だ」

「やっぱりそうか、俺も越してきてそこに今日までに二度行ったが、綺麗な風呂屋だな」

「俺も他は知らないが、まあいいよな。俺の寮の連中も皆んなあそこだ」

「買い物はどうしてる」

「食料や日用品は飛鳥井町の電停の前、公設田中市場だ」

「百万遍のほうには店はないのか」

「俺、床屋は百万遍のパチンコ屋の並びの小川理髪店だ」

「百万遍のパチンコ屋はどうだい」

「パチンコ屋には入ったことないな。……また俺の寮にも顔出せよ、そこの角を曲がった総合病院の先の右側、さつき寮の看板の出ている建物の二階だ」

「うん、またそのうち行くよ」

「それでは、お邪魔したな、……またな」

謙二は三十分ほどいて追分荘を出た。すっかり暗くなって、空に星が瞬いていた。

寮に帰ると靴箱に手紙が入っていた。和紙の封筒で、差出人は「鳥取市西町五丁目二十六番地　黒田規子」となっていた。

「おいでなすって、……待ってましたよ」

謙二は大切そうにその手紙を持って、二階に上がって行った。机の引き出しから鋏を取り出し、いつになく丁寧に封を切った。ほのかに香る便箋に、英米文学科の学生にしては整った丁寧な字で書かれていた。内容は、受験勉強に日夜務められている方に、お手間を取らせて恐縮ですが、先日お願いしたように、上京の際、途中京都に立ち寄り、古都の雰囲気を体験致したく、九月十四日（土）午後一時十分、国鉄京都駅山陰線ホームでお会いできればありがたい、と記されていた。特別どこが見たいとは書かれていなかった。今日は九日、もう、あんまり日にちがなかった。謙二は改めて黒田規子の面影を思い出そうとしたが、現実を突きつけられると想いだけが先行し、その顔の輪郭が明確には浮かんでこなかった。とにかく魅力的な娘であったことに間違いはない。謙二は、約束の日、その時刻に京都駅でお待ちしますと、すぐに短い返事を出した。

20　初秋の大原の里での約束

　九月十四日は、さわやかに晴れ上がった。言うまでもなく謙二は、朝から落ち着かなかった。縦に薄いストライプの入った白の半袖シャツに、明るいグレーのズボンで出かけた。午前中、京阪予備校で授業を受けたが、どこか気も漫ろな時間を送っていた。これから迫る現実への対処に精神を集中したかったが、それも思うように出来ないで、もやもやといたずらに時間だけが過ぎていった。まとまりのない考えが頭の中をぐるぐる回っているようだった。以前から想い描いていたことが、いよいよ現実として迫って来ると落ち着きを失わせた。はやる気を抑えるように、市電に乗った。

　謙二が一時五分に京都駅に着くと、規子はもうホームで待っていた。やはり背が高く背筋を伸ばした姿が魅力的であった。彼女はまだ真夏のスタイルだった。ベージュ色のノースリーブのミニのワンピース。踵の高めの白い靴から、細い足首に長く形のいいふくらはぎが伸びて、見るからに柔らかそうな肉づきのいい長い腕に旅行バッグを提げている。謙二は、規子の大きく鋭い目と向かい合って挨拶しているうちに胸が苦しくなってきて、言葉に詰まった。……綺麗だ。あの雨の日、初めて会った日より、ずっと綺麗だ。ホームを駆けて汗だくのあの日に比べれば、規子も今日は男に会う為に、それなりの準備を整えていた。

「ごめんなさいね。お忙しいのに……」

「……いや、どうせ遊んでますから……」

謙二の声が震えて上ずった。

「先日お会いした日は土砂降りだったのに、今日は晴れてほっとしました」

謙二は規子の大きめの旅行バッグを持ってやろうとしたが、規子は、

「どこか手荷物一時預かり所とかありませんか」

「うん、あるよ。手荷物一時預かり所は、そこの改札出て左だから……、そこまで持ちますよ」

規子の耳ざわりのいい声、機関銃のように飛び出してくる魅力的な言葉を受け止めながら、謙二はバッグを規子の長い腕から奪い取るように受け取って、一番近い西口改札口を出た。改札口の並びの仮設のような一時手荷物預かり所で、規子は預けるバッグからカメラなど当面必要な物を取り出し、一時預かりの手続きを取った。その時規子から、謙二が手に持っていた、ブックバンドで留めた予備校のテキストとルーズリーフを規子の預けるバッグに一時納めておきましょうかと言われ、謙二はそのまま素直に従った。日頃持ち歩いている自分のテキストとルーズリーフが規子のバッグに納められただけで妙な親近感が沸き、謙二はことさら嬉しかっ

た。これで規子もカメラと小さなポーチだけになり、謙二も手ぶらになった。駅前広場に面した中央郵便局の前を市電の停車場の方に向かいながら、謙一が尋ねた。

「あらかじめ、行き先は決まってるんですか」

「いいえ、決めていません。……どこがいいかしら……」

「……先日は、三千院に行ってみたいと言ってましたよね」

「はい、これから行けますかねえ、……ちょっと遠いんでしょう？」

「ここからバスで一時間ぐらいです。大原三千院、いいとこですよ、行ってみますか」

謙二は駅前の京都バスの営業所に入り、時刻表を確かめて戻ってきた。

「一時三十分に大原に行くバスがありますね」

「私、京都、どこも知りませんから、どこでもいいんですよ」

「初めにひらめいた三千院がいいですよ」

「きっと私、以前に見た、何かのグラビア雑誌を思い描いていたと思います」

「大原は僕も一度しか行ったことないけど、今の時期、静かでいいところですよ」

京都バスの営業所の前のバス停ポールの脇に五人ほどバスを待つ客があって、その列の後に並んだ。バスを待つ間もいつになく謙二は落ち着けず、黙ったままではおれず、その気持ちを鎮めるように規子に話しかけた。

「夏休みは、郷里の鳥取でゆっくり出来ましたか」

「はい、うちの大学は七月中に前期試験を終えていますから、他の大学のように九月に行う前期試験を気にすることはありません。ただ、九月十八日から一週間、軽井沢で放送研究部の合宿があるんです。ここで夏休み中の自己鍛錬の成果が試されます。一年生は一日中シゴかれ、鍛えられ、我慢の日々だそうです。その合宿を終え東京に戻ると、翌日から後期の授業が始まります」

「うん、大学生は自分の人生をどんどん前に進めていく、うらやましいですね。それに比べ浪人生はまだ、去年の高校生の続きから抜け出せないでいる。これから秋が深まると益々自虐的にならないかと心配ですね」

「そんなに気にすることないですよ。人生長いんだし、戦前、男の人には兵役というのがありましたよね。そのことを思えば浪人ぐらい、あっという間に終りますよ」

「うん、兵役と浪人生活とは一緒にできないけど、兵役というものは、どうだったんだろうね。今でも身近にいる兵隊経験者は、意外に誇らしげにその当時の話をする。『あんなものは青春のいい時代に影を落とす』という批判的な人はあんまりいないよね。……苦しい中でも幼い頃教わった、お国のために役に立てたという自負があるのかもしれないね」

「男の方はお国のために働かなければならない、たとえ、自分の命を落としても……。当時もその後も『ナンセンス』と、声を上げる人がいなかったんですよね」

「いや、多くはないが、何人かはいたんですよ。戦後、やっと日の目を見ている。『蟹工船』

の著者、小林多喜二なんかが……。しかし、当時の特高警察の目を逃れて、東京の都心に潜んで生活しながら体制批判を大胆に発信し続けていたが、不覚にも麻布の街角かどこかで警察官に職務質問され、捉えられ、裁判に掛かるどころか、捕まったその日のうちに警察の取調室で殴り殺されてしまう。……野蛮だよね。あなたはこれからジャーナリストを目指している。……たった十八年前まで、我々が生まれた頃の日本はこうだったんですよ。当時の教育を受け、時代を生きていた人たちが、今も大手を振って日本を支配してるんです。マスコミ志望なら、その人たちが蓋をしてしまいたくなる時代、近現代史が今の義務教育の歴史の授業から省かれている現実をしっかり捉えて欲しいですね」

「私もそう思います。いい悪いはともかく、日本が第二次大戦に突入していった現状をもっと我々若者は知らなくてはならない。それなのに、教科書にも詳しくは書いていない。歴史の授業でも時間切れでやらない。日本が何故、国際連盟を脱退しなければならなかったかや、五・一五事件や二・二六事件の背景などもしっかり時間を掛けて伝えていかなければだめですね。縄文、弥生の古墳の時代は要らないとはいわないけど、明治維新から日本が何度も外国との戦争にはまり込んでいった軍国主義を、いま何故、新憲法で禁止したのか、結果がよければそれでいいというのではなく、その時代的背景を国民は知り、外圧からではなく国民自身が二度と戦争を繰り返さないとする意志を確認する必要がありますね」

「明治維新の頃、欧米列国の不当な支配を排除するために、当時、インドや中国が悲劇的だったから、そうはならないため、自国の平和や主権を守るために、当時の国民の犠牲の上で過重な税負担を押し付け、生糸などの貿易を増やし外貨を稼ぎ、それに見合う軍備を拡大していった。これは当時の政治判断で、真摯に国の将来を思い、血税を無駄なくその目的の為に注ぎ込んでいったことは、一概に間違っているとは思わない。間違っていたのは、途中から自国を守るための武力を他国侵略のために振り向けたことにある。ここが大いに反省する点であるが、敗戦後、アメリカが押し付ける新しい憲法で、今後戦争はしません、軍備は持ちませんと頭から決めるのは短絡的ですよね。『羹《あつもの》に懲りて、ナマスを吹く』という感がある。

確かに人類の世界では、なかんずく先進国では、そろそろ戦争は総てやめるべき時期に来ている。今、その移行期に日本がその危険なリスクを冒して、国民があらゆる苦難に耐えて、世界の先頭に立ってその理念を推し進めるという強い決意を持って望むならその道もあるのかもしれないが、現状はそうではない。国民の意思ではなく、終戦直後の占領下で押し付けられた平和憲法では、根本的にことの解決にはなっていない。世界の実状からして未だそれぞれの独立国は、自国の領土と国民の生命を外敵から守る軍備は必要で、いつまでも自国の防衛を他国にやらせていてはいけない。そんな条約を結ぶのは、この先も属国の域を離脱できないことを証明しているようなものだ。敗戦直後ならともかく、サンフランシスコ講和条約締結後は、憲法のありかたを含めて、国民一人ひとりが自分で考えなければならない。沖縄や北方四島も国力を背景にした交渉力が無くては、いつまで経っても取り戻せないですよ。

　こうしてつらつらと戦後に育った自分が、目にし耳にしてきたことをそのままぶつけてきたが、心の中で気になっていることは、戦争拡大とその戦況と敗戦と戦後を身をもって体験し、本気で憂いている人に限って未だに何も語ろうとしない節があり、そこに真実があると想像するのだが、所詮、話してくれないと真相は分からない。戦前の教育を受けた人々にとって、たとえ悪しき国家であったにしても、当時の国家を批判する意見を自ら発するのは苦しいだろうが、招来の日本の為に、記憶の新しいうちに本当のことを話してほしい。……そういう気持ちで一杯だね」

　気がつくと謙二は規子を相手に、興奮して訴えていた。やはり異常だった。今、会ったばかりの規子に何をこめかみに青筋立ててぶつけているのかと、謙二は我に返って思った。

　その時、クリーム色のボディにアズキ色のラインの入った大型バスがバス停に到着し、待っていた人達は乗り込んでいった。振り向くと謙二らの後にも四、五人の客が連なっていた。客が全部乗り終わっても直ぐにバスは発車しなかった。謙二と規子は、前から二列目、運転手側に席を取った。窓側に規子を座らせ、謙二はその隣に並んで座った。規子の艶のある張り切った左腕と謙二の鍛え抜かれた右腕がヒンヤリと汗ばんだ肌同士、直接触れ合って、謙二は内心ドキドキしていた。規子の大きな瞳で凝視されると、謙二の頭髪は一斉に逆立ち、思考力が異状をきたし、血流がバランスを失い、息苦しく感じていた。いったいこれは何なんだと、謙二自身にも分からなかった。あの雨の日の急行列車の中でも同じような体験をしていた。

バスは定刻に京都駅前を発車し、烏丸通りを北に向った。七条通りを過ぎて、市電の軌道敷が大きく東寄りに迂回する東本願寺の山門の前を過ぎる頃、謙二はその話を始めた。京都の路面電車は京都駅から伏見にかけて、日本で最初に走った歴史ある路面電車であるが、その後この烏丸線の線路を敷設する時、土地の供出や門前の道路拡幅を嫌って東本願寺が別に土地を用意し、そこに軌道敷を引かせたため、このようにここだけ遠回りになっていると案内した。さらに、

「親鸞を祖とする念仏により、極楽浄土での往生を求める、浄土真宗の教えを広めようとする本願寺は、長い歴史の中で幾度も盛衰を繰り返し、活動拠点を移し、宗派闘争や政治弾圧に耐え、秀吉の時代になって、七条堀川の北に浄土真宗本願寺派本山本願寺として復興した。これが現在、通称西本願寺といわれるもので、当時、秀吉は相当この寺に肩入れしている。秀吉の死後、その勢力を分断するように家康が、わざわざ視界を遮るこの場所、七条烏丸の北に建てさせたものが、今の通称東本願寺で、正式名は真宗本廟という。生前、秀吉は自分の墓を、予定していた東山の豊国廟から真西に見下ろす場所に本願寺（今の西本願寺）を配置した。その秀吉の死後の守りを疎外する意図で、家康が東本願寺をわざわざその間に建てさせたであろうと言われており、この辺りの家康の陰謀はなかなか面白い」

「自分の死後まで、守らせようとする秀吉、それを畏れる家康、いかにもありそうな話ですね」

「京都の街で、秀吉が仕掛けた信仰的なはかりごと、それを一つひとつ潰そうとする猜疑心の強い家康の陰謀の話は、当時から町衆の興味の的で、徳川の世になって、秀吉の意に背いていた現在の東山七条の智積院復興の推進など、他にも噂が絶えない。平清盛や足利尊氏がそうであったように、古都京都の公家衆にとっては、信長も光秀も秀吉も家康も、勝手な振る舞いをする一時の成りあがり者に過ぎないのである」

そのような平安絵巻に始まる、平安京の歴史を飾った人物を一同に集めて、現在の市民に披露するパレードが、毎年十月に行われる時代祭である。この祭りは、平安京遷都に携わった桓武天皇を祀る神宮として明治二十八年に建てられた平安神宮の祭儀であり、今では京都三大祭とされているが、その中では最も歴史が浅く、宗教的意義も薄い。京都御所を出発し平安神宮まで、遷都千百年の歴史・風習を、時代の流れに沿って、当時の姿形のままの衣装を着け行進するのである。

バスは、これから烏丸通りを北進し、烏丸今出川を右折、御所の北側を東に向かい、鴨川を渡ったところで川端通りを北に向かう。謙二は途中、四条烏丸から烏丸御池にかけて、「この辺りが今の京都市の中心街で、市役所をはじめデパートや証券会社、銀行の立ち並ぶビジネス街でもある」

と、規子に説明した。それからバスは、去る七月末、宮田文雄と西田祥子が待ち合わせ場所に選んだ京都御所の蛤御門前を通った。謙二が規子にこれが蛤御門だと説明すると、規子は口本史に詳しいようで、徳川の幕末期の禁門の変について、会津、薩摩の反撃にあい、攘夷派の長州藩士久坂玄瑞らが敗走し、天王山の麓、山崎で自害したこと、その前の新撰組による池田屋事件が禁門の変の引き金になったことなどを歯切れよく、自分から話した。特に一八六四年の禁門の変は、後に京都の民衆が「鉄砲焼け」とか「どんどん焼け」など、ヤケバチとも強がりとも取れる呼び方をする京の商家を焼き尽くす大火災で、現在の中京区、下京区の大半を焼失する惨事となった。この火災で東本願寺や再建の本能寺なども焼失した。焦土化し荒廃した京都の中心部は再起不能とまで囁かれ、東京遷都の要因にもなったと言われる元治の大火は、長い京都の歴史の中で、戦禍遭遇は都に住む民の宿命とはいえ、先祖代々、長年に亘り蓄えてきた貴重な財産を焼き払われてしまう許しがたい出来事であったに違いない。生活の総てを失った人々は、翌々年夏には、町民文化の象徴である祇園祭を立ち上げ、それをバネに結束し、脅威の復興を成し遂げるのである。従って、中京区など現在の多くの街並み、織物問屋などに見られる厨子二階の虫籠窓《むしこ》に古風な看板を取りつけたベンガラ格子の町屋造りの建物は、ほとんどが明治維新後、復興した建物なのである。平安朝以降、祇園会と呼ばれていたこの祇園祭りが、中断した時期は過去にもあった。応仁の乱の後、一四六七年から三十年に亘って途絶えたし、先の第二次大戦でも一九四三年から一九四七年まで、山鉾の巡行は行われなかったのである。

バスが今出川通りに入ると、まだ夏休み中なのか閑散とした木立の中に同志社大学のシンボルでもあるレンガ造りの礼拝堂が左手に見えていた。やがてバスは加茂大橋を渡り左折し、川端通りを高野川に沿って北に向った。この道もいつか、謙二が田代眞由美と下鴨警察署の帰り道、夕暮れの中を歩いた思い出の道であった。そういえばお盆休み以降、眞由美の姿は一度も見ていなかった。今の謙二には、眞由美のことを思い起こす余裕はなかった。バスが揺れる度に、隣の席の短いワンピースの膝上から突き出た規子の白く長い脚が、窮屈そうに謙二の右脚を圧迫していた。

バスは高野橋の交差点を渡り、さらに北を目指し、叡電宝ヶ池駅前を過ぎると、道幅は更に狭くなり、岩倉、鞍馬方面と八瀬、大原方面への分岐に差し掛かり、バスは右にコースを取ると、高野川に沿って狭い国道を大原へと向った。既にあたりは山里の景色で、山の奥へと分け入る気配となった。『平家物語』の巻末を飾る「灌頂巻」で、建礼門院徳子がこの山懐深く分け入った頃は、どのようなものであっただろうか。高倉天皇の中宮に昇りつめた清盛の次女徳子も、急激に隆盛を極めた武家政治の犠牲者であり、平家滅亡後出家し、この大原寂光院で亡き主高倉帝、御子安徳帝と、平家一門の菩提を静かに弔ったという悲しい物語の舞台でもある。

終点大原のバス停留所でバスを降りると、あたりの空気が澄んで、そよぐ風が気持ちよかった。規子は、「大原」と記されたバス停のポールの前で写真を撮りたいと言った。謙二がシャッターを押してやったが、規子は今バスを降りた行きずりの若い女性観光客に頼んで、シャッターを押してもらい、謙二とのツーショットも納めた。京都大原、若狭に抜ける街道沿いのバス停から、はじめなだらかな畑の中の坂道を登り、呂川峡谷沿いの急な登り坂を三千院の山門まで、ゆっくり登っていった。謙二はヒールのやや高い規子の靴が気になったが、本人はそんなことは無頓着に坂の続く川沿いの道を歩を進めていた。この時間、もう観光客の数も少なかった。川のせせらぎの音に秋の訪れを感じながら、規子は、早くも京都の旅を満喫しているようであった。

ゆっくり登って来ても汗ばんでくる頃、三千院の山門の前に出た。立ち止まりカメラのシャッターを切り、天台宗門跡の表示を仰ぎ苔むした石段を登っていった。ここ大原での天台門跡としての三千院の歴史はそう古くなく、明治初期に、京都御所近くの公家町からこの地に移されたもので、その際、境内に取り込まれた入母屋造りの往生極楽院だけは、十二世紀の頃からの建物である。

「やっぱり、初めの希望どおり三千院に来てよかったよ」

「そうですね。私の見たグラビアは、紅葉の頃の三千院だったと思うのですが、緑の楓も美しいですね」

「いつも思うんですが、この濡れた石畳、楓の枝ぶり、葉の色、しっとりとした辺りの空気、この木漏れ陽、総てが人の心を洗い流してくれる」

「こうして風の音に耳を澄ませ、その静けさに自分の鼓動さえ感じる。洗練された日本の文化、底流を流れる仏教の思想、ここではあらゆるものがいいですねえ」

「うん、人の心を落ち着かせ、鎮める。この邪気の無い空間を作り出す、それが京都の文化の伝統なんだろうね」

「私、今これだけでも京都に立ち寄った甲斐がありました」

「樹々の一本一本が、人の心を鎮めるように静かに佇んでいる。清泉から湧き出る冷たい水が、乾ききった喉を潤すように人々の痛んだ心を癒してくれる。日本人であること、侘寂《わびさび》を受け入れる感性を持ち合わせていて、よかったと思うなあ」

「こういうものは、写真を見ただけでは分からないですね。やはり自分の身をその場に置いて、五感をもって、初めて感じるものなんですね」

謙二と規子は、暫らく黙って歩いた。規子の魅力に満ちた瞳が、得体の知れぬ感動で潤んでいた。広い三千院の庭が二人を包み込むように心の奥底に染み渡っていった。周囲に二人以外、誰もいなかった。

「この木々の葉が色づく頃は、また格別なんでしょうね」

「紅葉の頃、このぐらい静かだったらいいのだろうけど、なかなかそうはさせてもらえないだろうね」

「大勢の人が押し寄せて、今のような雰囲気になれるかどうか、……それでもやはり来てみたいですね」

小一時間かけて、ゆっくりと歩いた。三千院のほかに、誰もいない隣の順徳天皇御陵、勝林院にも足を延ばした。それから、小さな流れの律川の脇の小径を暫らく下って、狭い長閑な畑の中の道を、先ほどバスを降りたバス停まで戻ってきたが、次の京都駅に戻るバスの時刻まで、まだ一時間以上あった。謙二は規子に尋ねた。

「ここから寂光院まで片道二十分は掛かると思うが、行ってみますか」

「うん、行ってみたい。バスは何時ですか」

「ここを四時四十分だ。……ゆっくり見ている時間はないかもしれないが、せっかくここまで来たんだからね」

二人は路傍に立つ手作りの標識に沿って、高野川に架かる小さな橋を渡り、山道を歩き始めた。はじめから規子の姿は、とてもハイキングのいで立ちとは言えなかったが、品格と意欲は感じられた。

「これからアナウンサーになれば、体力勝負のようなところもある。体も精神も鍛えておかなければね。ただ、途中でつま先が痛むようなことがあったら、早めに言ってよね」

規子は何も言わず、黙って笑顔でうなずいた。その口元から覗く並びのいい白い歯が可愛かった。

「たぶん、あなたは気がついていないと思うが、さっきバス停から三千院に向う道は、呂川渓谷に沿った登りの坂道だった。帰り道は、律川という小川に沿って戻ってきた。あなたが目指しているアナウンサーは呂律《ろれつ》が回らないと商売にならないから、これで無事呂律を回って帰って来れたから、安心していいですよ」

「……そうなんですか、……それは今、あなたが俄かに思いついた、こじつけの話でしょう？」

「違うよ、『呂律が回らない』という語源は、天台声明《てんだいしょうみょう》の発祥地、ここ大原の魚山（来迎院）にあるらしい和楽の旋律に因んで、呂川、律川と呼ばれるようになったというんだ」

「あの小川のような川が？　それこそ、俄かに信じがたいですね……」

「うん、眉唾物だと思うなら、今は無理に信じなくていいよ。……東京に帰ってから、放送研究部の合宿ででも、この話、知ってる人がいないか聞いてごらん、多分、マスコミ志望の博識家仲間なら何人か知ってる人、いると思うよ」

「そうかしら、……はい、分かりました、忘れないようにして聞いてみます」

もう二人の会話に、始めの硬さはなかった。お互いに遠慮のない若者の会話が交わされていた。この時間、寂光院に向う観光客はいなかったが、戻ってくる人には時々会った。道はほとんど平坦で狭く、山裾を迂回するようななだらかな歩行者専用の道が続いた。縹渺《ひょうびょう》と霞み散らばる萱葺の民家を望む、大原の里の風景が眼下に広がり、手前の畑の畦にはコスモスやようやく伸び始めた漫寿沙華が里の景色に彩を添えようとしていた。歩きながら謙二が話しかけた。

「あなたの学校、青山学院大学を選んだ理由は、どういうところからですか」

「先生に誘われたんです。……私、鳥取で子供の頃から、近所の友達と近くのキリスト教の教会の日曜学校に通っていたのね。今も時々行くけど。当時、その教会の牧師さんがアメリカのメソジスト監督教会から派遣されて来られていたヒューム先生という宣教師の先生で、子供たちはその牧師夫妻にみんな可愛がられていたんです。私が中学二年生の時、その牧師先生、東京の青山学院大学の教授となって、東京に移ってしまわれたんです。二年後、その先生が久しぶりに鳥取に来られて、皆が集まった時、東京のこと、大学のこと、受験のこと、色々お話を伺ったんです。その先生から『将来、東京で勉強するなら青山学院に是非いらっしゃい』と言われ、それがきっかけで青山学院大学を目指すようになり、受験したんです」

「それで受かって入学したわけだ、……入ってみてどうだった？」

「もともと青山学院は、明治初期にアメリカ人のメソジスト系宣教師が拓いた学校ですから、今もアメリカの香りのする学校ですよ。その意味で、第二次大戦中は『米め、英め』ですから、当時の国粋主義者から嫌がらせを受けたという話は聞いていますが、戦後は日本中がアメリカナイズされ、今は流行の先端を行っているようなところがあって、英語が使えるとか、キリスト教文化に明るいとか、アメリカはプロテスタントが主流ですから、世界を相手にした戦後のビジネス界で使える人材を配する大学として評価を受けていると思います」

「青山学院大学以外に、他の大学も考えなかったですか」

「そうねえ、国立は考えなかったけど、慶応義塾大学とか、関西学院大学も高校の友達との会話の中では、本命をカモフラージュする当て馬のように口にはしてたんですが、振り返ってみればほとんど、東京の青山学院大学と初めから決めていましたね」

「俺もそういうの好きだな。……予備校にいると、どうしても全国の大学を偏差値で輪切りにしてランク付けし、自分の学力に合わせて上位から志望校を選ぶ、学部の選択でも、『中央人学なら法学部』とか、『早稲田大学なら政治経済』とか、『慶応なら医学部』とか、将来のことよか自分の適性を二の次にしていると思うんだ」

「そうですね、ある程度好みがあっても、入ってから学校の名前で力がつくわけでないですから、どこでと言うより、個人の能力とか中味の問題ですよね」

「今いる予備校生の中にも、自分は京都大学なら学部はどこでもいいとか、関西学院大学のあの環境の中で勉強したい、学部は何でもいい、という奴もいたけど、自分のこだわりとかモチベーションを高める要因がそこにあるなら、それでもいいのかもしれないと思ったね」

「私の場合、強い思い込みだけでなんとか入れたけど、……根が呑気だから、落ちることなんか全く考えてなかったですね」

「そうでしょう。……きっとトップ合格だよ」

「いや、自分で言うのも変ですが、さすがに青山学院大学の英米文学科のレベルは高いんですよ。興味があるだけではついていけそうもないですね」

「英米文学科に限らず、青山学院大学は入試における英語の配点が高いとか。それに受験生が、英語に自信のあるものが集まるでしょう。今でも全国の高校に青山学院出身の英語の先生がかなりいますよ」

「私も、子供の頃から教会の先生の影響もあって、英文学を専攻としようと選択したわけですから、少なくとも英語は嫌いではなかったし、苦手でもないですよね」

「俺、今年二月、青山学院大学は受けてないけど、渋谷駅前から東京タワーに向かう路線バスの中からキャンパスは見ましたよ。まだ周辺の道路は拡幅工事中でしたが、都心のアクセスのいい場所にありますね」

「来年の東京オリンピック、学校の近くに神宮外苑の国立競技場や建設中の代々木体育館などあって、外国からお客さんが大勢見えますよね。もうコンパニオンの確保とか、東京都が動き出していると聞いています」

「オリンピックが行われるのがちょうど一年後、あなたが二年生の秋ですか、青山学院大学の英米文学科ならコンパニオンに狙われますよ」

「もう学内で募集していますよ。英米文学科のクラスメイトにコンパニオンに応募するといっている学生もいます。競技の表彰式のコンパニオンなどオリンピック組織委員会の採用枠もありますから……」

「しかしその間、大学の授業は出られないですよね」

「こういう体験は、大学の授業よりずっと勉強になると思います。私はその時どうするか、未だ決めていませんが……」

規子にそう指摘され、謙二は自分の了見の狭さを思い知らされた。大学生活の中での様々な体験は、受身で授業を受けることばかりではない。もっと多様で大切なことが周辺にいくらでもあって、大学生ともなれば、その都度柔軟に、積極的に選択することが求められてくるのだと認識を新たにさせられたが、その時謙二は、表向き平静を装って規子の言葉に応えていた。

「そうだよねえ、オリンピックは戦後の復興を世界に示す、日本のイメージを塗り替える大イベントだからね。世界に平和日本の国威を示すため、国を挙げて是非成功させて欲しいものだね」

「他人事のように言わないでくださいよ。あなただって、来年は東京で外国からのお客様を接待することになりますよ、きっと」

規子は矢継ぎ早に、たじろぐ謙二を攻め立てた。

「そうだといいんですがね。そのためにも来春は、何が何でも大学生にならなければいけないね」

「……そうですよ、来春は是非東京に来てくださいね。……できれば、青山学院大学も受けて欲しいですね」

なだらかな山の斜面に沿って右にカーブする静かな小径で、規子は向き直って、長身の謙二を攻めたてるように迫った。それを受けて謙二も、

「……もし、俺が青山学院大学に合格したら、放送研究部に入部させてもらえるかなあ？」

まだ半分冗談っぽい言葉であったが、規子は立ち止まった。真顔になって、初めて見せる恐

ろしいほど真剣な、胆の座った目つきで、

「ねえ、……私、今、本気でそうして欲しい。放送研究部までとは言わないから、あなたに青山学院大学に入学して欲しい」

規子のきっぱりとした勇気ある言葉に誘発されるように、謙二も正面に向き合い、規子の両肩に自分の両手を置いて、暫らく沈黙が続いた。総ての髪の毛が逆立つような思いであった。そして落ち着いた低い声で、

「……有り難う。あなたが今、本気でそう言ってくれるなら、僕はその言葉を信じていいですね。今日から命がけで青山学院大学を目指しますよ。……いいですね」

二人の真剣で魅力的な目と目が、熱くその視線をぶつけ合っていた。暫らく続いた、お互い緊張した場面から徐々に解けて、肩を落とすように規子が呟いた。

「よかった、……今度こちらにお邪魔するのに、私、一人で最後まで迷っていたけど、勇気を出して京都に来てよかった」

小さく顔を横に振りながら、規子の大きな瞳が潤んでいた。

「正直俺も、九月になって、あなたからの手紙をずっと待っていた。……一方で、あなたが京都に立ち寄ってくれる確率は、半分以下だと考えていた。手紙がきたとしても気まぐれな、断りの内容かもしれないとか、色々思いめぐらしていた」

「……今まで、私は人を好きになれないのではないかと、本気で悩んだこともあった。鳥取県

の学生寮の友達が、いつも自分の好きな彼氏の話を聞かせてくれるのに、何故、私は人を好きになれないのか、私の心を揺り動かせてくれる人が現れないのかと焦っていた。あの八月の大雨の日、たまたま乗り合わせた急行列車の中であなたと親しくお話ができて、京都のお寺の朝夕の鐘の音のお話、感動的でした。あなたの繊細な感情の動きや街の様子が目に浮かぶようなお話、私は聞いていて、急激にあなたの居る京都に住みたくなった。あなたのその優しそうな大きな目を見ながら、激しくあなたに惹かれていた。そして衝動的に、京都に立ち寄りたいとお願いした。こんなこと今まで、経験したこと無かった。あれから鳥取市の実家に帰って、日が経てば徐々に冷静になれるのかと思っていたのですが、いつもとは違って、一人になれば、あの時の急行列車の中でのあなたのことを考えていた。それが、まるで夢の中のことのようで、あなたが自分の手帳を破って住所を書き記してくださった紙切れを、宝物のように確かめていた。あなたの住所を自分の手帳に丁寧に書き写し、あなたの手帳の一部であった紙切れは、日頃から大切にしている聖書（ヨハネ伝一五章）の頁に挟んだ。九月になってあなたへの手紙を投函する時も、何度も在天の主に祈っていました」

「うん、俺もさっき約束したこと、来春、あなたを裏切るようなことはしないからね。必ず合格するから、信じて欲しい。あなたの神に、俺が合格できることを祈っていて欲しい」

初秋の澄んだ空を柔らかな白い雲がゆっくり流れ、あたりは静かだった。

「……も一つ、私の願いを聞いてくれる？」

頭《かしら》を傾け、覗き込むように潤んだ規子の真剣な眼差しが少し緩んでいた。

「うっ……？」

「これからあなたのこと……ケンジって呼ばせて」

謙二も急激に緊張が解けたように、

「……そんなことか、構わないよ。……よかったら、俺もノリコって呼ぼうか」

「うん、……お願い、そう呼んでくれますか」

規子を無性に抱きしめてやりたかった。……規子も多分、それを望んでいただろう。……しかし、何故か躊躇していた。謙二はわかっていた。本当に好きなんだろう、大切なんだろう、思いは巡っても身体が動かなかった。ただじっとみつめ合っていた。……規子！　おまえは美しすぎるのだ。

「すっかり時間とったけど、ここまで来たから、行けるところまで行ってみよう」

二人はまた歩き出した。速度は、さっきよりゆっくりとした足取りとなっていた。

「四時四十分の後もまだ、バスあるんでしょう？」

「京都駅行きはよく覚えていないが、三条京阪行きがあったと思う」

「バスがなくなっても、この大原にどこか宿もあるでしょう？」

「意外に太っ腹なんだね。……まだ聞いていなかったけど、規子は京都にいつまで居れるの？」

「ずっと居たいんだけど、謙二の受験勉強の邪魔になるから、明後日の午前中に、京都を発つつもり。……それでいい？」

「うん、ずっとでもいいけど、……まだ今日の宿もとってないよね」

「宿、ないかしら……。本音を吐けば、今夜は謙二の部屋で一緒に朝の鐘の音を聞きたいけど、それは無理よね」

「うん、……多分、鳥取県の女子学生寮とおんなじで、それは無理だ。規子は目立ちすぎる、……俺の寮は修験者の宿、男だけの寮だからね」

「……本気で考えないで、謙二を困らせようと言ってみただけだから……」

「贅沢言わなければ、京都の街には宿はいくらでもあるよ」

「とりあえず、今日指すは寂光院よね」

「暗くなるまでには、充分帰ってこられるが、なんせ山の中だからね。ツアーガイドとしては、大切なお客さんを野宿させることにならないようにしなくちゃあね」

「今の気持ち、率直に言うと、私、謙二と二人なら野宿してもいいわよ」

「えー？　……なんと返事したらいいんだ。……『柔らかな落ち葉を敷いて、その上に二人で重なり合って暖めあい、夜明けを迎えられたらいいね』……とでも言うのか」

「私の思ったとおり、謙二は見た目よりずっと、真面目なんだね」

「……見た目そんなに不良っぽいかい。俺はまだ規子のように、東京の悪い空気を吸っていないからな」

「うん、その一見不良っぽさが、ある意味、女心をしびれさすのよ。……東京の今いる女子寮に、美術大学の四年生で、お腹、大きい人がいたの。その人、七月いっぱいで寮を出ていったけど、大学生は続けたいが、子供も産むといっていた」

「いいんじゃないの、パートナーが信頼できるなら産めばいい。四年生なら立派な大人なんだから、その前にちゃんと入籍し、お腹の子に対し親としての責任を果たさなきゃあ」

「謙二はそういう情熱的な人、どう思う？」

「そうだな、情熱的な人が厭だというんじゃあないよ、無計画な行き当たりばったりでは周囲に迷惑をかけるから、大人なら自分の感情もある程度コントロールできなければね。……子育てや生活設計は、面白いとかつまらないとかの問題だけでは解決しないよね」

「……やっぱり、野宿するのは無謀だよね」

「……まだ、そんなこと考えているのか、……無謀だよ。……だけど今、規子に本気でそうしたいと迫られれば、たとえ試されているのが分かっても、多分付き合うだろうな」

「有り難う、その気持ちだけで充分だわ。……私は狡猾な女ではないからね……」

お互い、秘めた想いを吐露しあった後の会話は、どこまでも行き着くところを知らなかった。

「規子はお姉さんと二人姉妹だったよね。お姉さんは今、なにされてるの？」

「私、家族のことといつお話しました？」

「急行列車の中で一緒にいた町田俊介という男が、無遠慮に色々聞いていたよ」

「あの時ですか、あの方、感じのいい方でしたよ。だから誘導尋問についつい乗せられてしまって、身の上話をしたんですね。あの時謙二は、全然関心ないように振舞っていたのよね」

「うぶな男というものは、関心大ありの時はそういう態度をとるんだよ。規子のお父さんは県庁勤めのお役人だとか、あの時聞いたことは、しっかりインプットしてますよ」

「その時、町田さんは席が私の隣だったから、顔の表情はよく見えないんです。むしろ斜め前だった謙二のほうがよく見える。なのに質問はどんどん隣から来て、私、謙二を見ながら町田さんの質問に答えていた。その時、どんなお話をしたのかよく覚えていないですね」

「俺は話の内容も全部覚えているが、あの時は内容より、規子の言葉使いや表情に感心してたんだ。まだ、アナウンサーのタマゴで特訓を受けていると知らなかったから、感じのいい話し方をする人だと、そっちに集中していた」

「なぜ、そんなに繊細なところに気が付くのかなあ、見た日は体大きいし、全然神経質そうでないのに。それにあの時、謙二は窓の外ばかり見ていたし、はっきり言って私、面白くなかった。それが、私の前の席のおばさんが途中で降りていった途端に、急変したんだよね」

「……違うよ。いったい何が言いたいんだ、何故急変しなければならないのだ。俺は規子よりおばさんに関心があって、おばさんがいる間はそっちに気を取られたとでも言うのか、あのおばさんが居る居ないは関係ないよ。でも、やっぱり居ないほうがいいかな、……途中から規子が疲れて眠ってしまっただろう。可愛い寝顔を見ながら、せっかく天が与えてくれたこのチャンスをみすみす逃してしまうのか、鳥取までこのまま眠らせてしまってはいかんと、初め無遠慮で元気のよかった俊介はビールを飲んで途中で眠ってしまうし、俺が自分で頑張るしかなかったんだ。……お姉さんの話、どうなんだい」

「そうそう、姉の話でしたね。姉はいま米子市にいます。鳥取大学医学部のインターン中です。今回私が帰省している間に、二度ほど鳥取市の実家に帰って来ましたが、国家試験の受験勉強で忙しそうでしたね。国家試験に受かっても、暫らくは米子に居ることになると思います。あの世界も大変そうですね」

「もう、自分の専門を決めてるんでしょう？」

「婦人科か皮膚科と言ってました」

「産科ではないの？」

「……詳しいことは分かりません」

「お姉さんは理科系で妹の規子は文科系、性格は違うんでしょう？」

「そうなんです。……子供の頃から姉は怖かった。私に厳しかったですね。むしろ母のほうが優しかった。両親とも末っ子の私には甘かったから、姉としてよけいに腹が立ったのでしょうか」

「それより、妹が美人過ぎてやきもちやいていたんじゃないの？」

「いや、姉も結構綺麗なんですよ、医学部では、……私とは似てませんが……」

「へー、出来のいい美人姉妹なんだ」

「歳が五歳も離れているから、姉妹喧嘩にもほとんどならない。勉強も教えてもらったこともない」

「それは、妹のほうが出来がよくて、教えることもなかったのではないのかな」

「……どうして謙二はそんなによくわかるの、自分で言うのもなんだけどその通りなの、母もいつもそう言っています」

「いや、世の中そういうものなんだ。医学部に行くような人は負けず嫌いの努力家で、子供の頃の成績は上の中、中学生後半ぐらいから本人の努力の結果が報われ始め、学業成績もそこそこ上げてくる。一生、粘り強く積み上げていくタイプが多い。そういう人が医師に向いているんだ。人の命を預かる科学者は、自分の研究にこつこつ励むような人でないとね、むら気で調子がよく感情の浮き沈みが激しかったり、金儲けに熱心だったりするような人は、科学者に向かないよね。反面、子供の頃からトップクラスの頭脳明晰、苦労知らずは、大人になっても我が侭で自分のやりたいことしかしない。小説家とか、政治家とか、企業の経営者とか、芸術家とか、そういう道に進む子が多い。見てると規子もその部類だよな」

「わかりますか、……まだお会いして数時間もたっていないのに……」

「気にすることないですよ。もともと俺はヤマカンだけで生きており、思い込みだけで話してるのだから」

「それにしてもずるい。他人の家庭の中に無断で入り込んでいるようで、いまいましい。まだ会ったこともない姉のことも、完璧に当てている」

「……そうかい、俺は規子が持って生まれた能力と強運に賭けたいと思ってね。きっと立派なアナウンサーに成長するだろうと睨んでいる。偶然にも、そんな人に巡り合わせてくれた神に感謝している」

「私、勝手に立派なアナウンサーになれると思い込んで、続けていいですか」

「うん、間違いないよ。俺の目に狂いはない。それだけの感性があれば。……ただし、謙虚に努力することを怠っては駄目だよ。知識や技能は地道に積み上げていくものだから……」

「うん、謙二にそう言ってもらえると、今、気分最高。……有り難う」

一間幅程の道は少し下りになって、民家の脇から高野川の支流、草生川の淵に出た。山の谷間の川沿いに古くからの民宿があり、その先、川伝いにゆるやかな坂道を登っていくと、右手に宮内庁の管理する建礼門院の墓所へと続く狭い石段の下、菊の紋章の入った鉄扉の嵌った門の前に出る。それを更に進むと、その先はもう左右の山が迫る谷間のどん詰まり、ようやく、寂光院の歴史を感じる石段の下に出た。人影のない苔むした石段を登り始める。

「ここが寂光院ですか、こうして謙二と二人で石段を登っていく、私にとって、今日は歴史的な時間であることは間違いない……」

階段を登りきると、中門の奥に尼寺にふさわしい本堂、纏まりのある庭の佇まい。

「ここは、建礼門院徳子の悲哀に満ちた隠居所、その寂しさは如何ばかりのものであったろう、……今、俺たちが置かれた幸せな時間に感謝し、日頃の数多くの恵みに思いを寄せるべきだろうな。とりわけ、規子が京都を訪ねてくれたことに心から感謝したい」

謙二は本堂の前で手を合わせ、時間を掛けて祈った。規子も並んで頭を下げた。

「さっき謙二が、私のことを強運の星の下に生まれたといったけど、あなたが言う通りだと思う。初めて会ったあの雨の日、東京からの急行列車が遅れ、謙二は京都駅の列車の中で待たされていた。遅れて駆けてくる、名も知れぬ女子学生の為に待たされていた。その頃、女子学生はまだ、自分の運命のことも知らず、一生懸命長いホームを走っていた。その女子学生の為に謙二と同じボックスに席を一つ空けておいてくれたのは、一体誰なのだろう。私は何の欲もこだわりもなく、その空いた席に導かれていった。そして躊躇することなく、その用意された席に息を切らして座り込み、額や首筋から流れ落ちる汗を気に留めることなく、子供のようにおろおろと周囲の人を見渡していた。その時、その後このようなことになるとは、誰が予想したでしょうか。私はあの日、あの席を空け、時間をとって待たせ、あの席に導いてくれた、目に見えないその方に感謝します」

規子は手を合わせ、そう祈っていた。周辺に人影はなかった。この静かな境内の中、寂光院のこじんまりとした本堂の前にいるのは、隣に立つ謙二だけであった。謙二は、素直に手を合わせ祈り続ける規子の目を閉じた美しい横顔を黙って見ていた。この時を大切に心の奥底に刻んでいた。

大原の山中にどこよりも早い夕暮れが訪れ、遥か遠くでカラスの鳴き声がしていた。もう四時半が近かった。帰り道、寂光院の石段の途中、中門をバックに規子を写真に収めてやった。規子はどうしてもと言って、謙二を石段の途中に立たせ、見事に苔むした屋根を持つ脇門の前で写真を撮った。

「もう四時四十分のバスには間に合わないから、ゆっくり帰ろう」

「次のバスの発車時刻はわからないよね」

「うん、未熟なガイドなものでそこまで調べていないから、成り行きに任せて暗くならないうちに帰ろうよ」

「来た道を帰るのだから迷うこともないでしょうが、この山の中に謙二と二人で迷い込んでみたいような気になる」

「こういう大自然に包まれていると、人間、野生に帰ろうとするのかなあ。規子が子供のようなことを言い出すから、……野宿の次は迷子か」

「謙二、山の妖怪の話、知ってる?」

「いや、知らないなあ」

「それじゃあ、里の狐火の話、聞いたことある?」

「うん、それはあるなあ。……実際に見た人から直接、その話を聞いたことあるよ。俺の田舎では民家の途切れた畑の中に、風除けの松林が多いんだけど、深夜帰り道、畑の中の道を自転車を走らせていると、五十メートル位先の真っ暗な松林の中、地上二メートル位の高さにズフリとかがり火が現れる。初めなんだかよく分からないから、不思議な気持ちで自転車を止めて、目を凝らして見たりする。暫らく見ていると、そうか、これが狐火かと突然ひらめく。大概の人は背筋が寒くなってその時点で逃げ帰るらしいが、じっと見ていた人の話では、そのズラリと並んだ明かりが、暫らくすると上下に揺れ始める……」

「へー、その話詳しく聞きたいけど、この夕暮れ、山の中で聞くと、せっかくの今の幸せな気分が壊されて背筋が寒くなってくるから、……後で、バスの中でね」

「ハハハ、意外に臆病なんだね」

「……私が臆病？　それじゃあ聞くけど、さっき『山道に迷い込んでみたい』と思ったとき、もう一つ思ったことがあるんだけど、勘だけで生きているという謙二には分かる？」

「……思ったこと？　……ヒントは臆病か、……分かった」

「言わなくていいよ。恥ずかしいから……」

「うん、言わない。それは、言われなくても規子の顔に書いてあるから……」

「えー？　……何て……」

「……俺も臆病だから、言えない」

「ねえ、顔のどの辺に、なんて書いてあるの、……場所だけでいい」

「ちょっと、こっち向いて……。あれ、消えちゃったかなー。さっきまで書いてあったんだけどなー。『山道に迷い込んでみたい』の隣にもう一行、確かに書いてあったんだけどな」

「……嘘でしょう？」

「……嘘じゃないよ。本当だよ。少し薄くなってきたけど、よく見ればまだ読めるな」

「……どの辺りに書いてあるのよ」

「顔だよ。……顔に書いてあるって、よく言うじゃないか、性格のいい人ほどはっきりと出るんだよ。反対にポーカーフェイスは底意地の知れぬ奴。……右目のちょっと下あたりだなあ。小さな字で……規子は素直だから……」

薄暗くなった寂しい山道で、二人はまた立ち止まって、覗き込むように顔を近づけていた。双方のとがった鼻の先が触れ合う程の距離で、謙二は規子の目の下の柔らかそうな涙袋から頬のあたりを見つめていた。十九歳のきめ細かな保湿に満ちたミルク色の肌が、汗で光っていた。

「……ねえ、なんて書いてある？」

謙二の幅の広い肩が規子の視線の先に迫っていた。

「ちょっと薄暗くて読めないなー、もう少し大きく深呼吸してくれる」

規子は大きく息を吸い込み、ゆっくり鼻から吐き出された、その可愛い吐息が、謙二の口元にそっと吹き付けられた。

「……読めた。……遠慮がちに小さく……『口づけして』と書いてあるよ」

次の瞬間、規子が笑いこけるのかと思っていた謙二は、……戸惑った。

規子は少し顔を離し、

「……何故分かるの？　……やっぱり謙二、超能力を持っているんじゃないの？」

規子の懐疑に満ちた怖ろしいほど妖しい眼差しが、謙二の心臓を射止めた瞬間であった。規子は両手をだらりと下げて、控えめに顎をそっと出し、静かに目を閉じた。……規子は、初めてであった。……男と女の愛を確かめる儀式は二十秒程で終った。

それから二人は、子供のように手を繋いで、バス停までの山道を軽やかな歩調で帰っていった。大原バス停でベンチに腰掛けて、帰りのバスを待つ間も二人は、自分の心の中で何かを確かめるように、手は握り合ったままであった。……口数は少なかった。

大原から夕暮れの迫る鯖街道《さばかいどう》（若狭街道）をバスに揺られて、京阪三条に戻って来たのは、午後六時十分すぎだった。京阪電車で京阪七条まで行き、そこから市電で京都駅に戻った。規子が、手荷物を預けた国鉄京都駅近くでホテルを探し、今日明日の連泊で、七階のシングルルームを取りチェックインしたのは、午後七時に近かった。ホテルの並びの百貨店「ＭＡＲＵＢＵＴＵ」と書かれた入り口のシャッターは既に下りていた。

規子はホテルの部屋の脇机に旅行バッグを置くと、中から薄手のカーディガンを取り出し、無造作に肩から羽織り、引き返し部屋を出た。部屋の鍵を一階のフロントに預け、謙二と夜の街に出た。騒音の激しい七条通を東に向って歩き、七条河原町の交差点の手前のビル、二階のレストラン「源氏」の、通りに面した窓際に席を取り夕食をとった。こうして二人で向かい合って食事をとるのも初めてであったが、もうすっかり板についたような……、今日が初めてのデートだとはとても思えなかった。お互いに十九歳の若者が堂々と振舞っていた。謙二は、「京都を案内している間に、意気投合したらどうするんだ」といっていた俊介の言葉を思い出していた。

「俊介、いったいどうしたらいいんだ。……ここは、人間らしく大自然の法理に遵うことにするぞ」

夕食の後、鴨川に掛かる七条大橋まで夜道を二人で肩を寄せ散歩し、橋の上で立ち止まり、冷たい御影石の欄干に手を掛けて、黒く光る鴨川の流れを覗き込んだ。国鉄東海道線を走る通勤電車の光が、揺れる川面に映っていた。単調な音をたて鉄橋を渡る通勤電車の中は、帰宅を急ぐ通勤客で詰まっていた。頬に心地よい川風を受けながら七条大橋をゆっくり渡り、京阪電車の踏み切りの手前で引き返し、二人で京都駅前のホテルに戻った。七階のホテルの部屋から駅前広場のネオンに飾られた夜景を眺めながら、三十分ほどくつろぎ、やがてカーテンを閉め、今度は、入念に別れの挨拶を交わした。幅の狭いベッドの上に倒れこみ、ぎこちない心の動揺の中で、互いにどこまでも許し合い、湿った若い肌が熱く溶け合っていた。規子は、初めて何かを求めて、震えていた……。

どのぐらい時が流れたのであろうか、二人は今は夢のような閨房の語らいの中にいた。それから謙二が着衣を調えホテルの部屋を出たのは、午後九時半前であった。

十時過ぎには飛鳥井町のさつき寮に戻り、すぐにポロシャツとジーパンに着替え、いつもの銭湯に出かけた。今、謙二の頭の中は総て規子に占拠され、銭湯までの暗い夜道、夢の中を一人で彷徨っていた。ふと我に返ると、謙二は湯舟に浸かり、今日午後からのことを思い起こしていた。今、別れてきたばかりの規子は、ひとりホテルで何をしているのであろうかと思いを巡らせていた。そろそろ虚《うつろ》いから覚めて、旅行バッグから教本でも取り出し、活舌とか外郎売《ういろううり》の発声練習でも始めているかもしれない。シャワーを使って部屋備え付けの部屋着に着替え、今の自分と同じように、静かに今日の日を振り返っているのかもしれない。いずれにしても、一人で京都の夜を楽しんでいるに違いない。

謙二はこの時間、規子のことを考えていることが一番幸せであったが、どこかで、規子の魅力に完璧に支配されている自分の姿を思い返していた。客観的に自分自身を眺めると、魅力溢れる相手にすっぽりと包まれて、なすがままに扱われていたかもしれないが、今はそれでもよかった。こんなに夢中になり、一人の女性を思いつめたことはなかった。銭湯からの帰り道、見上げると、漆黒の澄空に星が降るように綺麗であった。その夜から謙二は、規子と約束した通り、本気で青山学院大学合格を目指し、机に向かった。

その頃、京都駅に近いホテルの一室で、部屋着を着けた規子は部屋の肘掛け椅子にもたれかかって、長い間、駅前広場の夜景を眺めていた。謙二が銭湯の湯舟の中で想像していたようなことは何一つしていなかった。さっき謙二がホテルのこの部屋から帰っていった後、規子は、ベッドから起き上がり、傍にあったホテル備え付けの部屋着を直に羽織り、再び窓のカーテンを開け、駅前の広場をよぎって市電の停車場に向う謙二の姿を見送っていた。やがて謙二の乗り込んだ電車が出発して行ってしまった後も、ただ、ボーっと駅前広場のロータリーをめぐる車のライトを眺めていた。その視線の焦点は定かでなく、わけもなく頬を伝い落ちる涙を拭こうともしないで、眼球いっぱいに広がる万華鏡のようなぼやけた光の輪の中をさまよっていた。特別、興奮しているわけでもなく、疲れているわけでもなく、人が人を好きになるということはこういうことか、と初めて感じていた。いままで味わったことのない気だるい感覚で、得体の知れない温《ぬく》いものが背筋から体中に広がっていくのがわかった。ひたすら想いの中で受け入れて欲しかった相手から受け入れられた時の人の反応は、こういうものなのかと……。勝ち誇る思いとはすこし違う、射止めた達成感とも違う、満ち足りた満足感とも違う、ともかく無性に嬉しかった。

この夏、ずっと心の中にあった一辺の欲望の中で、自分の身体と同じように、何から何まで支配したかった相手の心と身体を、今、思いのまま存分に撫で回した自分の手のひらと指先を見つめていた。全身の力が抜けて、辻風に舞い上がる木の葉のように、どこまでも上っていくようなあの時の感覚を振り返っていた。今も無意識のうちにこぼれ落ちる涙は、うれし涙だと確信していた。今宵、規子はそれ以外のことは何も考えたくなかった。そのまま眠りに落ちてゆくまでの時を、こうして一人で、夢うつつの中で過ごしていたかった。

21　祇王寺の楓の根方で

翌日もいい天気となった。謙二は朝九時半に規子の待つ宿泊ホテルに迎えに行った。昨夜の話では、規子の今日のリクエストは、嵐山と金閣寺であった。謙二は、はじめに金閣寺を見て、午後から嵯峨野を巡り、最後に嵐山を考えていた。その日は第三日曜日で、さつき寮の朝食はなかったが、謙二は早起きし、自分で簡単な食事を済ませ、黒の半袖のポロシャツ、黒のズボンに着替え、八時半に玄関を飛び出した。

市電の電停まで歩く間に、もう一度自分の持ち物を確認した。財布、ハンカチ、部屋の鍵、そのほか謙二は、いつも郵便貯金通帳を持ち歩いていた。九月になって予備校の後期授業は始まって、毎日授業に出席していたが、まだ後期分の授業料を支払っていなかった。日頃の授業は無断で受けられても、授業料を払わないと受講証が交付してもらえない。受講証がないと実力診断試験が受けられなかった。市電の学割定期券も切れたままで、学生証明書が取れず学割定期券が買えないでいた。後期授業料は八月に帰省した時に親から貰い、いつも持ち歩いている郵便貯金通帳に入れたままになっていた。そのうち、引き出して予備校の窓口に払い込むつもりでいたが、ついそれが遅れていただけで悪意はなかった。

今朝の謙二は、到底そんなことを考えている余裕はなく、来た電車に飛び乗った。日曜の朝の市電は順調に走り、祇園を過ぎても渋滞することなく、予定より早く京都駅に着いた。謙二は市営バスの案内所に寄って、金閣寺方面行きのバスの発車時刻と乗降場所を確かめた。京都駅前九時四十分発があり、そのつもりで規子の待つホテルに向った。エレベーターで七階に上がり規子の部屋のドアをノックすると、規子の元気な返事があり、直ぐにチェーンロックを外す音がしてドアが内側から開いた。もうすっかり出掛ける準備が出来ている様子で、薄いピンク色の半袖のポロシャツにアイボリーのスラックス姿だった。謙二が思わず微笑むほど、今朝も若い規子はさわやかで綺麗だった。

「今そこで、バスの時刻表を見てきた、九時四十分発で大丈夫だよね」

「うん、今すぐにでも出発できるわよ」

「朝食、どうだった」

「うん、二階のレストランで朝七時オープン、私は七時半ごろ行ったけどね。洋朝食と和朝食があってね。今朝は洋朝食をチョイスしたけど美味しかったよ。量も適量で」

「部屋は連泊だから、このままでいいんだよね」

「うん、昨日と一緒で私、カメラとポーチ持って行けばいいんだよね」

「……日頃のオコナイがいいから、天気もよさそうだし、すぐ出発するか」

「……私、雨女ではないから……」

「俺も子供の頃から、大事な日に雨に降られた記憶はないな。……しかし規子、初めて会った日は、記録的な大雨だったよな」

「そうねえ、恵みの雨というのもあるわよ。あの日はきっと、恵みの大雨だったのよ」

「あの日、雨が降らなかったら、今日の俺たちはなかったのかなあ」

「……私はそうは思いたくないわ。神様は必ずどこかで私達を引き合わせただろうと信じていたい」

「そうだね……」

　バスの時刻に合わせるように部屋を施錠し、二人はエレベーターでフロントに下りていった。外は今日も陽照りがきつかった。発車時刻まで、まだ十分ほどあったが駅前のバス停に着くと、既に六人の先客が並んでバスの到着を待っていた。やがて、前面上部の大きな行き先表示枠に「衣笠・金閣寺」と太文字で書かれた、若草色の地に濃い緑色のストライプの入った市営バスが到着し、整列して待っていた乗客が乗り込んだ。バスは京都駅前を出ると、七条通りを西に向かい、七条堀川を右折し、西本願寺の山門に面した堀川通を北に向かった。現在、この堀川通は、烏丸通、河原町通等とともに京都市街地碁盤の目の南北を貫く幹線の一つとなっているが、かつての友禅染などに使われていた堀川の流れを暗渠にして堤道・堀川小路をまとめ、現在の幅広の通りとしたもので、今も西本願寺の門前から南にかけてと、堀川御池の北側に元の堀川が一部残されており、昔の姿を見ることができる。堀川御池の交差点を西に向うと、国鉄二条駅に突き当る。二条駅前を堀川通りと並行に南北に走る通りが千本通で、この通りが、平安京当時の朱雀大路に当る。現在、千本通と呼ばれるようになったのは、この通りの北方は墓苑埋葬地、蓮台野に繋がり、その昔、埋葬地付近、通りの左右に立てられた、おびただしい卒塔婆の数から千本通と呼ばれるようになったという。現在は二条駅以南は一部、国鉄山陰本線に重なり、梅小路機関区の南、九条通りに朱雀大路（平安京）の正門、芥川龍之介の小説『羅生門』で知られる、羅城門跡の石碑が残る。その門の東西に東寺と西寺があったらしいが、現在では立派な五重の塔を境内に配す、真言宗総本山東寺（正称・教王護国寺）だけがその姿を残す。二条駅前一帯は神泉苑と呼ばれ、この辺りは古代京都の中心であり、平安京構築の際、桓武天皇により、この地域の西から北にかけて大内裏が設けられ、神泉苑付近は当時、皇室の庭園として築造されたところである。現在二条城のある場所は、それから長い時代を経た後に、家康が関が原合戦の後、当時、周辺にあった民家を立ち退かせこの場所に築城したもので、大政奉還後、明治になって宮内省に属していたが、現在は京都市が管理している。

バスは、堀川通りを今出川通まで北上し、堀川今出川を左折、西大路まで西に向かい、北野白梅町交差点を右折し、西大路通りを北大路の手前、金閣寺道まで北上する。その金閣寺道交差点を西に入った金閣寺前バス停で謙二等は降りたが、ほとんどの乗客もここでバスを降りた。

バス停の向かい、黒門と呼ばれる素朴な墨染めの門柱が、観光客を迎える。総門や鐘楼、方丈、書院を配した伽藍にことさら感心がないのは、やはり大半の観光客は黄金に輝く舎利殿を目指して、先を争うように歩を進めているせいでもある。やがて鏡湖池の畔に達すると、黄金の舎利殿が姿を現す。規子を鏡湖池の淵に立たせて、金閣（舎利殿）をバックに何度もシャッターをきる。

金閣寺一帯は鎌倉時代、西園寺公経の領地、一時代を経て足利義満が譲り受け手を入れたもので、義満の死後、義満の法名をとって北山鹿苑寺と呼ばれるようになった。地階に寝殿造り（法水院）、中階に武家造り（潮音洞）、上層は禅宗の仏殿造り（究竟頂）を重ねた三層の楼閣、屋根に金色の鳳凰を配し、漆地に金箔を貼りめぐらした舎利殿が金閣と呼ばれ国宝に指定されていたが、一九五〇年七月、院内の若い学僧の放火によって、国宝を含む十体の仏像と共に炭と化した。現在の金閣は、一九五五年復原再建されたものである。先ほどから、池に写る金閣を眺めていた規子が振り返りざま、

「……謙二、金閣寺の放火事件のこと知ってた？」

「うん、……俺らがようやくもの心がついた頃、五、六歳の頃だ。当時、湯川英樹博士のノーベル賞受賞とか、法隆寺や金閣寺の焼失事件のことが新聞やラジオで大きなニュースになり、

田舎の年寄り達の話題になっていたことがぼんやり記憶にある。しかし、その詳細な顛末を知るのはずっと後のことだ。この金閣寺の放火事件は、三島由紀夫や水上勉の小説によって後でさらに話題を広げることになるが、それらが一様に伝えるところは、周囲の環境により歪められた心を持つ若い学僧が、己の将来を悲観し、日ごとに金閣の美にねたみを持ち始め、追い詰められた挙句引き起こす、とてつもない事件なのである。……ただ気をつけないと、現実に起きた放火事件と、事件後小説家によって創作された物語とが混同してしまいそうになるので、何が事実かを識別しなければいけない」

「この学僧はその時、今の私達と同じような年齢でしょう？」

「うん、実在の学僧・林養賢《はやしようけん》は、昭和四年三月生まれで二十一歳の時に引き起こした事件だ。水上勉の『五番町夕霧楼』では、学僧・櫟田正順《くぬぎだしょうじゅん》が放火事件を起こす前に、「二十一やというてはりました」と遊女夕子が甚造に伝えるくだりがある。三島由紀夫の小説『金閣寺』は、学僧を〝私〟と称して話が展開していくので、多分、学僧の名は出てこないが、年齢は終戦を迎えた時に十七歳と言っているから、金閣に火を掛けた昭和二十五年七月には、やはり二十二前後だね」

「私、まだ『金閣寺』も『五番町夕霧楼』も読んでいないのよ」

「……金閣寺のことをもっと詳しく知りたければ、三島由紀夫の『金閣寺』を読めば、もの書きの立場で、金閣寺を裸にし、事細かに調べ上げ、その歴史的流れや現実の伽藍配置や宗教団体としての寺の運営状況などを掘り下げ、身内による国宝放火事件に至る背景を物語として構成している姿が詳細に窺えるから、これを機に時間を見つけて、読んでみたらいい。……特に規子は毎日、話し方、言葉の発声の仕方に心を砕き、努力を重ねているだろう？　金閣寺に火を掛けた学僧は、舞鶴市の近郊、成生《なりう》岬に近い海に面した小さな漁村の禅寺の子として産まれ、子供の頃から強度の吃音持ちで、日頃の対話の中で相手に引け目を感じていた。そのことが若い学僧の心に影を落としており、いつも対人関係に満足できなかった。そもそも大罪を犯す心の歪みの出発点はここにあったのだ。規子は、こういう境遇の人の悩みが理解でき、内面的にも優しい会話を試みたり、音だけに頼るのではない、触れ合う心の会話ができればいいと思わないか？　聴覚障害のためはっきりと他人の言葉を聞き取れない者や、うまく自分の言葉を発せられない者の心理状態など、普段の生活の中で遠慮したり、傷ついたりする状況に、配慮することは必要だろう」

「謙二が言わんとするのは、音として発する言葉は、意思を伝える約束事の道具にすぎない、大切なのはその奥にある、伝えようとする心の言葉と豊かな心情だ、ということなのよね」

「今、規子が求めている究極の目的は、言葉の発声とか、その為の腹式呼吸とか、喋りの速さとか、言葉の間合いとか、俺も専門的なことはよく分からないが、聞かせる言葉の伝達技能のようなものの探求なのではないのかと思う……。ニュースも内容によって、伝え方が違うように、放送劇などは台詞と偽音だけで、受け手の心に情景を構成していく。その真裏にあるのが例えばモダンバレエだ、これは音楽と視覚に訴える芸術だ。解説や台詞が全くないのに、音楽と踊り手の振りや情景だけでストーリーが構成され、観客の心の中で、音のない台詞が出来上がっていく。言葉がなくても動きだけで、受け手の中で台詞が語られ意思が通じる。だからレニングラードバレエなどでは、映画のような日本語の字幕スーパーはいらない。まだラジオしかない小学生の頃、大相撲実況中継など、千代の山や吉葉山の時代、アナウンサーが熱狂的に伝えてくれると、その情景を想像し、それはそれで結構楽しかったものだ」

「……この目の前の金閣寺も、見る者一人ひとりが心で受け止めればいい。言葉の解説などなくても感動できるよね」

「建物の形や放つ光、池に写し出される姿や背景を眼で見て心に収める。今日これから回る多くの仏閣も、黙って見るだけで感じることは各々違うから……。そういう中で古都の歴史・文化を、心の奥でじっくり味わうことができると思うよ」

「もう一つの小説、『五番町夕霧楼』のほうはどうなの？」

「これは最近、映画にもなっている。さっきバスで通ってきた堀川通りの西を平行して走る千本通り、上京区千本中立売《せんぼんなかだちうり》の辺りを西に入った付近に、地元の人から五番町《ごばんちょ》と、尻きり口調で呼ばれる職人相手の色街があった。物語の大半は、そこの夕霧楼という、女主人かつ枝が切り盛りする廓で生きる若い遊妓片桐夕子（二十歳）を中心にした話だ。もちろん、今はもう遊郭はないが、学僧櫟田正順が鳳閣寺（金閣寺）に火を掛けた頃、今から十数年前にはまだあった。

海の美しい奥丹後、伊根の舟屋で知られる経ケ岬に近い寒村で育ち、その故郷で幼馴染同士の若い遊妓夕子と学僧正順、相前後して京都の街に出て、互いに傷心慰藉の境遇の中で、夕子に会うために度々廓に通う鳳閣寺の学僧正順の情愛物語だな。強度の吃音持ちのため周囲から小馬鹿にされ、幼い頃から孤独で歪んだ生活を送ってきた禅寺育ちの正順は、将来の夢を絶たれ、世を憂い、対照的に美しく輝き続ける鳳閣寺やその周辺の人々を嫉み、復讐心から鳳閣に火を放つ。その直後、近くの左大文字山中で死のうとするが死に切れず、警察に捕らえられる。取調べを受けている西陣警察署に、その知らせを聞いて、奥丹後与謝郡樽泊から母親が会いに来るのだが、正順はその面会も拒み、落胆した母親は息子に会えぬまま帰路、山陰本線から保津峡へ身を投げる（これは現実にも、養賢の母親は福知山の実家から上洛し、西陣警察の事情聴取を受けた帰りに、山陰本線から保津川に投身自殺をしている）。櫟田正順も事件から二十数日後に拘置所で自らの命を絶つ、いつも正順に同情的であった遊妓夕子は、正順獄中死の新聞記事を見て後を追うように、結核療養の為入院していた東山五条の病院から姿を消し、数日後、故郷、奥丹後樽泊の海の見える丘の墓地で睡眠薬を服用し、遺体で発見される。病弱の母を抱え、貧しい奥丹後の家族を支えて来た若い遊妓夕子の遺体が、父親の背に負われて、海を見下ろす丘の道を家族の待つ懐かしい我が家に帰っていく、物語の結末の描写は特に悲しい。

……作者の水上勉自身、実在の放火犯の学僧林養賢と故郷が近く、しかも水上も京都の同じ禅宗（相国寺派）の塔頭で修行した経験があり、実在の放火犯、林養賢に舞鶴の山中、杉山峠で一度だけ行き会っているという。年齢に開きはあるが、境遇の似た者同士と言えるんだ。ただ実在の放火犯・林養賢は、刑務所で服役中、自分の侵した罪の重さに耐え切れず、獄中、心神症に加え結核を併発し、京都刑務所で刑期を終え釈放され、それから五ヵ月後、昭和三十一年三月、宇治市の府立洛南病院結核隔離病棟で二十六歳の若さで病死している。放火事件直後、山陰本線から保津峡に投身自殺した母・志満子とともに、今は故郷、舞鶴市安岡の地で、静かに眠っているという」

「作家・水上勉も故郷は奥丹後なの？」

「いや、水上勉の故郷は、実存の林養賢の生まれ育った地、舞鶴市成生《なりう》から県境を隔てた福井県若狭、大飯郡本郷村だったかな」

「今、こうして金閣の前に立っていて、憎くなるほど美しいとまで思えないのは、私のアンテナが鈍いのでしょうか」

「そんなことはないよ。規子が日頃から恵まれているからだよ。追い詰められてないからだよ。アンテナの働きが敏感な人が皆、その美しさに嫉妬して火をつけたくなっては、金閣いくつあっても足りないよ。……もっとも今、目の前に建っている金閣は、かつての所蔵宝物も持たぬ舎利殿、放火焼失後、急いで周辺から寄付を集めて、とりあえず今から八年前、物資のない終戦直後のドサクサの中で建てられた模造品だから……。室町時代、暗黒の世に造られ、その時代の文化の粋を結集し、職人達の魂の籠もった血と汗と涙の結晶であったとされる焼失前の金閣とはやはり違うんだろうね。闇夜に輝く満月のような存在だったといわれた金閣が、五百五十年もの間、当時の人々の魂を語り続けてきたんだ。外国人や修学旅行の生徒に人気のある今のピカピカのお堂とは、無論違うんだろうね。わが国の伝統文化の誇りと象徴として親しまれてきた金閣を、この昭和の時代に心神不安定な学僧の付け火によって失い、二度と目にすることが出来なくなったことは、返す返すも残念でならないよね」

室町時代の初期、北山文化の中心であったこの広い庭園、将軍義満のお気に入りの茶室、丘の上の夕佳亭《せっかてい》の前で、木立の間、金閣を背景に規子と謙二は並んで写真に納まった。それから参拝者の流れにのって金閣寺を出たのは、十一時をまわっていた。駐車場の横のタクシー乗り場から、タクシーで嵯峨野の大覚寺に向かった。規子と二人でタクシーに乗るのはもちろん初めてで、あらかじめ規子と話し合ってはいなかった。突然、謙二がタクシーで行こうと言い出した時、規子は戸惑ったかのように見えたが、謙二が構わず乗り込んでしまったため、しかたなく規子は後を追うように乗り込んだ。謙二は背中を背当てシートにしっかり付けて、ややのけ反るように座っていた。規子は、スラックスの長い脚を斜めに倒して、豊かな腰をシートの奥に深めに沈めるように座っていた。右手の衣笠山の山裾を進みながら、制帽を着けた生真面目そうな運転手が訊ねてきた。

「すぐそこ竜安寺《りょうあんじ》ですが、寄らなくていいですね」

これに謙二が応えた。

「うん、時間があれば竜安寺も仁和寺《にんなじ》も見たいけど、今日は時間がないからまたにします」

戦国時代の武将・真田幸村ゆかりの竜安寺は、今では石庭で有名であるが、他にも見るものが多い。この辺り、御室《おむろ》と呼ばれ、歴代の天皇にゆかりの寺も多く、その筆頭が仁和寺である。吉田兼好の随筆『徒然草』にも「仁和寺の僧」の話として登場する。この寺は遅咲きの桜でも知られており、京都の人々にとっても、他の寺に比べ、春の訪れが遅れてやってくる寺であると言われていると、規子に説明すると、

「まるで、私の人生のようですね」

「そんなことないだろう、規子はまだ十九歳だろう？」

「そうですよ。十九歳になるまで、まるで春が訪れなかったのだから……」

「そうか、規子の春は、……まだ訪れていないのか、春一番は吹いただろう」

「そうねえ、昨夜、強烈に吹いたわねえ、遅れを取り戻そうと、春が急速に近づいている感じかな、……もうすぐ春爛漫となればいいですね」

「そうか、今は三分咲きくらいなのか、規子が満開になったら、さぞ綺麗だろうなあ」

「……そうねえ、来年の春には、二人揃ってそうなりたいですね」

他愛もない会話を重ねているうちに、タクシーはもう双ヶ岡《ならびがおか》を左手に見て、御室を過ぎようとしていた。少し足を延ばせば、妙心寺という、洛北の大徳寺に匹敵する禅寺もある。足利幕府の政略的格付けで、臨済宗京都五山から外された妙心寺であるが、花の季節、退蔵院の淡い

枝垂れ桜が迎えてくれる池を配した庭園や、真剣に見つめると頭がくらつくような法堂の天井画・雲竜図など、それぞれ時間を掛けてじっくり見たい名刹である。タクシーは広沢池を右手に眺めながら畑の中を走り、あっという間に大覚寺の門前に着いた。正午までには未だ時間があった。

「今のタクシー代、私、払います」

「いいよ、今日は俺にまかせてくれ。来春、東京に行ったときはお世話になるから……」

「貴重な時間をとらせて、その上タクシー代まで払わせては悪いわ」

「俺、昨日からずっと嬉しいんだよ。規子とこうして一緒にいることが……」

「それは私も同じよ、ずっと一緒にいたい。……ほんとうに来春は東京に来てね」

「うん、約束通り必ず行くよ。……それより、お昼どうする？　大覚寺見てからにするか？」

「私は今朝しっかり食べたから、平気ですよ」

大覚寺は平安初期、嵯峨天皇の離宮であったところに、空海が五大明王を安置する御堂を建て、嵯峨天皇没後、大覚寺として開山した。その後、鎌倉時代になると亀山法皇や後宇多法皇がここで院政を行ったので、当時、嵯峨御所と呼ばれていた。庭園も大沢池を初め、離宮の姿が今なおその面影を残す。南北朝の対立、その後の統一の舞台となった所でもある。

「今でこそ、タクシーで十五分程で来れるが、昔はこの辺りは人里離れた静かな所だっただろうね」

「いまでもこの辺りは長閑ですよ。グラビア写真で見る奈良の斑鳩の里のように。……いつの時代も地位有るお方は、民衆からある程度距離を置こうとするんですね」

「うん、俗世間から離れ、仏門をたたき、日頃の穢れを落とそうとするんだね。権力者は孤独に耐えかねて、神仏に縋《すが》ろうとする」

嵯峨御所と呼ばれただけあって、ここにも京都御所紫宸殿に倣って「右近の橘、左近の桜」が植えられており、規子をその前に立たせ写真を撮った。

大覚寺を出て、広々と広がる畑の中を歩いた。もう昼は過ぎており、若輩のガイド謙二は、どこか蕎麦屋でもないのかと、思いを巡らしながら歩いていた。ガイドブックに掲載されているのか、観光客で賑わう嵯峨野の遊歩道沿いの古い茶店に立ち寄って、昼食をとった。

次に目指すのは化野《あだしの》念仏寺であった。この辺りは嵯峨野鳥居本化野といって、京都五山の送り火の曼荼羅山、鳥居形の麓に当る。京都盆地の北西のどん詰まり、その先は高雄、愛宕の山奥になる。東山五条から七条にかけての鳥辺野と並び、平安京の長い歴史のなかで、欲深く身勝手な権力闘争に余儀なく巻き込まれた罪のない犠牲者達、あるいは蔓延する疫病のため次々と命を落とした都人達が、名も知れぬ無縁仏となって、この辺りの山中の藪の中に投げ捨てるように葬られたのであろうか、化野念仏寺の賽の河原に並ぶおびただしい数の石仏、石塔、ロウソクの炎と線香の煙が参拝者を迎える。明治になってこの地、周辺に散在する古い石仏をこの寺に収集したというから、この辺り一帯が無数の無縁仏の墳墓となっているといっていい。

この地に足を踏み入れた頃から、規子の鋭敏なアンテナが目に見えぬおびただしい英霊をキャッチしているのか、表情が一変し口数も少なくなった。それを察して謙二も無駄口を語り掛けない。道を行く多くの若い観光客もどことなく表情が堅く真剣で、それぞれのアンテナが、やはり空界に漂う何かを感じ取っているようであった。

念仏寺を後にして、嵯峨野を南へまた少し歩く。小倉山の麓、祇王寺の傘下に出た。現在の祇王寺の建物は『平家物語』当時のものではないらしいが、若い尼僧・祇王、祇女の元白拍子姉妹が、母・刀自と共に、更に一時、十七歳の元白拍子・仏御前も加わって、悲しく艶やかな余生を送ったであろうその佇まいは、当時の面影を十分に伝えてくれる。規子は祇王寺の庭、木漏れ陽が斑《まだら》な陰をつくる楓の根方にたたずみ、蹲《うずくま》り、苔むす庭を見つめたまま暫らく動こうとしない。ひとり祇王になりきっているかのように……何かに思いを寄せ、規子は動かない。

小倉山の麓の道をさらに南に向うと、二尊院がある。正式名は小倉山二尊教院華台寺という。二尊院と呼ばれる由来は、釈迦如来像、阿弥陀如来像の木造立像を保有するからで……。広い境内には、亀山天皇らの分骨墓・三帝陵をはじめ、公家の墓が並ぶ。小倉百人一首で名高い藤原定家の時雨亭跡、西行の庵跡なども点在する。

婦人雑誌の連載小説『美しさと哀しみと』の一こまに、二尊院の裏山、三条西家実隆の墓前で、突然、画家志望のけい子が鎌倉育ちの太一郎に絡み合い、愛を確かめあう場面がある。この山道を登ればその墓地はすぐだという思いはあったが、謙二は規子に、もう改めて愛を確かめることはしなかった。人影のない山道に二人で深く入り込むことはしなかった。謙二の心の中で、規子は益々大切な存在になりつつあったのである。

二尊院に並んで、隣り合わせに小倉山を背にして、日蓮宗の名刹、常寂光寺がある。晩秋の紅葉が素晴らしく、紅葉の季節には小倉山山麓に広がる境内は押し寄せる紅葉見物の観光客で溢れる。この寺は、京都の豪商、高瀬舟の船荷運搬を一手に取り仕切ったといわれる角倉了以一族からの領地寄進を受け、日禎上人の開山によるもので、戦国大名小早川秀秋らの寄進によって堂塔伽藍が整備されてきた歴史を持つ。

天空を覆う葉叢を突き抜けてきた陽光が、ところどころ小日向を描く濡れた石段を、規子は思慮深く真剣な面持ちで登っていく。規子は昨日から一貫して、京都の歴史・文化を肌で感じたいという意欲に溢れていた。謙二は、この度はそういう意味で規子に意志の強さでは譲っていたが、その分、規子の心の動きに神経を尖らせていた。規子は意欲的で、疲れた様子は全く見せなかった。謙二は、それが本物であるかを確かめようとしていた。各所の説明書きを丁寧に読み、知識を蓄えることより、京都の文化、雰囲気に浸ることに重点を置いているようで、要所々々は、謙二に聞いてきた。謙二も、知らないことははっきりと知らないと答えることによって、言質を保つと共に奔放《ほんぽう》に人柄をぶつけるつもりで接していた。

当初、謙二は規子が、その美貌から、往々にして我が侭な娘ではないかと身構えていたが、飛んだ見当違いであった。それが規子の地なのか、上手に我慢しているのか、その辺りはまだわからないでいた。ただ、規子が謙二を手放しで信頼してくれているのが嬉しかった。規子の品格の高さ、性格の良さ、判断の適確さには満足し、初めから申し分のない容姿、容貌の魅力の足を引く要因はいささかも感じられなかった。今はただ規子を今日一日、満足の中で、明日東京に送り出すことだけを考えていた。

小倉山を下り、初秋の風の中、嵯峨野の人里を歩いていくと、松尾芭蕉の弟子、向井去来の草庵、落柿舎のあったといわれる場所に今もそれらしき草庵が残っている。芭蕉も訪れたという去来の草庵、当時あったという四十本余りの柿の木、ある年の野分で柿の実がほとんど落ちてしまったという伝説の柿の木、今その柿の木がそのままは残っているわけではないが、規子は萱葺の庵の前で写真に収まり、改めて江戸期の俳諧の世界、去来に思いを寄せていた。ここからはもう嵐山も近かった。狭い里道を進むと山陰本線の踏み切りに出た。周囲は深い竹林に覆われていた。踏み切りを渡り、『源氏物語』の舞台、光源氏が六条御息所を訪ねる地、野宮神社の見事な竹林を抜け左に折れると、突如視界が開け街並みに出る。嵐山の観光客相手のみやげ物店が並んでいる。

今日、見学を予定した嵯峨野散策の締めを飾る寺院は、臨済宗大本山天竜寺である。室町幕府の祖、足利尊氏が、吉野の山中で没した後醍醐天皇の霊を鎮めるために、亀山離宮を禅寺に改めさせたのが天竜寺の開山である。三代将軍義満は京都五山を定めた際、この天竜寺をはじめ第二位と格付け、後に第一位に格上げしている。その後、室町幕府衰退に伴いこの寺も衰退したが、江戸時代の幕末、禁門の変で残っていたお堂もほとんど焼失してしまい、現在の堂塔伽藍は、明治以降復興したものが多い。ただ、大方丈の裏手に広がる曹源池を巡る庭園は離宮当時の面影を残し、今も見学者に感動を与えている。境内には楓が多く、紅葉時には観光客が押し寄せる。

謙二と規子は、嵐山桂川に掛かる渡月橋を渡り、右岸を上流へ十分ほど歩き、千光寺への階段の手前から引き返してきた。この幅広い川は鴨川と同様、淀川水系の一つで、水源の辺りを上桂川と呼び、途中、保津川、大堰川となり再びこの嵐山辺りから桂川と呼ばれる。伏見区で鴨川と合流し、府境近くで淀川の流れとなる。

再び渡月橋を疲れた足を引きずるように渡り返し、街に戻り、京福電車嵐山駅に近いみやげ物店の二階の喫茶店で休んだ。二人でコールコーヒーを注文した。もう午後五時になっていた。

「今日はよく歩いたなー。規子、疲れただろう」

「確かに歩き疲れたかもしれないけど、楽しくて時間が経つのが早かったわね」

「これからバスで京都駅まで帰って、ホテルの近くのレストランで食事をして、七時にはホテルに落ち着きたいね」

無造作な謙二の言葉に、規子は何を想い描いたのか、かすかに顔を赤らめ、例えようもない無邪気な笑顔で頷いた。

「今日歩いたところ、後で写真を見ながらじっくり振り返ってみたい。嵯峨野の魅力、京都の伝統文化、きっといつまでも心に残ると思う」

「今日は足早にダイジェストで廻ったから、またゆっくり一つずつ、気に入ったところを訪ればいい。紅葉の頃はまたきっといいだろう……」

二十歳にも満たない謙二と規子は疲れも知らず、嵐山のバス停から乗った京都駅行きのバスに揺られていた。最後部座席に並んで座り、少しの時間うとうととした。お互いに心を許しあい、二つの大きな体を寄せ合い、頭《かしら》を傾け合って、子供のように満足した様子で一時の眠りにおちた。……お互い、すっかり緊張感から解放されていた。

京都駅、駅ビルのホテルのレストランで夕食をとり、ついでに規子は、明日の東京行きの切符を買った。午前七時二十二分発、特急こだまの指定席を取った。

これで規子は、明日午後には、また東京の生活に戻る。京都の二日間で、すっかり日焼けした若い規子の笑顔が眩しかった。その夜、九時過ぎまで、ホテルの部屋で二人きりで夢のような静かな時間を過ごした。疲れた様子も見せず、まるで子猫のように振舞う規子は、肉付きのいい柔らかな腕を何度も何度も謙二の首に巻き付けてきて、身動きのとれない謙二の頬に張りのある若い肌を擦り寄せながら、耳元で（自分のことを）好きかと聞いてきた。謙二は両手で、汗ばんだスベスベと肌触りのいい規子の広い背中をやさしく撫でてやりながら、小さく首を縦に振って応えていた。

翌朝謙二は、京都駅のプラットホームで規子を見送った。

「謙二、来春の約束、必ず……ね。……京都に寄ってよかった。私の大切な新しい人生の一ページになったわ、……有り難う」

「……俺も同じだ。……元気でな」

クリーム色のボディ、窓を赤色の枠で縁取った特急こだまが上りホームに入ってきて、乗客の列のしんがりで乗り込み、車両の乗車口の内側に立つ規子が、もう一度手を伸ばし、ホームに立つ謙二と愛を確かめるようにその手を握り合った。発車時刻を告げるベルが鳴り止んで、謙二は二歩三歩、後ろに下がり、口を真一文字に結び、さっきまで握り合っていた大きな右手を顔の辺りで小さく振ってみせた。

(大きな男の、その可愛いしぐさが、いつも私の心を締めつける、もうゆるせない。)

既に閉じられたドアの小さな窓越しに規子の潤んだ瞳が、そんなふうに語りかけていた。

刻々と別れの時が刻まれていた。列車がゆっくり動き出し、謙二も一緒に歩きながら、今度は男らしく背筋を伸ばし、もう一度右手を顔の辺りに挙げて、親指だけを折り曲げ、将校が敬礼をするように真顔で別れを告げた。……黒田規子の美貌も心も崩れ、もう泣きべそ顔になっていた。

京都の暑さも、曼珠沙華が咲き揃う頃には和らいできた。東京に戻った規子は、間もなく放送研究部の合宿に出かけた。信州浅間山の麓、白い雲の浮かぶ青空の下、広々としたすすき野に涼風の渡る軽井沢で、一週間の合宿に参加した。その合宿を終え再び東京に戻り、大学の後期の授業が始まった日に、謙二に宛てて手紙を認めた。謙二が受け取る規子からの二通目の手紙であった。

一九六三年九月二二日
私の大切な斉藤謙二様へ

拝啓
秋分の候、ようやく都会の雑踏の中にも涼風が吹き抜ける季節となりました。その後、いかがお過ごしですか、この度の京都の旅では本当にお世話になりました。先ずは厚く御礼申し上げます。近年、あんなに楽しかった時間を過ごせた覚えがないほど、感激致しました。
私にとって、ここ数年、手かせ足かせとなっていた大学入試、受験勉強から、ようやく解放され、気持ちは、次の目標に向って進まなければならないと、頭の中では考えていても、これまで、私の生活の中で、大学受験が占めていた心の領域が思いのほか大きく、その後の空白を埋めることが出来ず、夏を迎えるまでなんとなく目標の定まらない、納得のいかない生活を送っていました。一念発起して、青山学院大学の放送研究部に籍を置き、新しい生活を始める糸口としようとしたのも事実ですが、そのことが完璧に自分の生活に潤いを与えてくれるものでもなく、今まで受験に傾けてきた、この有り余るエネルギーをどう費やしたらいいのか戸惑っていました。

自分の心を満たしてくれるものを見つけたい、という思いを引きずったまま夏休みを迎え、醒めた寮生活に四分休符を打つ思いで、過去の思い出だけを残すふる里、鳥取へ帰っていきました。そのどこか乾ききった私の心を、まさかあの夏の日の大雨が潤してくれるとは、予想もしていませんでした。京都駅の急行白兎であなたとお会いした瞬間、私の胸に閃光が走り、ドキドキしていました。それは長いホームを一生懸命走った直後だったから、単に私の体の細胞の一つ一つに酸素が足りなくなって、私の肺や心臓は物理的に体内に酸素を送り込んでいたのでした。

その時の胸の高鳴りは、普通放っておけば、ものの十分も経てば治まるのですが、その時は、私の心の中に何かが浸み込むように、なかなか治まりません。それでも隣の席の町田俊介さんとお話している間に気持ちが落ち着き、余裕が出来たのか、福知山駅を過ぎたころから、私は朝、早起きのせいもあって、ウトウトとしていました。その私を許せないとばかりに、謙二が砲撃を開始したのは、余部鉄橋を過ぎてから、それまで眠っているように静かだった謙二から矢継ぎ早に砲撃を受けて、私の胸が再びドキドキし始めて、謙二の話を聞いているうちに、本当に気持ちよくなっていました。多分、異常な胸の高鳴りから、過剰に酸素が送られて、体内の総ての細胞が生き返り、喜んでいるのがわかりました。あの時二人で飲んだ、あの、生ぬるいオレンジジュースに何か悪いものでも入っていたのでしょうか、日頃、物静かで控えめなこの私が、突然、あなたの住所を聞きだそうとしたり、京都見学の案内をお願いしたり、後で振り返ると、私の中では、あの日はどうかしていたのかと思うような行動に出ていたのです。

雨の中、やっと故里鳥取市に帰って来たというのに、なぜか急行白兎を降りたくなかった。謙二が、後ろ髪を引いていたのが感じられたのです。あの時は、終点の出雲市駅までも、いつまでも一緒に乗っていたかった。そんな不機嫌な気持ちで実家に帰ってからも、謙二はすっかり私の妄想の中では身内になっており、部屋で一人でアナウンスの練習をする時も、心の中の謙二に語りかけていました。これは私の空想の一人芝居の中だから、謙二を自分の思うように勝手に登場させることが出来たけど、いよいよ九月になって、また東京へ戻る時期が迫り、空想の世界から現実に引き戻されようとする時、それは一人で悩みました。相談相手はただ一人、私が幼い頃から信じてきた「在天の主」だけでした。

あなたに住所を書かせておきながら、謙二に手紙を出すべきか迷いました。どこかに、勇気をくれる、あのオレンジジュースがないのかと思いました。そして勇気を振り絞って、手紙で呼び掛けた現実の謙二は、想い描いたとおり、私の一人芝居に付き合ってくれました。今思えば、京都での三日間は夢の中のようでした。直後の軽井沢の放送研究部の合宿で、感性の鋭い

周囲の同僚や先輩に、

「規子は、夏休みの短い間に感じが変わったね。何かいいことでもあったの？」

などと言われました。もちろん口にはしませんが、当たり前です。私は謙二という大切な人を神様から授かったのですから……。もう私は、焦ったり迷ったりしません。自分の進むべき道をしっかり進んでいきます。

京都で過ごした三日間、謙二が、ものの見方、感じ方を教えてくれました。京都で得た新しい知識に加え、新鮮なものの感じ方をしっかり身につけて、今後、成長したいと思っています。心の芯がぶれなくなると、アナウンスの技術的な面の上達も早いような気がします。やはり人にとって、喜び、希望、生き甲斐って大切なんですね。

軽井沢合宿に出かける直前に、大学の購買部の書籍売場で、角川文庫『五番町夕霧楼』を見つけ、早速買い求め、合宿中、時間の合間に読みました。部屋でくつろぎ、放送研の仲間と話す中で、

「なんで、あんたはんは、そないなこと言わはりますのん？　……そないなことおへん」

などと小説の中の遊妓の使う京言葉を試したりして、周囲の失笑をかったりしていますが、これもご愛嬌で、謙二の存在が、私の生き方の大きな後ろ盾となって時の過ごし方に余裕を持たせ、我ながら軽井沢合宿の成果は誰よりも挙げたと密かに自負しています。それは傲慢ではなく自信でしょうか、これもみんな、謙二が与えてくれたものだと思っています。

今、私の切迫した悩みは、謙二に会いたいという気持ちを抑え込むこと。頭の中では抑制できても、身体が謙二を求めるのです。ベッドの中で、枕を抱えて唇を噛み締め耐えています。やはり私もお年頃、正常な生きものなのだと思い知らされます。こんなことをいう子は、嫌いですか、……それでも、また時期を見て京都に会いに行きます。それまでお元気で、もう謙二と約束したことは何度もしつこく言いません。責めたりはしません。あなたを信じてるから……。

かしこ

追伸　謙二から預かっていた宿題、覚えてますか、そう大原の呂川、律川の話。アナウンスグループの十二人に尋ねてみました。四人の先輩が「呂律の回らない逸話」知ってました。うちの放研にも流石に博識が揃っています。しかし、両方の川を実際に巡った人は一人もいませんでした。一年生は誰一人そのことを知らなかったので、安心しました。しかしこの話、もうみんなに知れ渡ったからまた横一線同列ですが、そのほかに、京都で謙二から教わったこと一杯あったから、ひとつひとつ思い出して、忘れないように記録しています。感謝。

私、合宿中の仲間との歓談の中で、無意識のうちに京都に関わる話が多くなって、先ほどの小説の話題や、京言葉や、呂律の話など、京都での出来事を次々に待ちだす結果になり、「黒田は、よっぽど京都が気に入ったんだね」

と、先輩に内心を見透かされるような言われ方をされたり、軽井沢合宿に京都旋風を持ち込んだ張本人とも言われ、我ながら、浮き足立つのもほどほどにしとかんと、と反省しています。寝ても覚めても京都のことが……。

今も、京都の事で頭が一杯の、あなたの黒田規子より

謙二は、予備校から帰って来てこの手紙を受け取り、すぐに返事を書き始めた。また、規子と二人きりの世界に入り込んでいた。どのぐらい没頭していたことか、気がつくと夕食の時間をオーバーしそうになり、あわてて下のキッチンに夕食をとりに行った。棚の上にはほとんど、食べ終わった空の食器がもどされていた。すっかり冷めてしまった味噌汁も頭が熱くなっているせいか、どこに入っていくのか味覚も感覚もない。やがて気がつくと、今もって来たトレーの上の食器は総て空になっており、いま口にしたものがいったい何であったのか、食べた記憶も残らなかった。いつの間にか、カラになった食器を返却棚に返していた。

秋の夜長、窓辺のうるさいほどの虫の声も今夜は気にも止まらず、ひたすら手紙の返事を書くことに没頭し、読み返し修正し、午後九時半ごろ書き終えた。その夜は頭に血が昇り、興奮して眠くないことをいい事に明け方四時ごろまで、日常の学習計画が進んだ。

22　下鴨神社、糺の杜から出雲路橋を経て烏丸鞍馬口へ

次の日の夜、今月初めに北白川追分町に引っ越してきた門元孝治が、さつき寮を訪ねてきた。孝治が訪ねてくるのは初めてであったが、本人は、以前に一度来たがその時は留守だったと言っていた。孝治は、文理学院に通う一方で、相変わらずパチンコが好きで、休日はほとんど百万遍の角のパチンコ店に入り浸っていると言っていた。謙二は、文理学院の人文地理の授業のレベルはどうか聞いてみた。それは今通っている京阪予備校の人文地理の講師が年配の講師で、大学入試の受験科目としてはあまりにも頼りない授業でいつも不満であった。孝治は、自分は人文地理の授業は取っていないのでよく分からないが、一度、文理学院に来て授業を受けてみてはどうかと勧めてくれた。鞍馬口通に面した通用門を入ってすぐの処に大きな掲示板があって、その掲示板に全体の時間表が張ってあるから、それを見て曜日、時間と教室を調べて、その時間に合わせて受ければいいと教えてくれた。孝治は親切に、もし、明日行く気があるなら案内してもいいと言ってくれた。謙二は、

「……それは有り難い。明日何時にどこに行けばいいんだ」

「そうだな、朝早いが八時二十分に飛鳥井町の電停にしよう」

「……了解、市電で烏丸鞍馬口《からすまくらまぐち》までだね」

「うん、市電に乗れば二十分ぐらいだよ」

「授業は九時開始なのかい？」

「いや、八時四十五分、その頃は教室の席もほぼ埋まっている。明日は下見だから授業開始時刻ギリギリだけど、これから本気で受けるなら、その時はもう少し早いほうがいいかな」

「大きな教室なの？」

「いや、全然分からない。多分、小クラスではないと思うよ」

「御前通の元の相棒、その後、文理学院で出会うことあるかい」

「うん、九月になって二度会ったが、見た目は元気そうだったな」

「俊介が盆休みの後、京都に立ち寄った時の話、したかなあ」

「いや聞いてない」

「来た日の翌朝、早朝散歩に出て、孝治が引越すと聞いたアパートも覗いたよ。まだ君は帰省中だった。その日の午後、二人で奈良に行ったんだ。東大寺、興福寺、春日大社など奈良公園を歩いたよ」

「……野郎が二人で？」

「そうだよ、……奈良は修学旅行以来だったから、お互いにデートスポットの下見に行ったんだよ」

「ところで謙二は彼女はいるのか、……いるのなら聞きたい。京都のデートスポットはどこがいいかなあ？」

「京都は街じゅうデートスポットのようなもんだ。場所を心配するより相手が問題だろう」

「……すぐに結婚するわけではないのだから、話し相手なら、選り好みしなくてもいるだろう」

「……それもそうだが、今年は、浪人の身だから行儀よくしていないとな」

「よく言うよ、西田祥子とデートしたんだろう？　盆に田舎で噂になってたぞ」

「……他人の噂を丸呑みするな。それは俺じゃないよ、知らないと思うが、俺の親友に早稲田に行ってる宮田という男がいるんだ。七月に東京からの帰り京都に寄って、この部屋で四日ほど泊まっていったんだ。そいつが祥子を電話で呼び出して、御所の近くで会ったんだ」

「……俺は祥子本人から、斉藤謙二に会ったと聞いたけどな」

「……うん、確かにその時、俺もいたよ」

「その時は、祥子とどこかに行ったんだろう？」

「うん、あの日は梅雨明け直後の暑い日でなあ、俺は御所の近くの喫茶店でコールコーヒー飲んで、すぐに別れた。その後、二人でどこかに行ったんだろう。祥子は益々、あか抜けて綺麗になっていたよ」

「うん、……俺も一度、電話してみようかなあ」

「祥子は高校時代よりずっと開放的になってるよ。……孝治は、高校は違うけど幼馴染なんだろう？　きっと会ってくれるよ」

「うん、盆に田舎で小学校の同期の集まりがあってな、そこで祥子と話したんだ」

「その同窓会に、俊介は出てたかい」

「出てたよ。小さな部落の小学校の同窓会だ。全員集まっても三十数人だ」

「そうか、こうして都会に出てみると、郷里はできるだけ田舎らしいほうがいいよな」

「……もう九時だ。帰らなくちゃ。……明日、八時二十分だったな」

孝治は二時間ほど話して帰っていった。後で気がつくと、机の上には昨夜の規子への手紙の下書きが散乱していた。多分、孝治の目には留まらなかっただろうと、謙二は勝手に判断していた。


翌朝、約束の時刻に飛鳥井町電停でおち合い、いつもとは逆方向の北向き電車に乗った。北大路経由で、烏丸鞍馬口にはほぼ予定通りの八時四十分に着いた。電停を降りて、鞍馬口通りを東に入る。車がやっと行き違えるような道幅の狭い通りに、この時間、大勢の予備校生が道一杯に広がって歩いていく。ざっと見た感じ、京阪予備校の数倍はいるだろう。電停からは三分ぐらいで通用門に着く。構内に入ってもこの時間、狭い校庭、五階建てのビル、本館と別館にも人が溢れている。昨夜、孝治が話していた掲示板の時間表の前で、謙二は人文地理の授業時間を追っていた。火曜と木曜、金曜の三回、時間は午前が一つ、午後が二つであった。今日、木曜日は二時限目、十時十五分からだった。

「どうする、今日二時限目だ、受けてみるか？」

「そうするが、……孝治はこれから何を受講するんだ」

「国語古典だ。一緒に受けて、時間つぶしたらどうだ」

「……分かった、そうするよ」

二人は、本館四階の国語古典の教室に向かった。約二百人収容の教室に百二十人くらいの席が埋まっていた。その時間その教室は『源氏物語』「夕顔の巻」の講読で、三十代の若い講師が小柄な体で熱弁を振るっていた。

光源氏が通い始めた、歳上の六条御息所の生い立ちについて、亡き東宮との間にもうけた姫を抱える元皇太子妃の当時の情況について、彼女の嫉妬深い性格が、後の光源氏の生涯に及ぼす影響について、後半は夕顔のものの化に取り付かれた短い生涯、光源氏があわてて為した夕顔の遺体処分や当時の対応について講義時間ギリギリまで解説が続き、一時限目は退屈することなく終った。謙二は九月、規子を案内した際の嵐山の竹林、野宮神社や、古来の風葬地、化野念仏寺を重ね合わせていた。

二時限目の人文地理は、黒縁めがねの、これも若い講師だった。イギリスの産業革命の発祥の要因、イングランドの気候、メキシコ湾流と偏西風の係わりについて、産業革命後の世界の石炭とその後の海外貿易の発展による石油時代の到来について、現在のわが国の中東原油の依存とその背景について、将来の展望を踏まえて説明した。京阪予備校の数値だけを並べる授業とはやはり違っていて、現状の歴史的裏づけに踏み込んで語っていた。謙二はその日のうちに、今後木曜日の一時限と二時限は、毎週、文理学院の授業を受けることに決めた。週に一日、烏丸鞍馬口の文理学院に通い始めて、他の科目、英語講読や英文法、現代国語なども受講してみたが、ここの特徴である受験対策色が強すぎて息苦しい授業となっており、全面的に文理学院に転校しようとは思わなかった。謙二の心のどこかに、やはり学ぶことには、その根底に哲学の筋が一本通っていることが感じられなければならないと思っていた。東山二条の京阪予備校の授業には、教師の中にそれが感じられた。随所に直接入試には繋がらない無駄があった。予備校の教育たりとも人間形成の一里塚であらねばならないと。もちろん、価値観はそれぞれあろう、いま謙二は、後者である東山二条を選択したのだ。得点を競い合う入試対策も必要であるが、学問とは関係のない点取りのテクニックが、鎧の下でチラチラするのが不快であった。

毎日、京阪予備校に通う中で、木曜日だけ文理学院に通うことにした。初めの頃は、烏丸鞍馬口まで市電で通ったが、そのうち、約三十五分かけて飛鳥井町から徒歩で通うことにした。これもある意味、時間の無駄であったが、晴れの日も雨の日も、週に一度、およそ三キロの道程を往き帰り歩いた。最短距離は、寮を出ると飛鳥井町の電停を越して、公設田中市場の裏手、養正小学校の脇の路地をまっすぐ西に向かう。百メートルも行くと、途中から町の雰囲気がガラリと変わり、トタン屋根のバラック建ての家が密集する、低い軒下の竿竹に真っ赤な唐辛子を吊るす在日朝鮮民の集落を貫く路地となる。ある朝、その狭い路地を塞ぐように、道の真ん中に大きな（サブロク板の）作業台が置いてあり、その上に茹でたばかりの豚の腸が山積みにされていて、その山から大量の湯気が立ち昇っていた。特に匂いはなかったが不思議な光景で、間近に近づくまで、見たこともない台の上の湯気に包まれた薄いピンク色の物体が、一体何であるのかわからなかった。その集落を貫く迷路のような路地を抜けて一乗寺通を越すと、京福電車比叡山線の踏み切りに出る。さらに西に進み、川端通を越し、高野川に掛かる御蔭橋を渡ると、下鴨神社の参道の南口に出る。

実際に目で確かめたわけではないが、この周辺に谷崎潤一郎や川端康成の京都での一時の住まいがあったらしい。樹木の生い茂る参道、糺の森の広々とした樹木に覆われた茂みは、映画、テレビ、時代劇の斬り合い（チャンバラ）のロケ地、撮影に使われることが多く、謙二も通学の途中、二度、三度と参道に立ち止まって映画撮影を見入ることがあった。この森を抜け、糺ノ森電停近くの下鴨本通（河原町通）を渡ると小さな社があり、その脇の石段を登り、賀茂川の土手に出て左岸を上流に向かう。この辺りは土手が高く周囲の視界が開け、右手前方に鞍馬の山並が望める、晴れた日は歩いていて気持ちがいい。

見晴らしの利く土手の上を五百メートル程北に行くと、やがて賀茂川に掛かる次の橋、出雲路橋が来る。その橋を渡り、そのまま鞍馬口通を西に向かうと、烏丸通の少し手前、文理学院の通用門に到達する。帰りはそのまま逆向きに帰る。

一ヶ月程通った後、謙二は文理学院の窓口で人文地理の科目受講の手続きをとり、受講証の交付を受けた。受講証があれば、文理学院の資料室も利用でき、全国の大学の入試出題傾向等の資料も閲覧できた。謙二は毎週木曜日、午後は文理学院の資料室に入り浸り、受験志望校の過去十年の入試問題の出題傾向を徹底的に調べ上げた。特に規子と約束した青山学院大学の法学部、経済学部の過去の問題を徹底的に調べ上げ、挑戦し、その解答を時間を掛けて研究した。あわせて文理学院が準備した対策問題にも取り組んだ。謙二は、こうして受験対策に取り掛かり、明確な目標を定め、臨戦態勢に入って行った。

23　歴史を刻む大事件、その時は京都にいた

それでも週に一度は近くの孝治のアパートを訪れ、気晴らしに二人でよく将棋を指した。孝治も謙二相手の将棋なら、パチンコに熱中するほど金も時間も使わないで済む。直江や伊東龍治も、思い出したようにさつき寮に顔を出すこともあった。

この時期、やはり一人で頑張っていても、これで良いのかと不安に苛まれ、他人の生活が気になり覗きたくなるのである。

そんな中で龍治から、来月十一月十七日日曜日、嵐山に紅葉狩に行かないかと誘われた。謙二は十月末、孝治に誘われ、男二人で四条大宮から梅津線トロリーバスに乗り換え、終点松尾橋まで、西京区の苔寺と酒醸造の神様、松尾大社に行ってきたばかりだった。この苔寺（西芳寺）は、謙二が京都に住み始めた当座から是非行ってみたかった庭園の一つで、当初、この寺の苔は、梅雨明け直前の晴れた日が見頃であると知らされていたが、行きそびれていたものだった。それでも紅葉の始まりかけの秋の苔寺にも風情があった。気が遠くなるような長い時間を掛けて百二十種もの苔を丹念に育て造り上げてきた庭師の技に、一面緑色に貼り付けられた湿気の庭に感動して帰ってきたばかりであった。

十一月を迎え、時間的に心の余裕がなくなってきていた。その上、紅葉時の嵐山、嵯峨野の人出は大混雑が予想され、今回、龍治の誘いにはあまり気乗りはしなかったのだが、付き合いのいい謙二は、結果的には渋々同意したのであった。ただし、謙二も龍治と男二人だけで行ってもつまらないから、孝治と直江も誘うことになり、謙二が中心になって、同郷の浪人生が四人で嵐山に出かける計画を進めることになった。浪人生たちはお互い、一見悠長に見えても、十一月を迎えると気分的に時間が差し迫った感があった。

そんな重苦しい気分に歩調を合わせるように、十一月になって世の中が騒がしくなった。十一月九日、首都圏の京浜線の国鉄鶴見駅構内列車追突事故、死者一六一名。同日、九州の三井三池炭鉱内爆発事故、死者四五八名など、デカデカと新聞の大見出しが踊った。この四月京都にきてから、日頃のニュースを茶の間のテレビで見ることはなく、ラジオで聞くか、革新政党新聞で目にするぐらいだった。従って、この歴史的な大事故もどこか遠くの出来事のように受け止めていた。

しかし、その二週間後、十一月二十三日の朝の大事件は違った。その日は祝日で、謙二はいつもよりゆっくり目覚め、二階の洗面所で歯磨きを始め、いつものように歯ブラシをくわえたまま二階の窓から外の景色を伺った。その朝は、いつも綺麗に掃き清められている玄関の前の道路の路面に、なにかビラのような紙切れがかなりの数散乱しており、二階の窓からでは活字の内容までよく分からなかったが、その配色から新聞の号外であるらしいことが分かった。歯ブラシをくわえたまま階段を下りて玄関から路地に出て、路上に散乱した紙切れを拾って読んで、驚いた。

「ケネディ米大統領　狙撃される」

大見出しが眼に入った。

「テキサス州ダラス市の中心街をオープンカーでパレード中」

まだその号外には、大統領が暗殺されたとは書いてなかったが、それを思わせる内容であった。謙二がまだ高校生だった頃、ジョン・F・ケネディがアイオワ州から始まる米国大統領候補選を戦い始めた頃、本戦で勝って当選するずっと前に、「次期大統領は歴代の米国大統領を振り返ると、暗殺されるめぐり合わせになる」と、週刊誌か何かで読んだことを思い出していた。その時は、この時代、若き大統領が暗殺されることなど週刊誌のでっち上げるフィクションのように思っていた。しかし今、このニュースは現実となって世界を駆け巡っていた。ケネディ大統領が英断、指揮したキューバ封鎖事件から、ほぼ一年が経っていた。

道路に散乱した号外をもう一枚拾って、朝食の後、門元孝治に届けてやった。休日の朝、まだ古い木製のベッドの上で就寝中であった孝治は、その号外の紙切れを見て飛び起き、目を丸くして、ケネディの暗殺は信じられないと繰り返した。折から、通信衛星を使ったテレビ電波送信システム、日米同時中継のテスト放送の日の出来事であった。いうまでもなく、あの生々しい米国テキサス州ダラス市での事件の映像が米国と同時に日本国内にも流れた。

この世界の大事件で打ち消されそうになってしまったが、その事件の前、十一月十七日の日曜日、浪人生四人の紅葉狩りにも小さな事件があった。十七日の朝、百万遍の電停に集合し、四条大宮で京福電鉄嵐山線に乗り換えて嵐山に向った。その日は天気がよく、紅葉の色づきにはまだ若干早かったが、紅葉狩りにはいい日和となり、臨時便も含め、嵐山電車は超満員であった。嵐山の街も人で溢れており、天竜寺の紅葉は、その美しさにおいて噂に足るものであった。しかし、人波の中での紅葉見物は、趣を感じている暇もなかった。整えられた庭園にぎっしりと人の列が絶えず、九月、規子と訪れた時の感動は到底得られず、ただ人の後に従ってひたすら前進しており、赤く染まった楓の葉を情緒的に観賞する余裕などない。

人混みの天竜寺をようやく抜け出して、常寂光寺や祇王寺も同様だろうと諦め、渡月橋の袂まで来たが、ここの周辺も橋の上の歩道も人の波が押し寄せていた。それでも渡月橋を渡ることにして、その列に並んだ。渡月橋の上からも山全体を覆う紅葉を眺める余裕もなく、人を掻き分けるように桂川の右岸に渡り、上流を目指して紅葉の山道に入って行った。古くから周辺の開作事業や工事に関わった人々の菩提を弔うために、京都の豪商、角倉了以が建立した大悲閣千光寺、お地蔵さんの並ぶ坂道をのぼり、更にその先の嵐山妙見堂を過ぎ、保津峡の水面《みなも》を見下ろす川沿いの山道を進むにつれ、ようやく人の数は減り、辺りの紅葉を眺める余裕が出来始めた。さらに狭い山道を上流に遡ると、川岸の反対側、左岸の中腹に山陰本線の単線の鉄路が現れ、暫らく対岸の川沿いを走る。渡月橋から時間にして四十分ぐらいは歩いたであろうか、やがて対岸の山陰本線は保津峡に掛かるアーチ形の鉄橋を渡り、手前右岸に移る。鉄路はそのまま、右岸の切り立った岩を繰り貫いて掘られた保津峡トンネルへと入っていく。こうして山陰本線は一旦川岸から姿を消す。この長さ四百五十メートルほどの保津峡トンネルを出た先に、すぐ保津峡駅がある。謙二が山道を歩きながらその話をすると、龍治も孝治も、

「今来た山道を嵐山に引き返しても、あの混雑ぶりだ。街に昼飯を食うところもない。徒歩でトンネルを抜けて、保津峡駅から列車で二条駅か京都駅（七条駅）に戻ろう」

という話になった。

「真っ暗な保津峡トンネルを、手探りで歩き抜ける覚悟はできてるだろうな」

と、謙二が脅しに近い言い方をすると、直江が不安そうな顔をした。

「トンネルの中で、列車が来ても身を寄せる場所はあるだろうな」

「一時間に一本ぐらいのダイヤだろうから、トンネルの中で出くわす可能性は低いし、もし出くわしても、中にはほぼ三十メートル間隔で退避する場所も造られている筈だ」

そんな不確定な話をしながらさらに山道を進み、いよいよ山陰本線の単線の鉄路と山道が交差する踏み切りまで来た。もちろん、警報機も遮断機もない山の中の踏み切りだ。右手はすぐ保津川に掛かる鉄橋、左手三十メートルほど先に煉瓦を積んだ煤けたトンネルの入り口が見えていた。そこから山道を外れ、線路の脇を歩いてトンネルの中に入って行った。

歴史の古いトンネルらしく、中は狭く、線路脇の壁に近い進行右側の部分に幅の狭い排水溝が掘られており、線路の脇を歩いたり水のない排水溝の中を歩いたりしながら、暗いトンネルの中を手探りで歩いた。このトンネルは大きくカーブして掘られており、なかなか先の出口の明かりは見えなかった。ところどころに待避洞が掘られており、詰め込めば三人ぐらいの人が逃げ込めるぐらいの広さはあった。入口から五十メートルくらい進むと、入ってきたトンネルの口も見えなくなり、辺りは真っ暗になった。線路を止める枕木の上が歩きやすく、皆がトンネルの中央を一列で進んだ。歩きながら待避洞を確認し、万一、列車が来たら今ならここに逃げ込むのだと想定しながら暗闇の中を歩いた。枕木にあわせて歩幅をとり、眼もようやく暗闇に慣れて順調に歩けるようになったが、それでも暗闇の中の百メートルは長く感じられた。

どんな話をしながら歩いていたか覚えていないが、とにかく、皆が大声を出して何かを話していたことは事実で、その声によってそれぞれの存在を確認していた。多分、それぞれの頭の中は、いま列車が来たらどうするかだけを考えて歩いていたに違いない。およそ二百メートルを過ぎ、もう二百メートルも行けば、先の出口の明かりが見えてくるかも知れないと思っていた時、レールを通してかすかに列車の近づく音がしてきた。一番心配していたことが、現実となって近づきつつあった。

「列車が来たぞ、待避洞に逃げ込もう」

暗闇の中を走り出した。十メートルも行かないうちに、列車がトンネルの入り口に掛かったらしく、後ろからチーゼルカーの警笛の音が響いた。列車がトンネルの中に入ってくると、急激にトンネル中に轟音が響き渡り、背後から巨大な怪獣が、わめき声と共に迫ってくるのが分かった。前を歩いていた三人はなんとか待避所にたどり着けたが、最後尾を歩いていた龍治が、途中で躓《つまづ》いてこけたらしく、待避所にたどり着かないうちに列車が迫った。トンネル内のカーブしたレールを進んでくる列車のライトが徐々に暗闇を照らし、轟音と共に旋風が追っかけてきて、強風に吹き上げられた周辺の紙くずや塵が、列車を先導するように背後から前方へ吹き抜けていく。逃げ遅れた龍治は、線路脇の狭い溝に身を伏せて、列車が通過するのを待った。

列車は駅が近いからか、やや速度を落としながら通過していった。ブレーキをかけ続けているせいで、車輪とレールの摩擦からか、暗闇の中の怪物は車輪から火花を散らしながら通り過ぎていった。トンネルの中では巨大な三両編成のヂーゼルカーであった。

「龍治、大丈夫か」

「うん、生きてはいるが、こけた時に何かに足ぶつけて、痛てーよ」

「立てるか、……歩けるか」

「うん、血は出てないようだから、大丈夫だろう」

喧嘩の強い龍治も、さすがに巨大なヂーゼルカー相手では歯が立たぬようで、なさけない返事だ。それからまた、四人は暗闇の中を再び歩き始めた。トンネルの入り口から四百メートルを過ぎたあたりからカーブの先に前方の出口の明かりが見えてきて、小さな明かりが、前進するたびに大きくなっていった。

トンネルを抜けると、出口から三百メートルくらい前方に、保津峡駅の腕木式信号機と、その先に上下線相対式プラットホームが見えた。信号機の付近まで単線の線路伝いに歩き、駅構内に入ると線路は二本に分かれた。謙二達は上り線ホームに昇った。保津峡駅は無人駅ではなさそうであるが、上りホームには駅員の姿はなかった。たった今、下り列車が出て行ったので、駅員は下りホームにいるのかもしれなかった。

浪人生四人は、人のいない上りホームを歩き、改札口から駅の待合室に入って行った。季節の観光客相手の小さな駅に何組かの家族連れや女性客が、たぶん次の上り列車を待っている様子であった。突然改札口から現れた四人の男たちに、何者かという眼差しを投げかける者もいた。謙二らはそんなこととお構いなしに、待合室で次の上り列車の時刻表を眺め、京都駅までの料金を確かめていた。孝治は空いていた待合室のベンチに腰を下ろし、ポケットからピースを取り出し、マッチで火をつけた。待合室の掛時計は午後一時十分を指していた。上り列車の出発時刻まで、まだ二十分以上あった。駅前の狭い道路の先、崖下の紅葉した樹木の葉叢の隙間からエメラルド色の保津川の流れが覗いていた。三島由紀夫は小説『金閣寺』の中で、保津川の流れを硫酸銅の群青色と表現しているが、秋晴れのこの日の保津川の水はもっと明るく、たっぷりとミルクを加えたソーダ水のような、ちょうど沖縄石垣島の川平湾の海の色に近いエメラルド色に光っていた。

謙二達はその日、この保津峡駅から上り列車で京都駅（七条駅）に戻り、駅ビルで遅い昼食をして、午後四時前に飛鳥井町電停で解散した。

24　また、京都で会ってくれますか

日本の四季を際立たせる古都の紅葉が、はらはらとその紅の葉を落とし始める頃、京都は師走を迎える。四条南座では、恒例の顔見世興行が始まり、入り口正面上段に、出演役者名を書き記す勘亭流書体のまねき看板が掲げられ、賑わいを見せる。これも都大路の年末の風物詩である。いよいよ京都の街に冷たい風が吹き抜けて、霜枯れの賀茂川の土手にも冬の気配が漂っていた。

そんな木曜日の午後、謙二は烏丸鞍馬口の文理学院の資料室で、自分の学力テストの結果と私立大学の合格可能率の一覧を比較研究していた。真剣にそのことに没頭していたため、すぐに気づかなかったが、何かの気配で振り向くと、田代眞由美が謙二の資料を覗き込むように立っていた。

「……よー、久しぶり、元気だった？」

「……なんや、やっぱりそうどしたか、……いつからこっちに来てはるの？」

「……九月の末からだけど、週に一度、木曜日だけね……」

「うちも夏期講習の途中からこっちに来てみて、そいから後期は、こっちで受けることにしましたんえ」

「そう、……俺、ここでは人文地理と国語古典だけの科目受講なんだ。だから、木曜以外は相変わらず岡崎公園に通っているよ」

「どないどす？　あんじょう進んでますか？」

「うん、それが心配でね。こうして資料室へ通って確かめてるんだ」

「ごめんやすなあ、お邪魔しちゃああきまへんなあ。……さっきから、他のお人を寄せ付けんほどに、えらい真剣どしたえ」

「そうでもないよ、……もし少し時間があったら、その辺でお茶でも飲まない？」

「へえ、一時間ぐらいどしたらかましまへん……」

眞由美は毛立ちの深い暖かそうなクリーム色のセーターにすっぽり包まれて、いつもの笑顔が可愛かった。二人は文理学院の通用門から鞍馬口通りに出て、烏丸通りに面した小さな喫茶店に入っていった。古い建物の一室、内装工事によってそこだけが洒落た店の雰囲気になっていたが、この時間、客は数えるほどしかいなかった。謙二は、まるで隠れ家にでも入るように衝立の奥の席に着いた。

「俺、毎週、文理学院まで歩いて通っているんだよ」

「へー、飛鳥井町からどすか……どれぐらい掛かりますのんえ」

「……歩くのんだから、只ですわ」

「また、おちゃめなことを、……お聞きしてますのんは、時間のことですがな」

「……さよか、およそ三十五分ですな、天気のいい日は最高に気分がいいんだけど、冷たい雨の日なんか遠く感じますわ」

「……歩いて通わはるのんは、なんぞわけでもおますのんか」

「たいした理由はないな。……しいて言えば、運動不足解消と京都での思い出づくりかな」

「もう東京の受験大学、決めはりましたんか」

「うん、今のところ、第一希望は青山学院大学だ」

「……青山学院大学？　……そりゃまたえらい、お洒落な大学なんどすなあ」

「俺もよく分からないけど、お洒落かなあ」

「うちも東京の大学のことはようわからしまへん、けど、青山学院いうたら、欧米風の明るいカレッジ、そないなイメージどす」

「先の話をするようで気が早いのかもしれないが、もし、東京の大学に通うようになって、その後、京都に立寄った時、連絡したらこうして会ってくれますか？」

「え？　……斉藤はんが、うちに？　……もちろん、ウエルカムどす」

「九月、後期になってずっと会えなかったから、もう会えないのかと思ってた。もしよかったら、眞由美はんの住所と電話番号、ここに書いてくれませんか」

「ほれじゃーこっちも交換条件として、来春、東京のお処がお決まりやしたら、必ず連絡すると約束してもらえますなあ……」

「……うん、約束します。入学式後、十日以内に連絡することを誓います」

謙二は人文地理の大学ノートを広げ、最終ページに、住所と電話番号を眞由美自身に記入してもらった。

「もう受験まで会うこともないかもしれないが、お互いに頑張ろうね。結果だそうね」

「へえ、うちも、予備校の思い出なんか、何もあらしまへん、斉藤はんにお会いできたのんが、唯一の思い出になるのかもしれまへんなあ」

「俺は、植物園を案内してもらったり、バイクの免許証の更新の時もお世話になったのに、お礼もしないで気になってたんだけど、またいつか必ず恩返しするからね……。京都での思い出の中で、いつまでもあなたのこと忘れないと思うよ。東京に出てくることがあったら連絡してよね」

眞由美はキュッと口を結んで、すばらしい笑顔でうなずいた。謙二は、そういう眞由美の都会ずれのない誠実さが好きだった。この京都に来て、内容の伴わないプライドだけが高い京都人にどれほど出くわしたことか、真心の見えない上辺だけのベンチャラをどれだけ聞かされ、うんざりしてきたことか。魅力ある文化の香り漂う京都の街や佇まいはともかく、京都に生まれ京都で生活してきたことが、その人格において特別価値のあることのように、頭から勘違いしている薄っぺらな京都人が少なくない中で、こんなに可愛らしい眞由美には、そんな高慢なところはかけらもなかった。眞由美はいつも親切で謙虚であった。これがほんまものの京都人だ。日本の伝統文化の先端を支え、創り出し、守ってきた人達の姿だろう、誠心誠意、清い心の支えがなければ、人の心を打つ日本の伝統文化は廃れてしまうだろうと、謙二は京都で眞由美に会えたことに感謝していた。

久しぶりに顔を合わせた二人は、一時間半近くその店で話し、それからまた鞍馬口の文理学院に戻り、通用門の前で別れた。

25　河原町三条での二人きりのクリスマス

それから四、五日して、東京の黒田規子から便りが届いた。十二月二十四日、鳥取に帰省する際、京都に立ち寄りたい、都合はどうですか、という内容であった。謙二は受験が迫って、大切な約束を果たすため、毎日時間に追われているが、規子と会う為なら、時間は作るから是非立ち寄って欲しいと返事をした。結局規子は、十二月二十四日午後一時二十分京都着の特急こだまで来ることになった。京都で一泊して、翌日午後の急行白兎で鳥取に帰ることにしたいと、折り返し知らせてきた。十二月二十四日の京都市内の名だたるホテルはどこも予約でいっぱいで、烏丸御池のビジネスホテルをやっと押さえたが、そこもクリスマス料金で割高になっていた。

暮れも押し迫って、京都は天気のいい暖かい日が続いていた。十二月二十四日も昼前から晴れて、風もなかった。腰高で日本人離れした脚の長い規子は、純白のハイネックのセーターに黒系のスラックス、その上にアイボリーのコートを羽織って、見覚えのあるバッグを手に提げて、颯爽と京都駅の東海道線下りホームに降り立った。ヘアスタイルも夏、初めて会った日のあの強烈な印象から変わっていないが、やはり日頃、都心の大学でもまれているせいか、素朴で高校生のようなあどけなさが、やや抜けてきた感があった。謙二も夏会った時と違い、規子に対して、もう心に余裕があった。しかし、いま気にしても仕方がないことだが、二人の間で交わされた約束の期日が迫り、……これから大学入試を受ける身が内心不安定で、大人びてきた久しぶりの規子に無意識のうちに引け目を感じていた。

京都駅から市電で真っ直ぐ北へ烏丸御池のホテルに直行した。見上げるほど大きなクリスマスツリーの飾られたホテルのロビーのカウンターでチェックインを済ませ、エレベーターで指定された五階の部屋に向った。南側の御池通に面した側に窓のある部屋、室内のテレビの脇の置き台に旅行バッグを置いてコートを脱ぎ、どちらからともなく身を寄せ、抱擁を交わし、当然のことように長く熱い口づけを交わした。この数ヶ月ですっかり落ち着いてきた規子は、口づけ一つにも余裕のあるディープなものを感じさせた。繊細な謙二には、久しぶりに規子の魅力に接するのは嬉しく、やはり興奮させられるものがあったが、どこかで、急速な成長の途を歩む規子に置いていかれそうな不安を感じていた。しかしそれは謙二の取り越し苦労にすぎず、こうして規子が大人びてきた要因は、謙二との心の交わりに負うところが大きかったのである。それは今も規子が、久しぶりに謙二に会えたことを、自身の心を確かめるように嬉しそうで、その真面目な態度が物語っていた。暫らくシングルベッドの端に並んで腰掛け、謙二は左腕で、この大切な規子の肩を抱え込んでいた。夕刻まで二人きりで部屋でくつろぎ、規子はかいがいしく部屋備え付けの小さなポットで湯を沸かし、インスタントコーヒーを入れた。その香りが徐々に二人の五臓に染むように、時間の経過とともに、ささやかな再会の喜びを分かち合っていった。

「東京は何か、変わったことないかい」

「うん、色々あるけど、……先月、大勢の犠牲者を出した国鉄鶴見駅列車事故、知ってるよね。あの事故でうちの大学の学生も亡くなったのよ、もちろん私は知らない人だけど、今月、その学生の為の追悼礼拝が大学の礼拝堂であってね。普段の礼拝では満席になることのない礼拝堂が学生で一杯になって、運悪く事故に遭遇し若くして天に召された友を皆で偲んだのだけど、都会で生活していると、大事件がすぐ傍で起こっているように感じるわね」

「人生これからという時に、気の毒だね。だけど、そうして学生達が皆で一堂に会して事故に巻き込まれた仲間を偲ぶというのは、大切なことだね。……都会の電車は過密ダイヤで、無理な運行もあるんだろうな」

「私も毎日、目白駅から乗っている山手線、どんどん来て待つことなく乗れて、便利なんだけど、一旦事故を起こしたら大惨事ですよ、都会の生活は、常に危険と隣り合わせという感じですね」

「もうすぐ、東海道新幹線も超高速で走り始める。事故のこと考えると、ぞっとするよね」

「文明の発達というのか、何故、人はある距離を移動しようとする時、時間の掛からない方法を目指すのでしょうね」

「多分、人は自分の寿命の限界というか、ある時間を無意識に体内時計に組み込んでいるのかも知れないね。……百年前、東海道を歩いて旅した頃も時間を気にしていたのかなあ」

「それは、朝宿を発つとき、日暮れまでにどこまでという計画はあったでしょう」

「そうはいっても、今の時代に生きていると、やっぱり新幹線にも乗ってみたいよね」

「新幹線は運賃も高そうだし、親の脛をかじってる我々学生には、特別なことがない限り、日常的に使えそうにないわね」

規子の魅力は色々あったが、謙二は、こういう飾らない、さりげない言葉がたまらなく好きであった。以前謙二が、金閣寺からタクシーに乗ろうとした時も、規子はいつになくためらった。……堅実な家庭で育ち、経済的にも地に足の着いた考えを持つ規子の飾り気のない言動には、往々にして、その美貌を鼻に掛けた、思慮の浅い女にありがちな安っぽい虚栄心など微塵もなかった。幼い頃からプロテスタントの教会で学び、実直なキリスト教ピューリタンの精神が身についており、言葉の端々にその香りが感じられた。いつも堅実で、自分の身の置き場所をわきまえていた。謙二は、まだ一度も会ったことのない規子の母の子供への教育の質の高さを感じていた。ただ一つだけ、規子の純情故の、男性に対するやや警戒心に欠ける脇の甘さが謙二は気になっていた。それは謙二を心から信頼してくれている証でもあるのだが、それは男の側の贅沢な要求で、信頼を得ている自分自身が心して律していればいいことなのだと……。

謙二は、始まったばかりの規子との真面目な交際の中で、そんなところでも学ぶべきものを感じていた。そしてこれから先、自分がこの純粋従順な規子を守ってやらねばならぬ、と思い始めていた。規子が不快を抱くような言動は、厳に慎もうと己に言い聞かせていた。

「ところで、オリンピックのコンパニオンの話、どうした？」

「私は応募しなかった。放送研究部の先輩からその頃、オリンピックの会期にあわせて、東京で様々な国際会議が予定されていて、司会進行など手伝って欲しいから、できれば身体、空けておいてと頼まれたこともありましてね」

「英語はもちろんだけど、正しい日本語の使える人は、引っ張りだこなんだ」

「まだ具体的な話は聞いていませんが、それぞれ学生たちも普段より落ち着きがないと言われてますよ。競技会場のアナウンス担当を依頼されている先輩もいまして、今、その競技種目を理解するのに特訓中と聞いてます」

「この大きな国際イベントをこなすことによって、日本人の国際感覚も大きく育成されるだろうし、この大きな波を若い我々がしっかり捕らえ、積極的に乗り越えていきたいよね」

足早に冬の夕暮れが迫り、辺りが暗くなる頃、二人は街に出た。御池通を東に向かい、御幸町通御池から三条通りに出て、河原町三条の交差点に近い喫茶店に入った。店内はほぼ満席だったが、何とか席を確保できた。古都京都でも街にはクリスマスケーキの箱を手にした勤め人が帰宅を急ぎ、ホームクリスマスの雰囲気が漂っていて、さすがに、お坊さんがクリスマスケーキを待ち歩く姿はここ京都でも見られないが、若者達の間では、日本流キリスト教文化が徐々に定着していくことに違和感を持たなくなっていた。謙二は、久しぶりに目の当たりにする規子の品のいい美しさと、和音の利いた落ち着いた音色の声と、益々洗練された歯切れのいい話し言葉に、心が昂ぶっていた。

「大学の冬休みは、どれぐらいあるの?」

「十二月二十一日から一月七日までです。県の女子学生寮の食事停止時期が十二月二十九日から一月四日までなんです」

「正月はいつ上京する予定?」

「多分、一月六日になりそう。京都に寄りたいけど、正月、帰らないで頑張ってる謙二の邪魔をしてはいけないから……。それに、私も一月後半から後期試験があるし」

「それじゃあ、六日、京都で少し時間を取れよ。京都駅まで会いに行くから……」

「うん、わかったわ、鳥取を朝早く発って、京都からその夜の寝台列車にしようかしら」

「寝台列車を使うなら京都で六時間ぐらいは時間が取れるよ」

「今から、瀬戸とか出雲とかあさかぜとか、寝台券取れるかしら」

「出雲や瀬戸は京都を通るけど、京都から乗車できたかなあ？　明日、京都駅のチケット売り場で聞いてみて、……なんにしても、寝台券があったら買ってしまえばいい」

「今回だって、浪人生、今一番大切な時期でしょう？　我がまま言ってお邪魔しちゃって、ごめんなさいね」

「いいんだよ。日頃、二十四時間心を痛めて無理して頑張っているんだから、時々はこの俺自身のハートにも、優しく心地よく、憩う時間をプレゼントしなくてはね。……せめてクリスマスの夜ぐらい」

「私も何か、クリスマスプレゼント用意しようかと考えたんだけど、浪人生が浮かれてもおれない昨今だろうと思い、迷った挙句、やめちゃった」

「俺もだよ、今そんなことで悩んでいる閑ないんだ。大学に入ったらまた考えるから、こうして顔を合わせていることがお互い一番のプレゼントだよな。お陰で、昨日は久しぶりに散髪に行って、伸びていた髪の毛も綺麗にしたし……」

「……いやだなー、ちゃんと食事もとってる？　健康管理できてる？」

「やっぱり俺にとって、規子に会うのって特別なんだよな、……いつか手紙に書いたけど、朝夕の賄い付きだから助かってるよ。浪人生はどうしても規則正しい生活が崩れやすい。朝夕の食事で生活のリズムを守っている感じだ」

「浪人してて、よかったと思うことある？」

「率直な気持ち、それはあるよ。最近思うのは、大学に入るのにはやはり、真正面から階段を昇るように、受験勉強にしっかり取り組むべきだと思うようになった。高校を卒業して、こうして親元を離れて色々な経験をする中で、当面の目標である大学受験を体の正面に据えてチャレンジすることは、精神的にも成長するし、現役で受験した頃はまだまだ内面的に未熟だったから、大学に入れてもらうような気がしていた。今は全然違う、自分の力で合格するという、自分で点を取りにいって合格を掴み取るという強い意志のようなものを感じるね」

「第一志望は、約束した青山学院大学で変わっていないですよね」

「うん、早稲田とか立教も願書、取り寄せているよ。だけどいつも第一志望は青山学院大学法学部で模擬テストを受験し、十一月も十二月も、合格率八十五パーセント以上の結果が出ているから、あの日の大原の里での誓い、規子と約束した通り信じていてくれ。しかし、あの日の約束は、俺の中でかなりのプレッシャーになってるよ」

「ごめんね、……謙二、絶対大丈夫だから頑張ってね。もうすぐ私の夢が実現すると、ずっと祈っているから、……謙二は受験のため、いつ頃東京に出てくるの？」

「受験？　……二月十日前後になるだろうね」

「……はっきり決まったら教えてね」

「うん、東京では、あの雨の日の急行で一緒だった町田俊介のアパートに世話になるから、受験期間は規子と二人っきりで会えないかも知れないな」

「町田さんと一緒でもいいじゃないの」

「規子がよければ、あの時のように三人で会うか、いずれにしても総て受験日程が終ってからだ。……また近づいたら鳥取県女子学生寮に電話するよ」

「私も三月になると春休みで鳥取に帰るかもしれないから、そのあたりこちらから連絡するとしても、京都にはいつまでいるの？」

「そうだね、京都は二月末で引き払うことになるね。だからその前に一度、東京の渋谷か青山かどこかで会おうよ。多分、二月末には白黒ついてるだろうから……」

「あとふた月もすれば、謙二も東京の人になるのね」

「そうだな、受験のことを考えると、自然にこぶしを握ってしまうな」

「……今宵は私たち、こうして久しぶりに京都でお会いしてるのだから、大学生になったらどうするとか、もっと夢のある話がしたいわよね」

「夢を語るのは嫌いじゃないけど、今はその分、肩の荷が重くなるばかりだ。明るい娑婆での話は、刑期終えるまで待ってくれないか……」

「だけど、ここ河原町三条の周辺と言えば、歴史的にあまり明るい、いい話はないですよね」

「そうなんだ、鴨川の三条河原といえば、処刑場だ。中でも秀吉による関白秀次一族の処刑はむごいね。三条木屋町の瑞善寺に一族の慰霊塚がある。……坂本龍馬が中岡慎太郎とともに襲われ殺害されたのも、近くの河原町蛸薬師の近江屋だ。そのほか、佐久間象山や大村益次郎の遭難碑も、ここから高瀬川を少し上ったところにある。新撰組が踏み込んだ池田屋騒動の池田屋も、今いるこのビルの並びだ。歴史的に血なまぐさい場所だからな、今ではこうして賑やかな街になっているけどね。昔から、京都は権力闘争の坩堝のような処で、多くのツワモノどもが夢見て上り来て、一時、権力をほしいままにし、勝手に振る舞い、やがて滅んでいった。その歴史は繰り返し、この都で繰り広げられてきたんだ」

「そんな歴史を刻んできた京都の街で、いま私たち、こうして平穏にクリスマスイブを過ごしている。夢のような出来事ですね。……信長が明智軍に包囲され自刃した本能寺の跡も、さっきの通りにありましたね」

「うん、そこの本能寺は、本能寺の変で焼け落ちた後に秀吉が場所を移して再建したが、維新の頃、再び焼失している。信長の終焉の地となった当時の本能寺は、もっと西の堀川蛸薬師の辺りにあったらしいよ。……時の流れを巻き戻してみると、我々がここにこうしていることが、必然性があるのだと、……今後相当の年月を積み重ねた後、誰かが京都の歴史をこうして紐解く時、その流れの中には、小さな存在ながら我々も必ず関わっているのだという事実は、もう消すことが出来ないよね」

「私たちも時間の流れの帯に乗かっていて、河原町三条という定点に限定して検索すれば、武蔵の国の近藤勇や土佐の国の武市半平太らと時間軸を異にして交わることになるのですね。……さっきの今夜のホテルは烏丸御池でしょう？　御池通というのは、どこかに池があるんでしょうね」

「……うん、前にも話したかもしれないが、平安京遷都より前からある池で、現在の御池通と千本通が交わる手前、二条城の南側に、神泉苑という湧き水が湧く池があるんだ。御池という名は、その池から取ったと言われているね」

その夜、謙二と規子は、十一時頃までクリスマスイブの甘い夜を過ごし、謙二が烏丸御池のホテルを後にしたのは、終電に近い時刻となった。


翌日は午前中、二人で東山の「思索の小径」を歩いた。南禅寺から禅林寺・永観堂、法然院、銀閣寺に至る、すっかり葉を落とした桜並木、冬の弱い陽差しの中、冷たい比叡下ろしを正面から受けながら疎水沿いの小径を歩いた。この辺りは、高僧・崇伝以来、江戸幕府から手厚く守護されてきた臨済宗大本山南禅寺の広い寺領であった。江戸幕府の大政奉還後、その寺領の一部が市民に開放され再開発が試みられた地域で、明治となって、天皇が東京に移った後の京都がかつての奈良平城京のように衰退していくことを憂い、市民が意地でも京都の衰退を食い止めようとした足跡の残る場所でもある。明治維新以降、急速な欧米文明の受け入れによって、古都京都も時代の波に遅れまいと着手された新産業の誘致作戦、再開発、それには近代都市としての水利が欠かせなかった。巨大な水瓶、琵琶湖の水に目を付け、六ヵ年にも及ぶ疎水大工事の末、市内に豊富な水を引き入れ、物資の運搬のための輸送水路、インクラインの設置等膨大な資金を投入し、工場誘致を試みたのである。結果的には、この南禅寺地域に近代工業の誘致は、初めの構想通りには根付かなかったが、そのときの努力が後に明治、大正と近代化した日本経済の富をこの地に呼び込む仕組みを築くことになる。それは政界の大御所、山縣有朋を筆頭に、金融界の野村徳七ら多くの文化人がこの地に富を集め、古都の伝統文化を残そうと務め、日本古来の絵画、彫刻、陶芸、建築、造園、茶道や華道、映画、芸能、音曲の中心を古都京都に留めることに成功したのであった。南禅寺界隈は現在もなお、日本の伝統文化を求めて集う人々の集結地である。

花見や紅葉の頃は人気の散歩道となっているが、さすがに歳の瀬も押し迫った今日、真冬の「思索の小径」を歩く人影は少なかった。人目を憚ることなく自由に歩けることが、謙二ら若い二人にとって、むしろ有難かった。ただ、気になる時計の針は休みなく巡り、瞬く間に別れの時が迫っていた。

「今度は年明けの一月六日だな。夢中で受験勉強に励んでいると、その日はすぐにやってくるだろう」

「私も年末年始、郷里でだらだら過ごしてしまわないよう、謙二が頑張っていることを思い、時間を大切にしてその日を迎えたいですね。この休み、宗教哲学の書物を持ち帰ったから、しっかり読んで理解して、自分自身を見つめ直すつもりなの」

「羨ましいなあ、俺も早くそんな専門書が読める日を迎えたいよ。……また、規子に差をつけられるような思いだ」

「そんなことないわよ。私はいつも謙二の後を追っかけているような思いでいるの、どうしたら謙二のようにしっかり地に足をつけた生活が送れるのか、いつも考えているのよ。この冬休みも少しでも謙二に近づきたくて、哲学書を選んだのだから……」

「女子学生が哲学書を手掛けるのは、珍しいのではないのかな、キリスト教哲学に挑戦するあたり、やっぱり規子はただものではないな、という印象だな」

「そうかしら、女の子が哲学書読むの、そんなに違和感があるのかなあ」

「その類の書物を読破し始めると、多分、規子はさらに人格的に成長し、そのうち俺達も相手にしてもらえなくなりそうだな」

「そんなこと絶対ないよ。……私が頑張って将来、万一、その域に到達出来たとしても、その頃謙二は、もっとずっと前を走っているよ。……でも、そうあってほしいですね」

その日の午後、謙二は京都駅で鳥取に帰る規子を送り、夕方にはさつき寮に戻った。

26　東山の除夜の鐘

謙二はその年の大晦日を、京都のさつき寮で迎えた。寮の食事が十二月三十日から一月三日まで休業で、寮で年越しする予備校生はわずか三人、節電のため電灯の消えた廊下は床板だけが冷たく黒光りしており、寒くて寂しい年越しとなった。孝治や直江らも確認はしていないが、境港へ帰省してしまったのか、この年末、さつき寮の謙二の部屋のドアを叩く者はいなかった。

京阪予備校の冬季講習は三十日まで行われ、謙二は当然のように律儀に出席した。先日の規子との会話にも出たように、十二月の文理学院の学力試験で、青山学院大学法学部の推定合格率八十五パーセント以上を獲得し、それを足がかりに、このところエンジン全開で、最後の追い込みに掛かっていた。

大晦日の夕刻、百万遍の交差点の角の百万遍郵便局で郵便小為替を買い求める為に街に出た。周辺の食堂はほとんど店を閉めており、いつも夕暮れ時になると小田原提灯に灯を入れて、知恩寺の西門前でにごり酒を振舞う、煮込み鍋の屋台も今日は出ていない。京都大学の理学部学生食堂も、今日は午後四時で店仕舞い。すっかり葉を落とした京大キャンパスのイチョウ並木は寒風に曝され丸坊主、その下をヨレヨレの白衣のポケットに両手を突っ込み、一人で背を丸めながら歩く研究学生の姿も髭は伸び、髪は乱れ、寒々としている。夜、静まり返ったさつき寮の一室で、ラジオに耳を傾けながら、「この年末、市民の台所、錦町市場は賑わっただろうか」と、謙二は電気ポットで湯を沸かし、いつか三木がくれた、彼の勤め先の食品会社のインスタント茶漬けの袋の封を切り、どんぶりに移し、湯を注いでいた。

「そうか、今日は大晦日だ、即席ラーメンのほうがよかったのかな」

謙二は、暗い部屋の一隅を照らす、机上の蛍光灯スタンドに向ってつぶやいていた。

一人、ラジオを聴きながらの粗末な夕食は、注ぐ熱湯が熱いだけで、僅か十分足らずで終った。京都放送が、歳末の街の様子を実況中継でせわしなく流し続けていた。下鴨神社や平安神宮、北野天満宮、伏見稲荷、八坂神社などでは初詣の人々が列をつくり始める頃である。謙二は新年の願い事を込めて、どこか神社にでも出かけようかと考えてもみたが、なぜか、この場に及んでの神頼みかと、今は意地を張るように、蛍光灯スタンドだけの暗い部屋に蹲《うずくま》っていた。それから気を引き締め、ラジオのスイッチを切り、再び机に向かった。周囲に静けさが戻り、使い慣れた古語辞典を片手に『源氏物語』の世界に戻っていった。

それからどれぐらいの時が経ったのか、さっきまで遠くで聞こえていた東山の寺々の除夜の鐘の音も、今はもう止んでいた。冬の夜、木枠の窓ガラスを揺らす風の音も今夜はなく、静まり返っていた。暁け方近く、足元の電気ストーブだけでは寒さに耐え切れず、押入れから引っ張り出したケット毛布をセーターの肩から重ねて羽織った。少し身体が温まると、いつの間にか机に伏して眠ったらしく、ふと眼が覚めるとカーテンの隙間から朝の光が射し込み、外でスズメの鳴き声がしていた。カーテンを少し開けると、元日の朝は穏やかに晴れていた。謙二は電気ストーブのスイッチを切って、畳の上の冷えた布団に潜って、もう一度ちゃんと眠りに就いた。

年が明けると早速、慎重に練った作戦に従って受験予定表を作成し、大学入試出願手続きが始まる。年末に取り寄せていた志望大学の出願書類を記入作成し、既に手元に用意した、出身高校から取り寄せた厳封の調査書を確認し、受験料相当額の郵便小為替を揃え、これらを一括封入し、書留郵便で出願手続きをとる。各大学は書類を受理すると、提出書類の確認、記載内容をチェックし、折り返し受験番号をナンバリングした受験票を返送してくる。入学試験は一月下旬の関西の私学を皮切りに、首都圏の私学はほとんどが二月中旬以降の入試で、合格発表および入学手続きは二月下旬となる。補欠合格者の入学手続きは、これらよりほぼ一週間遅れで終了する。

謙二は二月十日、東京入りを決めていた。約二週間東京に滞在し、この間に受験し、合格を確認し、入学手続きを終え、新居も確保する段取りである。滞在場所は、世田谷区野沢で浪人生活を送る町田俊介が総て引き受けてくれた。その間の軍資金予算を田舎の親元に手紙で説明し、早めに送金してもらった。

　こうして戦いの手筈は整った。残すは二月下旬、「合格」という壁を突破することである。この場に及んであわて騒ぐこともない。粛々とその日を迎えるのみである。謙二は毎朝、自分の姿を写し見る室内の壁に吊るした鏡に向かって、一人で胸を張って見せた。

27　『日本書紀』、神話の世界

　正月六日、午後一時十分、謙二は京都駅の山陰線ホームで規子を出迎えた。はじめ謙二は、規子との初詣を奈良の春日大社に決めていたが、前日、ラジオを聴きながら急遽、飛鳥の橿原神宮に変更することにした。京都駅から奈良電で大和西大寺まで行き、近鉄橿原線に乗り換え橿原神宮前まで。この駅は普段は何もない、ホームだけは広いひっそりとした駅であるが、やはり正月で、初詣の乗降客がかなりあった。言うまでもなく、京都よりも奈良、それよりずっと古い飛鳥である。謙二はその程度の知識で、あまりよく調べもしないで、橿原神宮に決めていた。いつもお任せ、どこでもいいと言っているアンテナの鋭い規子は、その日の謙二の話し振りが、どことなく不安げに思えたのか、京都駅から乗った奈良電の中で、

「京都から、（時間）どのくらい掛かるの？」

と、尋ねてきた。謙二は明確な返事に詰まった。

「奈良より倍ぐらい遠いだろうな。今夜の寝台急行彗星に間に合えばいいんだよね」

「うん、京都駅に夜九時半に帰っていれば、大丈夫だから……」

橿原神宮は神武天皇の即位が行われたと『日本書紀』に記された場所、大和三山の一つ畝傍山の麓に、明治時代になって京都御所の賢所を移設し造営し官幣大社としたもので、そもそも皇紀の紀元を、神武天皇即位の時としていることから、この橿原神宮を中心に西暦一九四〇年に皇紀二千六百年の記念行事が盛大に行われた神宮である。ただ、中国大陸での戦火が拡大し、この年に合わせ予定されていた東京オリンピックや万国博覧会など、国際的なイベントは中止されている。

謙二も戦前の紀元節がどんなものであったのかを詳しくは知らず、神話の中の出来事をもとに造営されたこの橿原神宮に、戦前ほど参拝者が多くないと伝える正月の初詣客の数の比較を取り上げた京都放送のラジオ番組を聴き、さては行ってみる気になったのであった。京都放送が伝える正月三が日の人出はどうであれ、この日は静かで立派な佇まいの社に、相当の参拝者があった。

午後三時を過ぎて冬の陽が傾くと、さすがに風は冷たく、広い境内をゆっくりと余裕を持って遊歩する気分になく、本殿、参拝の後、玉砂利の参道を早々に駅に引き返したが、謙二は時間が許せば、もう一つの旧官幣大社、三輪神社に回りたかった。この神社は大神《おおみわ》神社とも呼ばれ、大和朝廷の初めから存在する神社として、三輪山をご神体とする日本最古の神社とされる。主祭神は大物主大神（人国主大神）であり、これは当時、出雲の国の勢力がこの大和支配にまで及んでいたことを伝えるものである。

「規子、寒くないか、……できればもう一つ行きたい神社があるのだがいいかな？」

「うん、いいよ。私なら大丈夫だから……」

性格のいい規子の、この気持ちのいい返事はいつも有り難かった。このことが、かえって謙二の責任感を育むことに繋がった。この素直な規子を悲しませるようなことは断じてしてはいけないと、謙二も自分の神に誓っていた。

近鉄橿原線で大和八木駅まで戻り、近鉄大阪線に乗り換え、桜井駅からバスがあった。桜井駅からはすぐで、数分でバスを降り、背中に冬の西陽を受けながら、大きな一の鳥居をくぐる頃には、辺りにも夕暮れが迫っていた。木立に包まれた二の鳥居の奥はさらに薄暗く、全国の三輪神社の分祀元にふさわしい雰囲気に、規子の顔つきも神妙であった。

「私、元祖三輪神社がこの地にあることを知らなかった。……〝三輪そうめん〟は有名だから知っていたんだけど……」

規子も謙二に対してもうすっかり心を許し、子供のように明るい会話を交わしていた。暮れに東京からの帰り、すっかり大人びて見えた規子も、正月、暫らく故郷の親元でくつろぎ、久しぶりに甘えた生活を送ったのか、また少し幼さが戻っていた。こうして、長身で美人、甘えるようにはしゃぐ末っ子規子も魅力的だった。

帰りのバス便がすぐになく、国鉄桜井線で奈良駅まで帰ることにして、閑散とした三輪駅のホームで列車を待っていると、ほどなく韓紅色の二両編成のヂーゼルカーがやって来た。車内も閑散としたボックス型の席に二人きりで向かい合わせに座り、夕暮れの奈良盆地、陽の没していく西の空に、遠く信貴、生駒の山影を眺めながら、心地よい列車の揺れに身を任せた。車内の暖房もよく効いていて、終点奈良まで、ローカル線の旅はまるで二人きりの世界にいるような、静かで幸せな四十分程の旅となった。

冬景色の中、長閑なヂーゼルカーは三輪駅を出ると、次に巻向《まきむく》という駅に停車した。この駅の北西に位置する纏向《まきむく》遺跡から出土した建物跡遺跡は、古く三世紀末、卑弥呼の時代に遡るものといわれ、この付近から、四世紀の崇神朝前後の遺品が多数発掘されており、今、学会で論争となっている邪馬台国大和説の根拠の一つとして取り上げられている。謙二は、三世紀当時の国際感覚の中で『魏志倭人伝』が記す、女帝が君臨するお伽の国のような邪馬台国を、夕暮れの車窓を眺めながら、この巻向の地に重ね合わせ想像していた。

同じように外の夕暮れを眺めていた規子は、全く別のことを考えていたようで、車窓の景色から視線を移すように話しかけてきた。

「謙二、初詣で神様にお願いすることは、入試の合格祈願でしょう?」

「……それもあるが、それだけじゃないよ」

「じゃあ何をお願いしたの？」

「……規子は、祈りというものを教わったのではないのか。祈りは、先ず感謝からなんだ。今日、こうして日々の糧を得て元気に過ごすことができていること、今いちばん一緒にいて欲しい人がこうして傍にいてくれること、今日までの守り、導きに感謝することなんだ。次に、自分自身の至らなさ、傲慢さへの懺悔、反省、許しを請うこと……。願い事はその後なんだ。これから進もうとする道で迷うとき、悩むときに導きと力添えを願うんだ」

「……謙二、教会に行ったことあるでしょう？　牧師先生と同じこと言ってる」

「……そうだろう」

「だけど具体的に祈ることも大切だと思うよ。……祈りの時は自分自身に謙虚に言い聞かせているのよ」

「そうなんだけど、自分が日々努力した結果、望んだ道に進めるのかは最後は神が決めることだから、そんなに気張らずにやるべきことをやっておれば、結果は自ずと開ける。その先は信ずる神に任せていいんだよ」

「…………」

「ところで規子は、何をお願いしたんだ」

「それは秘密。……自分のことばかりではないから……」

「そうだね、大概、神にお願いする時は自分のことが多いけど、隣人の為に祈るというのも素敵だよね」

「そうでしょう。……私、謙二が希望通り合格してくれますようにと、お願いしたわ。そして、合格した後のことも……有名な両方の神社で……」

「ありがとう。……是非、規子の期待に沿うようにするからね」

「春はもうすぐよね。今、私が春を待つ気持ち、分かる？　……本当に待ち遠しいわ」

「……うん、申し訳ないね、待たせたね」

車窓から見渡せる遠く田園の中に、大安寺の御堂の屋根やそれに連なる民家の甍が、黄金に輝く夕焼け空をバックに、黒くシルエットのようにゆっくり流れていた。真冬の奈良盆地が、まさに暮れようとしていた。明日も晴れそうだ。……桜井線の終点奈良駅に着く頃は、もうすっかり日は暮れていた。お堂のような建物、国鉄奈良駅で少し時間があって、一度改札口を出て駅前の旅館や土産物を売る店を覗いて歩いた。

「奈良の町で有名な女将《おかみ》のいる旅館日吉館は、ここから遠いのかしら？」

「うん、あれはたしか奈良公園の中だね。ここからはちょっとあるな、大仏さんのほうだよ」

国鉄奈良線に乗り換えて京都駅に戻ったのは午後九時前になった。二人で京都駅ビルのレストランで夕食をとり、規子は、京都午後十時十分発の寝台急行彗星で東京に帰っていった。列車が動きだすと、ホーム側寝台車の通路に立ち、大きな窓越しに手を振る規子の姿がどこか寂しげだった。

「そういえば、今度は二人きりの親密な時間がとれなかったね。……ごめんね」

謙二の声が届いたのかどうか？

「もうすぐ、おまえの待つ東京に行くからな……」

動き始めた夜行列車に向って、大きな男の小さな声だった。今、目の前から去って行く大切な人の発する期待と祈りが、その寂しげな姿に込められていて……いよいよ謙二の両肩に重くのしかかってくるのが感じられた。

28　雪の朝、銀閣に立つ

一月の京都は冷え込みが厳しく、小寒を過ぎて、夕方から雪となった。ふるさと山陰に比べるとさほどの大雪でもないが、朝までに数センチの積雪があった。この日謙二は、朝八時ごろ運動靴で寮を出て銀閣寺に向った。以前から雪の朝は銀閣寺と決めていた。その朝もまだ雪は降り続いていたが、オーバーを着込み、手袋をつけて野球帽を被り、その上に傘をさして、朝の今出川通を東に向った。誰しも考えることは同じで、その朝銀閣寺を目指す、見知らぬ朋友達が少なからずあった。謙二はカメラを持っていなかったが、多くの朋友達はカメラを手に提げ、中には三脚バッグを肩にした者もいた。

サクサクと積雪を踏みしめながら、両側に料亭が軒を連ねる狭い銀閣寺道を上っていくと、銀閣寺ファンが総門の奥、椿の生け垣に沿って列を作り、中門の扉が開くのを待っていた。雪の日は定刻より早く入場できると聞き、小雪の降る中を静かに待っていると、間もなく中門の扉が開き、足跡で荒らすことのないよう、ある定められた場所まで入ることが出来た。新雪に装われた観音殿（銀閣）をはじめ、本堂、東求堂、向月台、銀沙灘が雪をつけた樹木の枝の間から眺められた。アマチュアカメラマン達は先を争って、錦鏡池畔の撮影ポイントの位置取りに熱心だった。謙二は思いもよらず競い合う人間たちの光景が気になって、若干興ざめ感があったが、黙って翳す傘を閉じ、雪の銀閣をしっかり脳裏に焼き付けた。

いつの頃からか、人々は観音殿を始め、庭園の中に建物を置いた景色を楽しむようになったが、足利義政が当時、この銀閣を西山の西芳寺（苔寺）の瑠璃殿を模して造らせた際、銀閣の上層から見た庭の眺めに細心の配慮を傾けて造園させたと言われる。言うまでもなく元来、庭とはそういうものなのである。主人や招かれた客が建物の中から眺めて、庭の景色を楽しむものであった。

早朝の寒さは思ったほど感じなかった。この日も残り少なくなった京都での生活の思い出の一ページとなった。

29　もう終ってしまうのか浪人生活

一月末になると、直江や孝治は、さっさと京都を引き払って境港に帰ってしまった。二月、京都に残った同郷の浪人生は、謙二の他は関西の私学に絞って受験する龍治だけになった。さつき寮でも退出者が多く、近頃は食器棚の食器の数も少なくなった。謙二も二月の食事は十日の朝食までと事前に申し出ていた。そして、二月の末にはさつき寮を引き払うことにしていた。謙二も二月十日の東京行きが迫り、出願大学から送られてきた受験票を手にとって、決意を固めつつあった。今更ジタバタしても始まらない。

それでも、最後の仕上げ、「人文地理」で言えば、「中近東の都市名とその位置」「インド、インドシナ、中国、朝鮮半島の都市名とその位置」「アフリカの独立国の名とその位置」「ソヴィエト連邦の国々名とその位置」など、もう一度確認しておくことは、絶え間なく湧き出してきた。そう焦ることはなかったが、最後まで気を抜かぬよう己に言い聞かせていた。

後で思い返すと、それも京都にいる間までで、二月十日以降東京に移ってからは、受験する大学を事前に確かめたり、駅からの道程を測ったり、もう夜になっても本を広げている暇はなかった。そのまま試験期間に突入し、本番に挑んでいた。

試験場での気持ちは現役時と全然違い、ワクワクもドキドキもしなかった。ただ、前のめりに意気込んでつまらぬミスをしないよう、それだけに気をつけようと自分に言い聞かせていた。試験会場は相変わらずで、どの大学も昼休みのキャンパスは受験生で溢れていた。謙二は、一校三千円の入試検定料を払って、最終的に手堅く三つ受験した。

数日後の合格発表も自分の目で確かめた。結果は全勝であったが、規子との約束通り、謙二が本命と決めていた、青山学院大学法学部に躊躇なく入学手続きをとった。郷里の親には、渋谷の明治通りの電報電話局から即日電報で知らせた。

長いようで短かった浪人生活はこれで終った。人格形成の上でも、大学生への足固めは確実に出来たと確信していた。町田俊介も上智大学経済学部に合格し、同慶の至り、謙二と同じ日に入学手続きをとった。四月から謙二は俊介と同じ、世田谷区野沢のアパートで学生生活をスタートさせることに決めて、同じ棟の空き部屋を確保し、三月二十五日付入居で、直接大家さんと二年間の賃貸契約を交わした。

黒田規子は、青山学院大学法学部の合格発表の日、構内大学チャペル脇の合格発表掲示板前の広場が見渡せる、誰もいない暗い大学二号館の二階の教室から、窓越しに広場を見下ろしていた。もちろん、謙二が現れるのを待っていた。当日、合格発表の現場に行くことは、謙二には知らせていなかった。理由は謙二に精神的なプレッシャーをかけたくないという思いがあったからで、きっと謙二も歓迎しないだろうと、一人静かに合格の喜びに浸りたいだろうと、規子は気遣った。だからといって、じっと目白台の女子寮で読書などしておれなかったのである。

定刻になると、合格発表板の前には人だかりができ、悲喜こもごもの受験生の姿が見られた。やがて謙二は、正門の方から一人で現れた。言うまでもなく真剣な面持ちで、合格発表板の前に立ち、自分の受験番号を目で追っていた。暫らく呆然と立ち竦み、改めて、嵌めた手袋を外し、コートのポケットから受験票を引っ張り出し、もう一度受験番号を確かめ、ちらりと周囲の受験生を見渡し、思い出したように発表板の今後の手続き等注意書きを読み始めた。

規子は、この一連の謙二の行動を、うしろ姿を黙って見つめ、合格を確信していた。謙二の背中は、明らかに歓喜で舞い上がりたい気持ちを押し殺していた。現実に責任を果たした安堵と、その反動から、「大学入試がなんぼのものや」そう語りかけていた。……規子にはそれが手に取るように判り、自分のことのように涙が溢れてきた。この少年のような謙二を今、力いっぱい抱きしめてやりたかった。

いよいよ謙二が、この手の届くところにやってくる。この日規子は、謙二の前に姿を見せなかった。後日も、この日のことは決して口にしなかった。愛とはこうしたものなのかと思いながら、規子は一人涙していた。……どことなく不良っぽく見える謙二の、この約束に固執する真面目さがうれしかった。

その夜、謙二は世田谷区野沢の環状七号線に面した銭湯の傍の公衆電話から、文京区目白台の鳥取県女子学生寮に電話を入れ、規子に合格の報告をした。規子は泣いてばかりで、はじめ会話にならなかったが、その時に、二日後入学手続きの日に、青山学院大学から程近い南青山のハウゼという喫茶店で会う約束をした。

その日は町田俊介も同席し、二人の合格の祝いも兼ねて、お互いに晴れ晴れしい午後となった。謙二は合格の喜びに加え、規子との大切な約束を果たせたことに、やっと肩の荷を降ろした思いであったが、どこか男臭いこだわりのある謙二の言い分は、……まだ謙二にとって、東京はアウェーであり、今も俊介のアパートにお世話になっている。遠慮ではない、けじめであると。

……謙二は、この日も借りてきた猫のように静かであった。もっぱら俊介と規子の間で話が弾んでいた。初めて規子に会った日のように、俊介の会話は滑らかであった。青山通りと表参道が交わる交差点に程近い、ビルの三階のその喫茶店で二時間ほど話し込んだ後、規子が青山学院のキャンパスを案内してくれることになった。俊介は遠慮のつもりか先に帰ると言ったが、謙二がとどめ、三人で春休み中の広く静かな青山学院のキャンパス内を歩いた。規子は、四月一日午後、法学部の入学式が予定されているPS講堂を真っ先に案内してくれた。キャンパス内の風格を感じさせる古い校舎、青山学院高等部校舎、その玄関脇の遅咲きの紅梅がその日、枝一杯に桃色の花をつけ満開であった。これから謙二が、毎日のように利用するであろう学生食堂や毎朝礼拝の行われる大学チャペル、放送研究部の部室のある学生会館の場所も案内してくれた。青山学院のキャンパスは、昨年四月から一年間、勝手にお世話になった京都大学の堂々としたキャンパスとはまた違い、手入れの行き届いた、欧米風のキリスト教感覚のこだわりを感じる、洗練されたキャンパスであった。いつか古都育ちの田代眞由美から、「そりゃまた、えらいお洒落な大学なんどすなあ」と言われたのを思い出していた。

青山通りに面した大学正門の周辺の工事はまだ続けられていた。東京オリンピックの関連工事で、すっかり道幅が広がった青山通り、都電の軌道敷に沿って葉の落ちた欅並木の宮益坂の歩道を、繁華街渋谷を目指して下りて行った。その日、規子とは国鉄渋谷駅忠犬ハチ公口で別れた。

俊介と謙二が世田谷野沢行き循環バスの出る渋谷駅南口バスターミナル広場まで来ると、広場に赤色灯を点滅させた消防車が二十台以上止まっており、広場に面した新築工事中の東急プラザビルの七階の窓から激しく黒煙を噴出しており、それを目掛けてはしご車が放水をしていた。都会の繁華街、建築中の高層ビルの火災現場は、謙二や俊介にとって初めて目にする光景で、まるで外国映画でも見ているようであった。南口広場のバスの発着は渋谷警察署の交通規制によって完全に止められており、二人は群集の中、広場の手前、国鉄渋谷駅側に立ち止まってしばらく火災の情況を眺めていた。いうまでもなく、広場の周辺は足止めを喰ったバスの利用客を含め野次馬で埋め尽くされ、まるでお祭り騒ぎのようであった。時折、小雪の舞う二月下旬の夕暮れの出来事であった。

翌日早朝、謙二は東京駅発の準急列車東海1号で、終点の岐阜県大垣駅まで一人旅、自由席であったが窓際に席が取れ、東京を出発し横浜あたりまでは記憶があるが、その後はまるで気絶したように爆睡に落ちた。この一年間の疲れを一気に叩き出すように眠った。浜松で目を覚まし、昼食をとった記憶はある。そしてまた眠った。朦朧とした中で、終点大垣駅で、あまり待つことなく、準急比叡5号に乗り継ぎ、京都に戻った。

謙二は東京のお土産を持って、お世話になったさつき寮の寮母さんや賄いのお姉さんに挨拶をし、大学合格の報告をした。住み慣れた京都で二日ほどゆっくり、部屋の荷物の片付けをした。その間、従兄の三木を宇治市小倉の松風庵アパートに訪ねた。いうまでもなく、三木も謙二の大学合格を喜んでくれた。その夜遅く、三木のアパートからの帰り道、謙二は暗く風の冷たい畑道を奈良電小倉駅まで歩きながら、京都でのこの一年を振り返っていた。終ってみれば、あっという間の一年であったが、意義深い青春の日々であったと満足していた。

翌日謙二は、左京区役所で転出の手続きを取り、身の回りの荷物をまとめ、郷里境港に送り返し、二月二十六日、晴れて刑期満了、無罪放免となり、京都飛鳥井町、さつき寮を引き払って境港に帰った。

悟　謙次郎（さとり・けんじろう）

1944年、鳥取県境港市生まれ。

鳥取県立境高等学校から青山学院大学法学部に学ぶ。

青山学院高等部事務長、青山学院法人本部秘書室長、青山学院法人本部総務部長を経て、フリーライターに転身。

『俺たちの十七歳』（共栄書房、2013年）

古都監禁の日々

2013年5月10日　　初版第1刷発行

著者—— 悟謙次郎
発行者— 平田　勝
発行—— 共栄書房
〒101-0065　東京都千代田区西神田2-5-11 出版輸送ビル2F
電話　03-3234-6948
FAX　03-3239-8272
E-mail　master@kyoeishobo.net
URL　http://www.kyoeishobo.net
振替　00130-4-118277
装幀—— 佐々木正見
装画—— 平田真咲
印刷・製本— シナノ印刷株式会社

ISBN978-4-7634-1055-9 C0093